# DRUDENHOLZ

Dominik Heinz wurde 1982 in Lauf an der Pegnitz geboren. Nach einem Architekturstudium lernte er das journalistische Handwerk in der Lokalredaktion der Hersbrucker Zeitung, wo er unter anderem auch als Gerichtsreporter arbeitete. Er lebt im Landkreis Nürnberger Land.

Dominik Heinz

# DRUDEN HOLZ

Kriminalroman

emons:

**Bibliografische Information der Deutschen Nationalbibliothek**
Die Deutsche Nationalbibliothek verzeichnet diese Publikation in der Deutschen Nationalbibliografie; detaillierte bibliografische Daten sind im Internet über http://dnb.d-nb.de abrufbar.

MIX
Papier aus verantwortungsvollen Quellen
FSC® C083411
FSC
www.fsc.org


Umschlagmotiv: jba/photocase.de
Umschlaggestaltung: Nina Schäfer
Gestaltung Innenteil: César Satz & Grafik GmbH, Köln
Lektorat: Lothar Strüh
Druck und Bindung: CPI – Clausen & Bosse, Leck
Printed in Germany 2018
ISBN 978-3-7408-0450-3
Originalausgabe

Für meine Familie

# 1. KAPITEL

Der Spätherbst 1920 war trostlos. Dunkle Wolken hingen schwer am Himmel, und kalter Regen prasselte nahezu unaufhörlich herab. Das sonst so farbenprächtige Nürnberg mit den bunten Verkaufsständen am Hauptmarkt unterhalb der Kaiserburg und seiner historischen Altstadt, die sich eng um den Burgberg schmiegte, hatte einen dicken grauen Mantel angelegt, der es fest einhüllte. Nur wenige vermummte Gestalten hasteten durch die Straßen und Gassen – um zur Arbeit zu gelangen oder schnell etwas zu erledigen. Niemand verließ länger als unbedingt nötig den wärmenden Ofen in der Stube.

Kriminalassistent Max Reinhardt stand an diesem Montagmorgen in seinem Büro im dritten Stock des Polizeipräsidiums und sah zum Fenster hinaus. Feuchter Dunst machte die Aussicht verschwommen und undeutlich – wie der Blick in eine andere Welt. Er nahm einen tiefen Schluck aus der Tasse dampfenden Tees, den er sich eben aufgebrüht hatte, und verbrannte sich dabei furchtbar die Zunge. Leise verfluchte er seine Ungeduld und nahm wieder hinter seinem Schreibtisch Platz.

Hauptkommissar Paul Ebertz, mit dem er das Büro teilte, beobachtete ihn über den Rand seiner Nickelbrille hinweg und ließ ein leises, fast hämisches Kichern ertönen. Max ignorierte den erfahrenen Ermittler und versuchte, sich wieder auf den halb fertigen Bericht zu konzentrieren, der in der Schreibmaschine vor ihm steckte.

Das Polizeipräsidium im Stadtzentrum neben dem charakteristischen Kuppelbau der St.-Elisabeth-Kirche gehörte zu den Gebäuden, die mit der neuesten Technik ausgestattet waren. So gab es moderne Toiletten, ein umfassendes Telefonsystem und – dafür waren viele Beamte momentan am dankbarsten – eine Dampfzentralheizung, die von einem Kessel im Keller befeuert wurde. So war es im ganzen Gebäude gleichmäßig warm, und die Büros mussten nicht einzeln und mühsam per Hand mit Holz geheizt werden. Doch trotz der angenehmen Wärme, die ihn von der kalten Welt draußen trennte, fröstelte Max. Der Grund dafür war der Bericht, den er an diesem Vormittag fertig tippen wollte.

Vor wenigen Tagen hatten sie einen fahrenden Fleischer wegen mehrfachen Mordes festgenommen. Max war kein Neuling mehr bei der Mordkommission, auch als Soldat im Weltkrieg hatte er furchtbare Dinge gesehen – und selbst getan, wie er sich in zahlreichen, von Alpträumen geplagten Nächten, in denen er schweißgebadet hochfuhr, eingestehen musste. Doch dieser Fall hatte ihn an die Grenzen seiner Belastbarkeit gebracht. Den Kollegen, die an den Ermittlungen und schlussendlich der Festnahme beteiligt gewesen waren, viele wie Max Kriegsveteranen, konnte man an ihren bleichen Gesichtern und schreckerfüllten Augen ansehen, dass es ihnen ebenso erging.

Vor wenigen Monaten waren die ersten Leichenteile an verschiedenen Stellen in der Stadt aufgetaucht, hier ein abgetrenntes Bein auf dem riesigen Areal des Rangierbahnhofes, dort war eine Hand in einem Wehr hängen geblieben, und das waren längst nicht alle gewesen. Zunächst gelang es nicht, sie vermissten Personen zuzuordnen, und auch ein Muster oder System ließ sich nicht erkennen. Doch schließlich führte ein Hinweis die Ermittler in die Armen- und Industrieviertel der Stadt, wo sie auf einen fahrenden Fleischer stießen, der seine Waren in den überfüllten Mietskasernen und Elendsquartieren feilbot. Als die Beamten diese Waren näher untersuchten und auch die Behausung des Mannes in Augenschein nahmen, gaben selbst einige erfahrene und gestandene Polizisten ihren Mageninhalt wieder preis.

In der armseligen Hütte fanden sie, teils in Kisten, teils auch vergraben, die zerteilten Überreste mehrerer Leichen. Diese stammten allem Anschein nach von mehreren Straßen- und Strichjungen, die der Mörder erschlagen und zu Wurst, Sülze oder Pasteten verarbeitet hatte.

Nun war es an Max, alles zu Protokoll zu bringen. Doch die Bilder aus der Hütte ließen ihn nicht los. Die halb verwesten und zum Teil ausgekochten Schädel und Gebeine der Opfer gesellten sich zu den Grauen, die er auf den Schlachtfeldern Flanderns durchlebt hatte. Auch die irren Augen des Mannes und seine Schreie, die mehr einem Tier denn einem Menschen ähnlich waren, als sie ihn niederrangen, verfolgten ihn im Schlaf. Dies hatte er Dutzende oder sogar Hunderte Male gesehen, und zwar bei Männern, die miterlebt hatten, wie es den Männern neben ihnen die Körper zerriss oder sie sich nach einem Gasangriff die blutigen Eingeweide aus den Leibern kotzten. Es war der Blick von Männern, die in die wahr gewordene Hölle geblickt hatten. Eine Hölle, als wäre sie aus den Werken spätmittelalterlicher Autoren Wirklichkeit geworden.

Doch diese Hölle gehörte hier nicht hin, dies war eine andere Welt. Viele, die zurückkehrten, kamen in dieser anderen Welt nicht mehr zurecht. Jahre des Schlachtens und des Gemetzels hatten sie abgestumpft und für diese Welt, die sie einst Heimat genannt und für die sie getötet und verstümmelt hatten, unbrauchbar gemacht. Denn Krieger und Soldaten wurden nicht mehr gebraucht. Die Welt hatte sich verändert, hatte sie in einer Zeit und an einem Ort zurückgelassen, an die man sich nicht sehr gerne erinnerte. Auf einmal waren sie keine Helden mehr, sondern Ausgestoßene. Jetzt saßen sie auf den Straßen und bettelten um Almosen oder raubten, mordeten und vergewaltigten.

Wenige kehrten unversehrt aus den Schützengräben zurück. Selbst diejenigen, die nicht körperlich versehrt waren, denen nicht ein Arm, Bein oder Teile des Gesichts von einer Granate weggerissen worden waren, hatten häufig Schäden an Geist und Seele erlitten. Die neue Form des Krieges, der erstmalige Einsatz von Giftgas, Flammenwerfern, Maschinengewehren und Tanks, hatte auch neue Krankheiten hervorgebracht. Viele Veteranen, die zum Teil tagelanges Trommelfeuer auf ihre Stellungen erlebt hatten, trugen schwere Schäden an den Nerven davon. Die Folge war unkontrolliertes Zittern von Gliedmaßen oder am ganzen Körper bis hin zu krampfartigen Anfällen. Im Volksmund abwertend »Zitterer« oder »Zappelphilipp« genannt, warf man ihnen häufig Simulantentum oder gar Feigheit vor dem Feind vor. Am lautesten schrien dabei wie so oft natürlich diejenigen, die selbst nicht an der Front gekämpft hatten. Die Medizin versuchte mit Hilfe neuer Therapien, dieser Krankheiten Herr zu werden. Die Ärzte setzten dabei auf Elektroschocks, Kälteeinwirkungen mit Eiswasser oder seltener auch auf die neu entdeckte Psychoanalyse.

Ein heftiger Schmerz schoss Max stechend durch den Kopf und ließ ihn keuchend aufatmen. Seine Handflächen wurden feucht, und ein Tropfen kalter Schweiß rann seine Wirbelsäule hinab.

Er sah eine Schlammwüste vor sich, die von zahllosen Gräben durchzogen war. Der Himmel darüber war blutrot und von pechschwarzen Wolken verhangen. Kein Grashalm, kein Strauch und keine Blume wuchsen auf diesem Totenfeld. Nur ein paar zerfetzte Bäume streckten ihre kahlen Arme wie verkrampfte Finger in den Himmel. Statt Vogelgezwitscher vernahm er nur dumpfes Grollen am Horizont, das unaufhaltsam näher kam. Zitternd ballte er die Fäuste, bis seine Knöchel weiß hervortraten, und biss die Zähne fest zusammen.

Ebertz' Stimme riss Max ins Hier und Jetzt zurück. »Du siehst etwas blass aus, solltest etwas frische Luft schnappen«, sagte der grauhaarige Kriminalbeamte, ohne den Blick von der Akte, die vor ihm auf dem Tisch lag, zu heben. Sein Gesicht verriet keinerlei Regung, doch Max wusste, dass Ebertz, der ihn seit seiner Versetzung in die Mordkommission unter seine Fittiche genommen hatte und so etwas wie sein Mentor geworden war, über seine »Situation«, wie er es gerne etwas verharmlosend nannte, voll im Bilde war.

Mit weichen Knien stand Max auf, öffnete das Fenster und sog die kalte Luft tief in die Lungen. Das mulmige Gefühl und die Schwäche vergingen. Die Bilder vor seinem geistigen Auge verschwanden, und er spürte, wie die Kraft in seine Glieder zurückkehrte.

»Du solltest dringend noch einmal mit deinem Arzt darüber sprechen«, sagte Ebertz. Er hob den Blick und sah ihn wie ein Vater streng, aber doch sorgenvoll an. »Es würde nicht nur deine Karriere in der Mordkommission und bei der Polizei im Allgemeinen gefährden, wenn das jemand mitbekommt oder – und das wäre eine Katastrophe – so etwas während eines Einsatzes passiert.«

Im Ernstfall wäre er so nicht nur eine Gefahr für sich selbst, sondern auch für seine Kollegen. Max wusste, dass Ebertz recht hatte, dass es so nicht weitergehen konnte. Doch er brauchte Zeit. Zeit, die er nicht hatte. Er konnte es nur bedingt steuern, und die Attacken kamen meist ohne jede Vorwarnung.

Seit beinahe drei Jahren, seit er aus dem Krieg zurückgekehrt war, kämpfte er damit. Anfangs waren es nur Alpträume gewesen, doch mit der Zeit fiel es ihm zunehmend schwerer, Vergangenheit und Gegenwart klar voneinander zu trennen. Die Geister des Erlebten kämpften sich immer öfter den Weg ins Hier und Jetzt, was sich in regelrechten Halluzinationen gepaart mit rasenden Kopfschmerzen und Schweißausbrüchen zeigte. Max war dann wie weggetreten und sah sich in die Schützengräben Flanderns zurückversetzt. Der Schlamm, die Angst, das Grauen, die Toten – es fühlte sich real an, ganz so, als wäre er durch einen Strudel in Zeit und Raum zurückgeschleudert worden.

Mit diesen Anfällen war er längst nicht alleine. Er kannte einige Veteranen, auch bei der Polizei, denen es genauso oder ähnlich ging. Doch während viele, deren Geist derart gelitten hatte, Zuflucht in Alkohol oder Drogen – oder beidem – suchten, hatte sich Max für einen anderen Weg entschieden. Oft genug hatte er gesehen, wie sie sich mit eingenässten Hosen und zitternden Fingern Morphium in die verkrusteten Venen spritzten oder Laudanum-Tinktur in den trockenen Rachen gossen, um sich zumindest für kurze Zeit ein klein wenig Erleichterung zu verschaffen. Doch die Drogen linderten die Qualen nicht, sondern betäubten sie nur. Und je mehr die Männer der Erleichterung nachjagten, desto weiter entfernten sie sich davon. Bald waren sie nur noch Süchtige und gebrochene Existenzen, die nichts mehr außer dem nächsten Schuss oder der nächsten Dosis im Sinn hatten.

So wollte Max nicht sein. Er hatte sich deshalb dazu entschieden, die Hilfe eines Psychotherapeuten in Anspruch zu nehmen. Zwar wurden diese häufig als »Irrenärzte« und ihre Patienten als Verrückte abgetan, doch er ließ sich davon nicht beirren. Zudem hatte er mit Dr. Jobst einen Arzt gefunden, der nicht nur äußerst fähig war, sondern als ehemaliger Armeearzt selbst das Grauen des Krieges zur Genüge kannte und ihn und seine Probleme verstand.

Es klopfte an der Tür, und eine Sekretärin aus dem Zentralbüro, in dem alle neuen Fälle ankamen, trat herein. Sie überreichte Ebertz eine Akte. »Das hier kam eben herein, Herr Hauptkommissar«, sagte sie.

Ebertz hob abwehrend die Hände. »Ich stecke bis über beide Ohren in den Berichten unserer letzten Fälle«, sagte er und deutete auf die Akten, die sich vor ihm stapelten. Dann fügte er mit einem schnippischen Grinsen hinzu: »Das war immerhin eine direkte Anweisung von oben, dass wir unseren Papierkram in Ordnung bringen sollen. Und der Chef war dabei ziemlich deutlich.«

Die Sekretärin hob eine Augenbraue und ließ ihr bezauberndstes Lächeln sehen. »Kriminalrat Wolters möchte, dass Sie den Fall übernehmen«, flötete sie. »Und dabei war er ziemlich deutlich.« Sie rauschte hinaus.

Ebertz schlug die Mappe auf, rückte seine Brille zurecht und las konzentriert. Sein Gesicht wurde ernst, und zwischen seinen Augenbrauen bildete sich eine tiefe Falte. Max sah ihn fragend an.

»Doppelmord«, sagte Ebertz langsam und konzentriert. »In dem Dorf Obergubach im Pegnitztal wurden zwei Männer getötet. Hier steht, dass es sich um einen vierunddreißigjährigen Bauern und seinen sechzigjährigen Vater handelt.«

»Ist es sicher, dass wir es mit einem Verbrechen zu tun haben und nicht mit einem Unfall?«, fragte Max skeptisch.

Ebertz nickte. »So wie es aussieht, gibt es keine Zweifel. Die Toten waren für ihre Verhältnisse anscheinend ziemlich wohlhabend. Die örtliche Gendarmerie, die den Bericht an uns geschickt hat, geht von einem Raubmord aus. Sie holt bereits die üblichen Verdächtigen – Herumtreiber, Landstreicher, Hausierer, Tagelöhner, Vorbestrafte – zur Befragung zusammen.«

Max erhob sich und ging zu der riesigen Karte, die an einer Wand des Büros hing. Sie zeigte nicht nur die Stadt Nürnberg, sondern auch den gesamten Zuständigkeitsbereich des Polizeipräsidiums in den angrenzenden Landkreisen.

»Wo ist dieses …?«

»Obergubach«, sagte Ebertz. »Im Pegnitztal hinter Hersbruck.«

Max suchte in der Legende und fuhr dann mit dem Finger von Nürnberg aus in Richtung Osten, bis er das Ziel gefunden hatte. »Ist ein ganz schönes Stück draußen«, sagte er. »Wann wurde der Mord verübt?«

»Heute Morgen wurden die Leichen vom Briefträger gefunden«, las Ebertz in der Akte. »Die Gendarmerie hat dann umgehend an uns Meldung gemacht.« Er klappte die Akte zu und steckte sie in seine abgewetzte Ledertasche. »Wir sollten aufbrechen.«

»Fahren wir in voller Besetzung?«, fragte Max. Er kannte die Antwort bereits.

Ebertz nickte. »Ja, sag allen Bescheid.« Er stand auf und ging zu dem Kleiderständer in der Ecke. »Und gib auch zwei Hundeführern Bescheid. Man weiß ja nie, vielleicht findet sich noch eine Spur.« Er blickte zum Fenster in das graue Nass hinaus. »Wenn der Regen nicht bereits alles weggewischt hat.«

Max griff nach dem Telefonhörer und wurde automatisch mit der Zentrale im Untergeschoss des Polizeipräsidiums verbunden.

»Ja, bitte?«, meldete sich eine der Telefonistinnen. »Wie kann ich Ihnen helfen?« Er bat sie, die anderen Mitglieder der Ermittlungsgruppe sowie zwei Hundeführer zur Garage des Fuhrparks zu schicken, und legte auf. Seufzend schob er die Akte des Kannibalen beiseite. Ein Mord weicht dem anderen, dachte er. Hört das jemals auf? Ändert sich in der Welt etwas, wenn wir einen Mörder fassen, oder geht es ewig so weiter? Nach einem letzten Blick aus dem Fenster erhob er sich und nahm ebenfalls Mantel und Hut vom Haken.

»Nach dem letzten Krieg fragt man sich ernsthaft, ob die Leute nicht langsam einmal genug vom Töten haben«, sagte er leise.

Er schaltete das Licht im Büro aus und trat nach Ebertz auf den Flur hinaus. Gemeinsam gingen sie die langen Flure entlang zum hinteren Treppenhaus, das zum Hinterhof des Polizeipräsidiums samt Fuhrpark führte.

Hauptwachtmeister Ganz, der Leiter des Fuhrparks, kam mit langen Schritten auf sie zu, als sie auf den Hof traten.

»Servus, Max, guten Morgen, Herr Hauptkommissar«, begrüßte er sie. »Na, geht's wieder raus?« Ohne eine Antwort abzuwarten, bugsierte er sie zu einer Parkbucht am gegenüberliegenden Ende des Karrees. »Ihr habt zwei Autos. Den üblichen Ermittlerwagen mit eingebauter Fernschreibmaschine.«

In seinen Worten klang Stolz mit. Diese Art Automobile gehörten zur modernsten Technik, die der Polizei zur Verfügung stand. Doch längst nicht alle Polizeipräsidien waren auf dem gleichen Stand wie das Nürnberger, und somit hatte Ganz ein besonderes Kleinod in »seiner Sammlung«, wie er den Fuhrpark bezeichnete. Dieses Auto war sein ganzer Stolz, und er hütete es wie seinen Augapfel. »Außerdem habe ich euch einen Kastenwagen für den Hundeführer mit Transportkäfig vorbereiten lassen«, sagte er. »Alle Wagen sind aufgetankt und in einwandfreiem Zustand. Und in einem solchen möchte ich sie auch bitte wiederhaben.«

Der Rest der Ermittlergruppe erwartete sie bereits. Fritz

Schürmann, der Kriminaltechniker, hatte Fotografieausrüstung und Instrumente zur Spurensicherung, die ebenfalls dem neuesten Standard entsprachen, zum großen Teil im Kofferraum des Wagens verstaut. Doch da dessen Aufnahmefähigkeit begrenzt war, stopfte er die übrigen Taschen und Koffer einfach in den Fußraum der Rücksitzbank. Dieser war zum Glück größer als bei normalen Automobilen, da die hinter dem Fahrersitz angebrachte, versenkbare Fernschreibmaschine im ausgeklappten Zustand zusätzlichen Platz benötigte. Das war auch Glück für den nicht gerade schlanken Polizeiarzt Dr. Seißler, fand Max, der ansonsten seine Beine irgendwie zwischen Schürmanns Gepäck hätte quetschen müssen. Die beiden Hundeführer hatten ihre Schützlinge bereits im kastenartigen Aufbau des anderen Wagens untergebracht und saßen im Führerhaus. Sie stiegen ein, und Max, der hinter dem Steuer saß, startete den Motor. Ganz winkte ihnen hinterher, als die beiden Wagen schaukelnd den Hof verließen.

Über Erlenstegen führte sie die alte, nun breit ausgebaute Reichsstraße aus Nürnberg hinaus. Die ehemalige Heer- und Handelsstraße nach Prag war seit Jahrhunderten die wichtigste Verbindung über die Oberpfalz in die Tschechoslowakei. Gute vierzig Kilometer lagen jetzt noch zwischen ihnen und ihrem in den tiefen Tälern des Pegnitztals am Rande der Fränkischen Schweiz gelegenen Ziel.

»Gibt es irgendwelche Hintergrundinformationen?«, fragte Schürmann. »Worum geht es genau? Wo genau fahren wir hin?« Der Kriminaltechniker war wie Max Veteran des Weltkrieges. Auf den Knien balancierte er mehrere Taschen mit Teilen seiner Ausrüstung.

»Ein vierunddreißigjähriger Bauer und sein Vater sind auf ihrem Hof in dem Dorf Obergubach ermordet worden«, sagte Ebertz. Er kramte die Akte aus seiner Tasche hervor und schlug sie auf. »Die Toten sollen in einem recht schlimmen Zustand sein. Abgesehen davon, dass sie anscheinend einige Tage dort gelegen haben, weisen sie wohl ziemlich üble Verletzungen auf.«

»Steht etwas über die Art der Verletzungen in dem Bericht?« Dr. Seißler beugte sich nach vorne. Der kleine Mediziner war seit vielen Jahren Polizeiarzt. Die roten Backen und der kugelrunde Bauch ließen ihn wie einen reifen Apfel mit Armen und Beinen aussehen.

»Vermutlich schwere Schlag- und Stichverletzungen, heißt es hier«, sagte Ebertz. »Soweit es die Gendarmen erkennen und definieren konnten. Die Toten scheinen ziemlich stark misshandelt worden zu sein. Mit derartigen Fällen haben sie keine Erfahrungen, dafür sind sie auch nicht ausgebildet.« Er schlug die Akte wieder zu. »Der Briefträger hat die Leichen heute Morgen gefunden. Mehr wissen wir bisher noch nicht, weder die genaue Todesart noch, welches Motiv dahintersteckt oder ob es bereits konkrete Verdächtige gibt.« Er seufzte. »Wir müssen uns überraschen lassen.«

Max schluckte einen Kloß in seinem Hals hinunter und umklammerte das Lenkrad fester auf ihrer Fahrt ins Ungewisse. Im Wagen war es kalt, eine Heizung gab es nicht. Er hatte sich fest in seinen Mantel eingewickelt. Der Nieselregen ließ im Fahrtwind kleine Bäche an den Scheiben hinabtanzen, die Wischer kämpften verzweifelt gegen die Nässe an. Schweigend setzten sie die Fahrt fort, jeder blickte hinaus in den Dunst und malte sich die Schrecken aus, die sie erwarteten.

Ein stechender Schmerz schoss von Max' Nacken hinauf in seinen Kopf, sodass er aufstöhnte. Die vorbeiziehenden hohen Bäume, die die Straße auf beiden Seiten säumten und nur einen schmalen Streifen grauen Himmels über ihren Köpfen frei ließen, verwandelten sich in die Wände eines Schützengrabens. Der Geruch von Fäkalien, fauler Erde und Blut erfüllte mit einem Mal die Luft. Max' Stirn war schweißnass, und seine Knöchel traten weiß hervor. Verrottende, halb verschüttete Leichen lagen mit aufgequollenen Bäuchen am Rand der Fahrbahn. Unter zerbeulten und verrosteten Helmen grinsten ihm skelettierte Schädel wie Vorboten des sicheren Todes entgegen.

Max schnappte nach Luft, und die Erscheinung verschwand

so schnell, wie sie gekommen war, er befand sich wieder im Hier und Jetzt. Obwohl er seinen Atem sehen konnte, schwitzte er mit einem Mal. Er bewegte Kopf und Schultern, um seine verspannten Muskeln zu lockern. Verstohlen blickte er Ebertz auf dem Beifahrersitz an, der wieder in der Akte las, und beobachtete dann im Rückspiegel Schürmann und Dr. Seißler, die aus dem Fenster sahen. Erleichtert atmete er auf. Anscheinend hatte niemand etwas von seinem Anfall mitbekommen. Ein wenig entspannter lehnte er sich zurück und versuchte, sich auf die Fahrt zu konzentrieren. Draußen zogen weiter die Bäume an ihnen vorbei.

# 2. KAPITEL

Sie durchquerten mehrere kleine Ortschaften und ließen schließlich auch die Kreisstadt Lauf hinter sich, von wo sie ihr Weg weiter Richtung Osten in die Hersbrucker Alb führte. An der Schwelle des hügeligen und dicht bewaldeten Ausläufers der Fränkischen Schweiz erreichten sie schließlich Hersbruck. Max lenkte ihren Wagen durch die engen Straßen, bis er auf den Marktplatz einbog, wo die Gendarmeriestation gleich neben dem imposanten, mit seinem hohen Turm an eine Kirche erinnernden Rathaus lag, das den Platz mittig teilte. Sie bogen in eine schmale Seitenstraße ab, wo sich an der Längsseite des Gebäudes das Tor zum Innenhof befand. Die beiden Wagen kamen rumpelnd auf dem groben Kopfsteinpflaster zum Stehen.

Unter einem langen Vordach an der Rückseite der Station standen mehrere Uniformierte, die rauchten und sich dabei leise unterhielten. Ein feuchter Schleier bedeckte ihre grünen Mäntel und Mützen, und ihre Stiefel starrten vor Dreck. Ein Beamter kam auf sie zu und salutierte zackig.

»Meine Herren, ich bin Wachtmeister Meyer, stellvertretender Kommandant der Gendarmeriestation Hersbruck.«

Die Anspannung war ihm deutlich anzusehen. Dunkle Ringe hingen unter seinen geröteten Augen, und ein Lid zuckte nervös. Auch die anderen Gendarmen wirkten erschöpft und ausgelaugt. In den Gesichtern der Männer sah man deutlich, dass sie etwas Furchtbares gesehen hatten.

»Wenn Sie erlauben, fahren wir gleich zum Tatort«, sagte Meyer. »Dort wartet auch Kommandant Schubert. Sie können sich dann sofort ein Bild der Lage machen und mit Ihren Ermittlungen beginnen.«

»In welchem Zustand ist der Tatort?«, fragte Ebertz. Allzu häufig kam es vor, dass Streifenbeamte nachlässig waren und Gaffer und Sensationsgierige sich in regelrechten Herden an

Tatorten herumtrieben und wichtige Spuren zerstörten. Vereinzelt wurden die Toten sogar nach Wertsachen durchsucht oder ihrer Schuhe oder Kleidung beraubt. Ebertz' Sorge rührte vor allem daher, dass die Gendarmerie, die für den ländlichen Raum die Ordnungsmacht stellte, mit dem Vorgehen bei Gewaltverbrechen dieser Art vergleichsweise wenig Erfahrung hatte.

Doch Meyer überraschte sie. »Es war ein ganz schönes Stück Arbeit, und wir hatten alle Hände voll zu tun, die ganzen Schaulustigen hinauszutreiben«, sagte er. »Kaum gibt es Mord und Totschlag, kommen sie aus allen Ecken, als wäre es ein Kuriositätenkabinett!«

Meyer bestieg mit zwei Gendarmen einen weiteren Kastenwagen, der das Wappen der Bayerischen Gendarmerie auf den Türen hatte, dann fuhren sie wieder los. Meyer fuhr voran, danach folgten die beiden Wagen der Nürnberger Ermittlergruppe. Ihr Weg führte sie zurück über den Marktplatz und anschließend über kurvenreiche Straßen in nördlicher Richtung aus der Stadt hinaus. Von dort folgten sie einer schmalen Landstraße mit unbefestigtem Bankett durch die Hersbrucker Alb und in das Pegnitztal hinein. Tiefe, verschlungene Täler wechselten sich mit riesigen Wiesen und weitläufigen Feldern ab. Durch Schluchten schlängelten sich schmale Bäche, die bei starkem Regenfall oder Schneeschmelze garantiert zu regelrechten Flüssen anschwollen und über ihre Ufer traten.

Max blickte ehrfürchtig zu den riesigen Kalkfelsen empor, die sich majestätisch an beiden Seiten der Straße erhoben. Immer tiefer drangen sie in das Mittelgebirge ein, das sich als nordöstlicher Teil der Fränkischen Alb bis in die Oberpfalz hineinzog. Sie fuhren durch kleine Dörfer, und hin und wieder tauchten ein einsamer Hof oder eine Mühle in dem dicht bewachsenen Gelände auf. Viele dieser Siedlungen waren in kärglichem Zustand. Obwohl sie nicht weit voneinander entfernt lagen, schienen sich wegen der Beschaffenheit der Gegend Welten zwischen ihnen zu befinden. Familien, die nur ein paar Kilometer auseinander wohnten, sahen sich oft wochenlang nicht. Dennoch verströmte das Land trotz – oder gerade wegen – seiner felsigen Rauheit eine ganz eigene Art der Sanftheit und der Ruhe.

Schließlich bogen sie in eines der zahlreichen Täler ab, die diese Gegend wie Adern durchzogen. Zwischen sanft ansteigenden Wiesen und Feldern lag nun vor ihnen das kleine Dorf Obergubach, das Ziel ihrer Fahrt. Die Straße war während der letzten Kilometer, seit sie die Hauptstraße verlassen hatten, immer schlechter geworden. Nun war sie kaum mehr als ein etwas breiterer Feldweg, und Max hatte alle Hände voll zu tun, den zahlreichen Schlaglöchern in der Fahrbahn auszuweichen. Der andauernde Regen, der gegen die Windschutzscheibe klatschte, machte es ihm nicht leichter, diese rechtzeitig zu erkennen.

Sie fuhren in den Ort hinein und zwischen eng beieinanderstehenden Häusern hindurch zum Dorfplatz, wo Meyer seinen Wagen vor der Dorfwirtschaft, die wahrscheinlich, wie in solch kleinen Siedlungen nicht unüblich, das Zentrum des gemeinschaftlichen Zusammenlebens war, parkte. Die beiden Nürnberger Polizeiwagen hielten direkt dahinter. Neugierige Blicke aus den Fenstern der umliegenden Gebäude empfingen sie.

Sie stiegen aus, und sofort zerrte ein eisiger Wind heftig an ihren Kleidern, dass ihnen die Tränen in die Augen stiegen und es ihnen beinahe die Hüte vom Kopf riss. Max begann augenblicklich zu frösteln. Der stärker gewordene Nieselregen stach wie Nadelspitzen in sein Gesicht. Er stellte den Kragen hoch und zog den Kopf zwischen die Schultern. Selbst die Hunde wollten nicht aus ihrem trockenen und gemütlichen Kasten heraus.

Unter dem Vordach des Wirtshauses standen dicht gedrängt einige Gendarmen, die rauchten und sie mit Handzeichen begrüßten. Auch sie machten einen müden und mitgenommenen Eindruck.

Wachtmeister Meyer hatte die Mütze tief ins Gesicht gezogen und zeigte auf eine schmale, ebenfalls unbefestigte Straße neben dem Wirtshaus, die nicht viel mehr war als ein etwas breiterer Trampelpfad. »Dort entlang geht es zum Tatort«, rief er gegen das Heulen des Windes an. »Das letzte Stück müssen wir jedoch zu Fuß gehen. Der Regen hat die Straße total aufgeweicht, unsere Autos würden sofort im Schlamm stecken bleiben.«

»Das wird ja immer besser.« Schürmann fluchte leise in sich hinein, während sie einen behelfsmäßigen Knüppeldamm entlangbalancierten, der am Rande des Weges angelegt worden war. Die Taschen und Koffer mit seiner Ausrüstung machten es ihm nicht einfacher. Der Pfad führte sie am Dorfrand entlang auf eine bewaldete Hügelkette zu, die in dem grauen Wetter nur schemenhaft zu erkennen war. Mehrere hundert Meter weiter schälte sich ein Hof, der etwas abseits der anderen Gebäude stand, aus dem Dunst heraus. Er lag direkt am Fuß der Hügel gegen die bewachsenen Felsen geschmiegt und bestand aus drei flachen Gebäuden. Es herrschte eine gespenstische Atmosphäre. Die tief hängenden Baumwipfel strichen bis über das Dach des zentralen Langhauses. Dunkle Fenster schienen wie schwarze Augen jeden ihrer Schritte argwöhnisch zu beobachten.

Im geöffneten Tor des hölzernen Geräteschuppens auf dem Platz zwischen dem Haupthaus und dem rechtwinklig dazu angeordneten Stallgebäude standen mehrere Gendarmen und unterhielten sich. Sie traten zu ihnen ins Trockene und schüttelten die Nässe aus den Mänteln.

»Das sind die Herren der Nürnberger Mordkommission«, sagte Meyer. Ein großer Mann in Uniform mit goldbesetzten Schulterklappen stellte sich ihnen als der Kommandant der Gendarmeriestation Hersbruck, Oberwachtmeister Schubert, vor und schüttelte ihnen fest die Hände. Schuberts Gesicht war eingefallen und grau, die Ringe unter seinen Augen schwarz. Auch ihm standen Erschöpfung und Anspannung ins Gesicht geschrieben.

»Könnten Sie uns etwas über die Lage erzählen?«, bat Ebertz.

Schubert seufzte und rieb sich das Kinn.

»Wir haben zwei Tote im Wohnraum des Hauptgebäudes«, sagte er und deutete auf den mittleren Teil des Hofes. »Bei den Verstorbenen handelt es sich um den Altbauern Franz Maul, sechzig Jahre alt, und seinen Sohn Andreas, vierunddreißig Jahre alt. Nach unseren ersten Einschätzungen wurden sie schwer misshandelt und anschließend erstochen und erschlagen.« Er holte tief Luft und fügte dann leise hinzu: »Soweit man das noch sagen kann.«

»Was meinen Sie damit?«, fragte Max.

»Die Toten befinden sich in einem ziemlich schlimmen Zustand. Dazu kommt, dass sie anscheinend schon etwas länger dort drin gelegen haben.« Schubert schüttelte den Kopf. »Diese Art von Verbrechen sind wir hier draußen nicht gewöhnt. Es kommt zwar durchaus hin und wieder vor, dass jemand getötet wird, aber nicht so etwas …«

»Wann wurden die Toten denn gefunden?«, fragte Ebertz.

»Heute Morgen gegen neun Uhr. Als der Briefträger wie jeden Tag während der Woche die Post brachte, traf er niemanden an.«

»Ist das ungewöhnlich?« Ebertz sah sich um. »Das Gelände ist sehr weitläufig. Da kann es doch durchaus vorkommen, dass die Bauern zu dieser Zeit auf dem Feld oder im Wald zum Holzmachen waren?«

»Anscheinend gab es so etwas wie ein Morgenritual. Der Briefträger hat uns erzählt, dass die beiden jeden Morgen schon mit einer Tasse heißem Kaffee auf ihn warteten, die sie dann immer gemeinsam tranken. Doch weil diesmal keiner da war, sah er zunächst im Stall und der Scheune nach, fand dort jedoch auch niemanden. Also spähte er durch das Fenster in das Wohnhaus hinein und entdeckte die Toten.«

»Wo ist der Mann jetzt?«

»Wir haben ihn in die Dorfwirtschaft gebracht. Ein paar meiner Leute sind bei ihm, er hat einen ziemlichen Schock erlitten.«

»Danke, Oberwachtmeister, das war sehr gute Arbeit«, sagte Ebertz. »Wir würden gerne später mit dem Mann sprechen, jetzt sehen wir uns zuerst einmal den Tatort an.« Er wandte sich an die Ermittler. Die beiden Hundeführer würden zunächst in dem Unterstand warten und erst, nachdem die Kriminalbeamten den Tatort begutachtet hatten, beginnen, nach Spuren zu suchen. Auf diese Weise behinderten sie sich nicht gegenseitig, und die Hunde wurden durch die vielen Personen nicht abgelenkt. »Herrschaften, gehen wir hinein.«

Sie traten wieder hinaus in die Nässe und stapften über den Hof in Richtung Wohnhaus. Die Wipfel der Bäume bogen sich gefährlich im starken Wind. Max hielt den Kopf gesenkt, damit ihm der Regen nicht voll ins Gesicht schlug. Schmatzend sogen sich seine Sohlen in den Schlamm, im nächsten Moment lief ihm eiskaltes Wasser in die Schuhe. Die Hose klebte mittlerweile klatschnass an seinen Beinen und starrte vor Dreck. Er hob den Blick. Der dichte, nebelverhangene Wald und die finsteren Fenster schienen jeden Eindringling aufsaugen und verschlingen zu wollen.

Ebertz stieg die wenigen Stufen zu der etwas erhöht liegenden Eingangstür hinauf und drückte die Klinke. Als die Tür quietschend aufsprang, traten sie nacheinander ein. Im Haus war es finster und kalt. Max blieb stehen und wartete, bis sich seine Augen an das Zwielicht gewöhnt hatten. Modrige Luft drückte auf seine Lungen und machte das Atmen schwer, die Atmosphäre war drückend. Es fühlte sich an, als läge er in einem Sarg.

Langsam zeichnete sich die Umgebung immer deutlicher ab, und er sah sich um. Sie standen in einem kleinen Vorraum, an der Wand hingen zahllose Kruzifixe und Heiligenbildchen in verschiedenen Größen und Formen. Dazwischen verstaubte Fotografien, wahrscheinlich Verwandte oder Verstorbene. Über einer Tür zur Rechten ein geschnitzter Spruch: »Gott segne dieses Haus«.

Als Ebertz eine weitere Tür zu ihrer rechten Seite öffnete, schlug ihnen augenblicklich ein starker Verwesungsgeruch ins

Gesicht. Mit Taschentüchern vor Mund und Nase traten sie in die Wohnstube, wo sich Ebertz vorsichtig zum Fenster vortastete und es öffnete. Kalte Zugluft strömte herein. Max presste das Taschentuch fest auf sein Gesicht und atmete so flach wie möglich durch den Mund. Doch es half kaum, der Gestank schien in jede Pore seines Körpers zu dringen und ließ seinen Magen zusammenkrampfen.

Er sah sich in dem schummrigen Licht im Zimmer um und erkannte mehrere schwarze Umrisse auf dem Boden.

»Wir brauchen Licht«, keuchte Ebertz undeutlich hinter seinem Taschentuch.

Schürmann kramte aus seinen Koffern Taschenlampen hervor und verteilte sie. Vorsichtig leuchteten sie den Raum aus. Zwar fanden sie keine Lichtschalter – das Haus war anscheinend nicht elektrifiziert –, dafür aber einige Petroleumlampen. Die erleuchteten kurz darauf den Raum und offenbarten jedes Detail der furchtbaren Szenerie.

Die Toten sahen tatsächlich so aus, als wären wilde Tiere über sie hergefallen, dachte Max, als er die verdrehten Körper ansah.

Der alte Austragsbauer lag am nächsten bei der Tür in einer Lache geronnenen Blutes. Max kniete sich neben den Toten und begutachtete die schweren Verletzungen des Mannes. Sein Gesicht war an mehreren Stellen so angeschwollen, dass es regelrecht deformiert aussah. Offenbar war er vor seinem Tod heftig geschlagen worden. Max' Blick wanderte weiter nach unten. Die Brust des Mannes war nur noch blutiger Brei, in dem er einzelne Knochenstücke erkannte. Er musste heftig schlucken und dagegen kämpfen, sich zu übergeben. Auch Ebertz ging es nicht anders. Im trüben Licht der Taschenlampe sah er, dass selbst der erfahrene Kriminalbeamte leichenblass im Gesicht war. Seine Miene war versteinert, seine Lippen zu einem schmalen Strich zusammengepresst. Trotz jahrelanger Erfahrung traf der Anblick sichtlich auch ihn. »Was in Gottes Namen war hier los?«, murmelte er.

Max untersuchte die Arme und die verstümmelten Hände des toten Bauern. Es fehlten mehrere Finger, und an Handflächen und Unterarmen erkannte er einige tiefe Schnittwunden, die zum Teil bis auf die Knochen reichten. Einen Daumen entdeckte er unter dem Esstisch in der Ecke des Raumes. Erneut kroch ihm ein flaues Gefühl in die Eingeweide. Er hat um sein Leben gekämpft und sich heftig gewehrt, dachte er. Doch letztendlich hatte er keine Chance gehabt.

Der Jungbauer saß eine Armlänge von seinem Vater entfernt auf einem Holzstuhl. Seine Kehle war mit solch einer Kraft durchgeschnitten worden, dass der Kopf nach hinten gefallen war. Auch er war schwer misshandelt worden. Sein Körper war mit Blutergüssen und zahlreichen Schnitt- und Stichwunden übersät. Die im Todeskampf verkrampften Hände waren hinter dem Rücken mit einem groben Seil zusammengebunden.

Vorsichtig stieg Max über die Toten hinweg zum anderen Ende der Wohnstube, wo sich eine weitere Tür befand. Knarzend schwang sie auf. Im Schein der Taschenlampe erkannte er einen schmalen Gang, an dem mehrere Türen lagen. Bedächtig setzte er einen Fuß vor den anderen, bis er vor der ersten stand. Er drückte sie auf und leuchtete hinein. In dem kleinen Raum befanden sich lediglich ein einfacher Schrank und ein schmales Bett an der gegenüberliegenden Wand. Durch ein kleines Fenster fiel nur fahles Licht in die Kammer. Bloß ein einfacher Platz zum Schlafen, dachte Max, ging hinein und öffnete den Schrank. Darin lagen und hingen einige schlichte Hemden und Arbeitshosen. An der Seite des Schrankes hing auf einem weiteren Bügel ein Sonntagsanzug. Ansonsten fand er neben einer Taschenuhr nur noch Unterwäsche und Strümpfe darin. Alles war sauber zusammengefaltet. Dazu gab es nur noch ein paar Bücher auf der Fensterbank und ein hölzernes Kruzifix über dem Bett.

An einem Haken an der Tür hing eine abgetragene, aber gepflegte Uniform. Der Jungbauer hat also auch gedient, dachte Max. Er trat wieder auf den Gang und öffnete die Tür zu dem danebenliegenden Raum. Die Schlafkammer darin war ähnlich karg eingerichtet wie die erste. Der einzige Unterschied bestand in einer vergilbten Fotografie, die auf dem Nachttisch neben dem Bett stand. Darauf war ein junges Ehepaar mit einem kleinen Jungen zu sehen. Max vermutete, dass es sich um den Bauern, seinen Sohn und dessen Mutter handelte. Ein Bild aus längst vergangenen und glücklicheren Tagen, dachte er.

»Hast du etwas gefunden?«, hörte er Ebertz' Stimme hinter sich.

»Nein, die beiden haben buchstäblich gelebt wie Einsiedler. Außer ein paar Klamotten ist hier rein gar nichts.« Er stellte das Bild zurück und trat wieder auf den Gang hinaus.

»Wir sollten dort drüben mal nachsehen«, sagte Ebertz und leuchtete mit seiner Taschenlampe auf eine Tür auf der anderen Seite des Ganges. Sie gingen zu ihr und drückten sie auf. Die Kammer dahinter war allem Anschein nach als Abstellraum genutzt worden. An den Wänden stapelten sich Kisten, Werkzeuge, ein alter Kanonenofen und anderer Krimskrams. Max trat hinein und wäre fast über einen alten Besen gestolpert, den er im Zwielicht übersehen hatte.

»Nur irgendein Gerümpel«, sagte er. »Nichts wirklich Brauchbares oder Wertvolles.«

»Dann sehen wir doch einmal, wo uns der Gang noch hinführt.«

Max folgte seinem älteren Kollegen zu einer weiteren Tür, die einige Schritte entfernt an der Stirnseite des Ganges lag. Ebertz holte tief Luft und öffnete sie. Durch schmutzige Milchglasscheiben fiel fahles Licht von draußen in den dahinterliegenden Raum. Der Boden war mit Heu bedeckt. Einige Kühe sahen die beiden Eindringlinge interessiert an.

Max kletterte über das Gatter und drückte das Euter einer Kuh. Es war hart.

»Ich schätze, die Tiere wurden das letzte Mal vor ungefähr zwei Tagen gemolken.«

Ebertz sah ihn verblüfft an. »Woher weißt du das?«

»Ich war Soldat.« Max grinste und klopfte dem Tier freundschaftlich auf die Seite. »Wir mussten uns nicht selten aus dem Land verpflegen. Da schnappt man schon das eine oder andere auf. Ich sage Schubert Bescheid, dass sich jemand um die Tiere kümmern soll.«

»In Ordnung.« Ebertz sah sich im Stall um. »Ich glaube nicht, dass wir hier etwas finden, was uns weiterhilft. Fragen wir Dr. Seißler, ob er uns schon etwas zu den Toten sagen kann.«

Sie kehrten in den Wohnraum zurück, wo der kleine Arzt gerade dabei war, die Toten zu untersuchen. Schürmann balancierte über Blutlachen, Möbelstücke und den Mediziner, um Scheinwerfer und Blitzgeräte für die Tatortfotografien aufzubauen.

»Können Sie uns schon etwas erzählen, Doktor?«, fragte Ebertz und kniete sich neben Seißler.

Der richtete sich auf und sah sie durch seine Nickelbrille ernst an. »Die beiden Männer wurden vor ihrem Tod schwer misshandelt«, sagte er. »Wir haben hier zahlreiche Blutergüsse und Prellungen, die wahrscheinlich von Schlägen mit einem oder mehreren stumpfen Gegenständen stammen.« Schürmanns Fotoapparat blitzte mehrfach dorthin, wo der Arzt hinzeigte. Max erkannte an diesen Stellen unter der bläulich verfärbten Haut einige dunkelrote Schwellungen, die eine ovale Form hatten. »Außerdem sind Oberkörper, Arme und Beine sowie auch Gesichter der Toten mit unterschiedlich tiefen Schnittwunden übersät«, sagte Seißler. »Die tiefen Wunden an Händen und Unterarmen sind typische Abwehrverletzungen und deuten auf einen Kampf hin. Tödlich dürften jedoch nur die Stichverletzungen im Brustbereich des Vaters und der Schnitt durch die Kehle seines Sohnes gewesen sein.«

Max deutete auf die Hände des Altbauern. »Was ist mit den Verstümmelungen? Wurden ihm die Finger abgeschnitten, als er noch lebte, oder erst post mortem?«

»Die blutunterlaufenen Ränder der Wunden sprechen dafür, dass er noch gelebt hat, als ihm das angetan wurde«, sagte Seißler und erhob sich. »Mehr kann ich Ihnen jedoch erst nach der Obduktion sagen.« Er holte tief Luft und fuhr fort: »Wenn man die zugefügten Verletzungen betrachtet, fällt auf, dass viele zwar sehr schmerzhaft, aber nicht lebensgefährlich sind. Man könnte also vermuten, dass die beiden Männer gefoltert wurden.«

Max zog eine Augenbraue nach oben. Es hörte sich zwar unglaublich an, aber seit er erlebt hatte, wie sich Männer wegen einiger weniger Quadratmeter Erde und Schlamm gegenseitig die Eingeweide aus den Leibern rissen, verwunderte ihn nur noch wenig.

Dr. Seißler nahm seine Tasche. »Ich werde mit dem Kommandanten besprechen, wo es hier eine Möglichkeit gibt, die Obduktion durchzuführen.«

Als der Arzt den Raum verlassen hatte, schoss Schürmann nach Ebertz' Anweisungen mehrere Fotos des gesamten Tatorts aus unterschiedlichen Perspektiven. Als er damit fertig war, begann er, die Ausrüstung zusammenzupacken und wieder in den Kisten und Taschen zu verstauen. Anschließend verließ auch er das Gebäude.

Max blickte sich erneut im Zimmer um. Außer einigen umgestoßenen Stühlen war alles an seinem Platz. Die Türen und Schubladen der Kommoden und Schränke waren geschlossen, und auf einer Anrichte stand ein Messingschälchen, in dem eine Taschenuhr, ein wenig Kleingeld und silberne Manschettenknöpfe lagen.

»Was glaubst du, mit welchem Motiv wir es hier zu tun haben?«, fragte er Ebertz.

»Hmm, schwer zu sagen. Bislang haben wir ja keine Anhaltspunkte. Und was meinst du?«

»Ich weiß es nicht.« Max ließ wieder seinen Blick schweifen. »Was auffällt, ist, dass alles an seinem Platz ist und offensichtlich nichts durchsucht wurde. Einen Raubmord würde ich daher tatsächlich erst einmal ausschließen. Denn wer dringt in ein Haus ein, foltert und tötet die Bewohner und sieht nicht in den Schränken und Schubladen nach, ob etwas Wertvolles da ist?«

»Vielleicht haben der oder die Täter alles wieder aufgeräumt.«

»Und lassen die Leichen offen mitten im Raum liegen?« Max war nicht überzeugt und deutete auf die umgestoßenen Stühle. »Und weshalb alles aufräumen und diese liegen lassen?« Er schüttelte den Kopf. »Ich denke, hier ging es um etwas anderes, etwas Persönliches vielleicht.«

Ebertz trat zu einer großen Anrichte, öffnete deren Türchen und zog die Schubladen heraus. »Du hast recht. Alles ist ordentlich, nichts ist durchwühlt.« Er griff hinein und holte eine Metallkassette heraus. »Nicht einmal verschlossen«, sagte er. Max trat zu ihm und hob den Deckel an. Ebertz pfiff laut. In der Kassette lagen ein dicker Packen Wertpapiere und mehrere tausend Mark in Gold und Silber.

Sie durchsuchten auch die restlichen Schränke, Regale und Kommoden im ganzen Haus. Außer einem Portemonnaie aus Leder mit weiteren fünfhundert Gold- und Silbermark fanden sie noch mehr Wertpapiere und Bankbriefe in einer Zuckerdose sowie eine große Schublade voller Silberbesteck.

»Also, einen Raubmord können wir wohl definitiv ausschließen«, sagte Ebertz.

»Außer wir haben es mit sehr dummen Dieben zu tun«, erwiderte Max trocken.

»Schubert und seine Männer sollen das Gebäude absperren und die Wertsachen einsammeln und katalogisieren«, sagte Ebertz und warf einen Blick aus dem Fenster. »Lass uns den Briefträger, der die Toten gefunden hat, und die Dorfbewohner befragen. Mal sehen, was wir über die Opfer herausfinden.«

# 3. KAPITEL

Sie verließen das Gebäude und gingen über den schlammigen Hof zum Geräteschuppen zurück.

Ebertz gab den beiden Hundeführern ein Zeichen, dass sie nun mit ihrer Spurensuche beginnen konnten, woraufhin diese ihren Schützlingen einen knappen Befehl gaben und sich auf den Weg in das Gebäude machten.

»Was denken Sie?«, fragte Oberwachtmeister Schubert, als er den beiden Polizisten auf dem Weg zum Tatort nachblickte.

»Viel können wir bisher noch nicht sagen«, sagte Ebertz. »Allerdings haben wir einiges an Bargeld, Wertpapieren und Wertgegenständen gefunden, was einen Raubmord eher unwahrscheinlich macht.«

»Wir würden Sie bitten, dass Ihre Leute am besten den ganzen Hof absperren«, sagte Max. »Außerdem müssten sämtliche Wertgegenstände im Haus gesichert und aufgelistet werden.«

Schubert nickte und gab seinem Stellvertreter ein Zeichen. »Wachtmeister Meyer wird sich darum kümmern und alles in die Wege leiten.«

»Wir würden jetzt gerne zuerst einmal mit dem Briefträger, der die Leichen gefunden hat, und dem Bürgermeister sprechen.«

Schubert ließ die Zähne sehen. »Für einen eigenen Bürgermeister ist dieses Kaff zu klein, aber es gibt einen Ortsvorsteher«, erklärte er. »Ihr Zeuge wartet bereits in der Dorfwirtschaft auf Sie.«

»Danke«, sagte Ebertz. »Ach, Oberwachtmeister, hat Dr. Seißler mit Ihnen gesprochen? Er ist auf der Suche nach einem geeigneten Ort für die Obduktion.«

»Ja, er hat mich deswegen schon gefragt. Ich hatte ihm angeboten, einen Leichenwagen zu organisieren, der die Toten ins Krankenhaus nach Hersbruck bringt.« Er zuckte die Schultern.

»Das hat ihn aber anscheinend nicht sonderlich zufriedengestellt, weil er anschließend ins Wirtshaus gegangen ist, um mit dem Ortsvorsteher zu sprechen.«

Ebertz zuckte ebenfalls die Schultern. »Ja, unser lieber Doktor ist eben manchmal etwas speziell. Lassen Sie uns gehen.«

Vorsichtig, um nicht abzurutschen und in dem eiskalten Schlamm zu landen, balancierten sie über den Knüppeldamm zurück ins Dorf. Das Wetter hatte sich verändert, es regnete nicht mehr so stark, dafür riss der Wind umso heftiger an ihren Mänteln. Die dunkelgrauen Wolken waren in Bewegung, es schien fast, als schickte der Himmel ihnen ein Zeichen.

Das Wirtshaus am Dorfplatz, vor dem sie ihre Wagen abgestellt hatten, war ein kleines, heruntergekommenes Gebäude. Zwei Gendarmen standen rauchend unter dem morschen Vordach, das ebenfalls seine besten Jahre längst hinter sich hatte und den Eindruck machte, als würde es jeden Moment vom Wind umgerissen werden. Etliche Einwohner hatten sich versammelt, um das Spektakel zu beobachten, insgeheim hoffend, von einem der Polizisten vielleicht einige pikante Details über das Verbrechen zu erfahren. Neugierig beobachteten sie die Kriminalbeamten aus einiger Entfernung, trauten sich jedoch offenbar nicht, näher zu kommen. Zu groß war der Respekt vor den Mordermittlern aus Nürnberg.

Das kommt auch nicht allzu häufig vor, dachte Max und gab sich selbst umgehend die Erklärung für das schüchterne Verhalten der Leute: Sie wussten schlicht und ergreifend nichts mit ihnen anzufangen, weil sie so ein Aufgebot bisher noch nicht gesehen hatten. Die Menschen in der Stadt dagegen, vor allem in den Armen- und Arbeitervierteln, waren solche Verbrechen fast schon gewöhnt, und der Anblick von Kriminalpolizisten war längst alltäglich. Nicht selten betrachteten sie die Beamten sogar als Feinde, da diese Vertreter eines Staates waren, den sie als ausbeuterisch und menschenfeindlich empfanden. Besonders in den kommunistisch geprägten Vierteln schlug ihnen daher häufig offene Feindseligkeit entgegen. Aber auch die Dorfbewohner würden ihre anfängliche Scheu bald ablegen, wenn die Sensationsgier zu groß wurde – was bei solchen Verbrechen nur eine Frage der Zeit war.

Schubert öffnete die Tür zur Wirtschaft, und Ebertz und Max folgten ihm in einen dunklen, holzgetäfelten Flur. Es roch muffig, nach schalem Bier und kaltem Zigarettenrauch. Sie betraten die Gaststube, einen quadratischen, ebenfalls holzgetäfelten Raum mit abgenutzter Einrichtung und einem großen Kachelofen in der Ecke, der eine wohlige Wärme ausstrahlte. Ein aus einem Wagenrad gebauter Kronleuchter hing von der Decke.

Der Wirt, ein Mann um die fünfzig mit dunklem Schnauzbart und speckiger Schürze, stand hinter der Theke und begrüßte die Ermittler regelrecht unterwürfig. In einer Ecke saß ein kleiner, zusammengesunkener Mann in dunkelblauer Uniform an einem Tisch. Vor sich hatte er ein großes Bier stehen. Ein Gendarm, der bei ihm gesessen hatte, sprang auf und kam salutierend auf sie zu.

»Ist das der Mann, der die Toten gefunden hat?«, fragte Max.

Der Gendarm nickte. »Jawohl. Er ist vollkommen durch den Wind. Wir haben ihm zur Beruhigung, äh … zwei Schnäpse und ein Bier gegeben.« Er sah sie unsicher an und fügte dann schnell hinzu: »Ansonsten wäre mit ihm gar nichts anzufangen. Erst hat er kein normales Wort herausgebracht und nur unzusammenhängend gestammelt.«

»Schon gut«, sagte Max. »Danke, Gendarm.« Erleichtert zog sich der Mann zurück. Sie gingen zu dem Ecktisch und stellten sich vor. Eingeschüchtert sah der Briefträger sie aus geschwollenen Augen an, getrocknete Tränen verklebten seine Wimpern.

»Wir würden Ihnen gerne ein paar Fragen stellen«, sagte Ebertz in ruhigem Ton, um den Mann nicht noch weiter zu verunsichern. »Dürfen wir uns einen Augenblick zu Ihnen setzen?«

Der Briefträger nickte langsam, und sie nahmen Platz.

»Sie können sich ja denken, dass wir wegen des Verbrechens an den Bauern Maul hier sind.«

Das ist doch einmal eine nette Umschreibung für einen grausamen Mord, dachte Max. Klingt richtig harmlos.

Doch bei dem Wort »Verbrechen« schluchzte der kleine Briefträger heftig, und seine Augen füllten sich erneut mit Tränen. Er nahm einen tiefen Schluck aus seinem Glas.

»Ich schwör Ihnen, Herr Kommissar«, stammelte er schniefend. »So was Furchtbares hab ich meinen ganzen Lebtag bisher noch nicht g'sehen, und ganz bestimmt werd ich's auch für den Rest meiner Tage nicht mehr vergessen.« Er bekreuzigte sich. »Der Herrgott sei ihren armen Seelen gnädig.«

Er nahm einen weiteren tiefen Schluck aus seinem Glas und wischte sich mit dem Handrücken über den Mund. Der Alkohol schien ihm etwas Mut zu verleihen, denn mit einem Mal schlug seine Stimmung um. Er rückte näher zu ihnen und flüsterte verschwörerisch und mit weit aufgerissenen Augen: »Also, wenn S' mich fragen, dann gibt's nur eine Erklärung für den Mord.«

»Und welche denn?«, gab ihm Max sein Stichwort, woraufhin er enthusiastisch drauflosplapperte.

»Na, ist doch logisch, der Teufel hat s' geholt, die armen Seelen.«

Die Ermittler sahen ihn entgeistert an.

»Ich denke, dieser Ansatz ist durchaus … interessant«, sagte Ebertz schließlich langsam und wechselte dabei einen raschen vielsagenden Blick mit Max. »Aber wir sollten dennoch auch andere Möglichkeiten in Betracht ziehen.«

Die Miene des Briefträgers verfinsterte sich. »Sie brauchen mich gar nicht für 'nen Spinner zu halten«, sagte er gekränkt. »Lassen S' sich doch mal erzählen, was in dem Wald hinter dem Hof der Mauls passiert ist, dann denk'n S' auch anders da drüber.«

»Fangen wir doch erst einmal ganz am Anfang an«, entspannte Max die Situation und schlug demonstrativ seinen Notizblock auf. »Erzählen Sie uns bitte, wer genau Sie sind und was heute Morgen geschehen ist.«

Das schien den anderen zu beruhigen, und er setzte sich aufrecht hin.

»Ich bin Landbriefträger Wilhelm Schöner«, sagte er zackig mit stolzer Stimme. »Seit mittlerweile zweiunddreißig Jahren fahre ich nun schon in dieser Gemeinde die Post aus, und zwar bei jedem Wetter, egal, ob Regen oder Schnee.«

»Jeden Tag?«

»Selbstverständlich! Nur sonntags nicht, aber das is ja klar.« Die Plauderei schien Schöner allmählich zu erden. Gefasster fuhr er fort: »Ich bin heut Morgen so gegen neun Uhr auf den Hof 'kommen, so wie jeden Tag.«

»Sie kommen jeden Tag um dieselbe Zeit dorthin?«, fragte ihn Max, während er eifrig Schöners Worte mitnotierte.

Der Briefträger nickte. »Ja, ich hab meine feste Runde, die ich radle, deswegen liefer ich die Post stets pünktlich ab.« Er nestelte aus der Tasche seiner Uniform einen alten Tabaksbeutel hervor und begann, sich eine Zigarette zu drehen. »Ich war also gegen neun aufm Hof, und da hab ich mich schon g'wundert, weil keiner da war.«

Er beugte sich nach vorne und zündete die Zigarette an. »Sie müssen wissen, heute war ich tatsächlich ein bissl später dran, deswegen hab ich mir da noch nicht allzu viel dabei 'dacht. Mein Fahrrad hab ich nämlich hier vorm Wirtshaus stehen g'lassen. Das Wetter hat die Straße ja in 'nen einzigen Schlammhaufen verwandelt, da wär ich eh nicht weit 'kommen. Also bin ich den Rest eben zu Fuß 'gangen, und deshalb ist's a bissl später g'worden.«

In Gedanken versunken paffte er an seiner Zigarette und nahm einen weiteren Schluck, bevor er fortfuhr. »Sie müssen wiss'n, dass der Franz, also der Altbauer, jeden Morgen mit einem schönen heißen Kaffee auf mich g'wartet hat, und den haben wir dann zusammen 'trunken und über alles Mögliche g'sprochen. Aber heute …« Er hob ausdrucksvoll die Augenbrauen. »Heute war niemand da. Also hab ich mir 'dacht: Schaust halt mal in den Stall. Der Hof muss ja bewirtschaftet werden, das Vieh versorgt und so weiter, vielleicht sind s' ja bei dem Wetter drinnen. Aber …« Ein weiterer verschwörerischer Blick. »Der Stall war zu. Auch im Geräteschuppen war keiner, und im Haus war alles finster.«

»Ist das so ungewöhnlich?«, fragte Max. »Die beiden Männer hätten ja auch im Wald oder auf dem Feld beschäftigt oder etwas besorgen sein können.«

Schöner schüttelte heftig den Kopf. »Da haben S' prinzipiell schon recht, Herr Kommissar. Aber es war kein Lebenszeichen aufm ganzen Hof zu sehen, kein Rauch ausm Schornstein, kein offenes Stall- oder Scheunentor, nix. Ich hab sofort g'wusst, dass irgendwas da nicht stimmt, ich hab nämlich einen Blick für Details.«

Der kleine Briefträger nahm einen weiteren tiefen Zug von seiner Zigarette und streckte bedeutungsvoll das Kinn nach vorne. »In zweiunddreißig Jahren als Briefträger kennt man ›seine‹ Leute schon recht gut und merkt, wenn was nicht stimmt.«

»Was haben Sie dann getan?«, fragte Max.

»Na ja, erst mal stand ich da rum und wusste nicht so recht, was ich machen sollt. Ich hab dann mal g'rufen und auch an die Tür 'klopft, aber es hat niemand geantwortet. Also hab ich einfach mal durchs Fenster reing'schaut. Ich hab mein Gesicht richtig fest an die Scheibe pressen müssen, damit ich überhaupt was erkennen konnt, immerhin war's ja stockdunkel drin. Und dann …«

Während der letzten Worte war seine Stimme immer leiser geworden, nun versagte sie, und seine Augen wurden erneut feucht. Er hielt sich die Hand vor den Mund und schüttelte fassungslos den Kopf.

»… haben Sie die Toten gesehen«, beendete Max den Satz.

Schöner nickte mit einem Schluchzen.

»Was haben Sie dann gemacht?«, fragte Ebertz.

»Ich bin, so schnell ich konnt, ins Dorf z'rück und hab dem

Ortsvorsteher Bescheid ’geben. Der hat dann sofort die Gendarmerie verständigt.«

»Wann haben Sie Franz und Andreas Maul zuletzt lebend gesehen?«

»Das war am Samstagmorgen.«

»Was für einen Eindruck haben sie gemacht? War etwas anders als sonst?«

Schöner kratzte sich nachdenklich am Kinn. »Nein, alles war wie immer. Ich bin aufn Hof ’kommen, hab dem Alten die Post ’geben und mit ihm unseren üblichen Kaffee ’trunken.«

»Worüber haben Sie gesprochen? Hat er etwas Außergewöhnliches gesagt?«

Ein weiteres Kratzen am Kinn. »Nein, wir haben nur kurz über den verdammten Regen g’sprochen, der gar nicht mehr aufhören mag, dann bin ich wieder ’gangen.«

»Haben Sie noch jemanden gesehen?«

Langsames Kopfschütteln. »Nein, mir ist niemand sonst aufg’fallen.«

»Kannten Sie die beiden Bauern näher?«, fragte Max.

Schöner beugte sich vor. »Zweiunddreißig Jahre bin ich hier jetzt Briefträger – selbstverständlich hab ich die Toten ’kannt!«, rief er. »Der alte Franz Maul ist hin und wieder ins Wirtshaus ’kommen.« Er beugte sich vor. »Allerdings hat er sich immer etwas abseits g’halten.«

»Und sein Sohn?«

Schöner winkte ab. »War ganz selten mal dabei, is dann aber meistens in einer dunklen Ecke rum g’sessen und hat alleine sein Bier ’trunken. Der hat sich nur ganz selten mal mit jemandem unterhalten, und dann war’s eher auch nur oberflächlich.« Er überlegte kurz. »Der Andreas war ein Einzelgänger, hat sich unter Leuten nie wirklich wohlg’fühlt.«

»Hatten sie Streit oder Probleme mit jemandem?«

»Davon weiß ich nichts.« Schöner hob abwehrend die Hände. »Sie waren vielleicht etwas verschroben und eigenbrötlerisch, aber dass sie Feinde g’habt hätten, kann ich nicht behaupten. Allerdings ...« Er kratzte sich an der Nase und rutschte nervös hin und her. Irgendetwas war ihm sichtlich unangenehm.

»Was meinen Sie?«, fragte Ebertz. »Gab es da jemanden? Ist etwas vorgefallen?«

»Nun ja.« Schöners Stimme war nur noch ein verschwörerisches Flüstern. »Es heißt, der Alte soll sich mit schwarzer Magie und so etwas b'schäftigt haben.« Er nickte bekräftigend. »Und zwar nachts, wenn alles schlief. Den Teufel anbeten, unheilige Rituale und so weiter. Und zwar im Wald hinter sei'm Hof.«

Die beiden Kriminalbeamten wechselten einen weiteren Blick.

»Können Sie uns das etwas genauer erklären?«, bat Max in ruhigem, möglichst neutralem Tonfall. Er war sich nicht sicher, wohin diese Geschichte führen würde.

»Also.« Schöner rückte näher zu ihnen, seine Hände begannen vor Aufregung zu zittern. »Im Dorf erzählt man sich, dass der Franz ein Hexenmeister is, Pardon, g'wesen is, muss man jetzt wohl sagen.«

»Ein Hexenmeister?«

»Ja, ganz recht, Herr Kommissar! Und dann die Lichter im Wald, mit denen hat doch alles ang'fangen! Vor einem Jahr war das«, rief der Postbote. »In besonders dunkl'n Nächten sind s' dann immer auf'taucht und auch manchmal am Tag, wenn starker Nebel war, da hat der Wald hinterm Hof regelrecht g'leuchtet. Das war ganz schön g'spenstisch, sag ich Ihnen!«

Schöner schien Max' skeptischen Blick bemerkt zu haben. »Sie glauben mir nicht, nicht wahr, Herr Kommissar? Sie halten mich für einen Spinner, der sich das alles nur einbildet«, sagte er beleidigt und sah ihn mit schief gelegtem Kopf an. »Aber ich bin kein verschrobener Hinterwäldler. Fragen S' doch die anderen Leut hier im Dorf, die haben die Lichter auch g'sehen! Im ganzen Tal red man sogar d'rüber!«

»Erzählen Sie uns von den Lichtern«, bat Max, ohne auf Schöners Gejammer weiter einzugehen.

Ganz schön sensibel, dachte er. Sobald jemand den geringsten Zweifel an seinen Geschichten zeigt, fühlt er sich persönlich angegriffen. Er kannte einige Kollegen, denen an dieser Stelle der Geduldsfaden gerissen wäre und die den kleinen Briefträger mit deutlichen Worten oder sogar Handgriffen wieder »aufs Wesentliche beschränkt« hätten, wie sie es nannten. Doch Max hatte die Erfahrung gemacht, dass es in so einem Fall meistens besser war, gar nicht erst weiter darauf einzugehen, stattdessen lieber ruhig und sachlich zu bleiben und den anderen reden zu lassen. Denn sonst bestand die Gefahr, dass derjenige komplett mauerte und entweder aus Trotz oder Angst gar nichts mehr sagte. Außerdem entsprach es nicht seinem Wesen, Leute wegen ihrer Art zu beleidigen oder gar zu schlagen.

»Wie sahen die Lichter aus? Waren es viele oder nur wenige?«

Tatsächlich schien Schöner wieder etwas besänftigt, denn er begann sofort zu erzählen: »Also, es waren so einzelne Lichter, wie von Glühwürmchen, aber viel größer, die im Wald hinterm Hof hin und her 'tänzelt sind. Es sah fast so aus, als würden böse Geister aus dem Unterholz rauskommen. Das war vielleicht gruselig, kann ich Ihnen sagen, Herr Kommissar. Mir ist's eiskalt über den Rücken g'laufen, und alle meine Haare sind mir zu Berge g'standen, als ich das zum ersten Mal g'sehen hab, das können S' aber glauben! Nicht umsonst nennt man den Wald hinterm Hof der Mauls auch Drudenholz, der Teufel und andere finstere Wesen sollen da drin hausen, heißt's.«

»Und wann war das?«

»Lassen S' mich kurz überlegen.« Schöner rieb sich das Kinn. »Es war im Frühjahr, vielleicht Ende April oder Anfang Mai. Auf jeden Fall lag kein Schnee mehr, und es war teilweis sogar schon wieder richtig warm. Ich war hier im Wirtshaus, hab Karten g'spielt und ein paar Bier 'trunken. Irgendwann war's aber durch den vielen Tabakqualm so verraucht, dass ich nach draußen 'gangen bin, um a bissl frische Luft zu schnappen. Weil's eine relativ milde Nacht war, bin ich ein paar Schritte hinterm Wirtshaus 'gangen. Und wie ich da so ein bisschen vor mich hin schlendre und in der Gegend rumgucke, hat's mich auf einmal so 'troffen, dass ich fast in Ohnmacht g'fallen wär!«

Er nahm einen hektischen Schluck aus seinem Bierglas. »Der Wald und die Hügel hinter dem Hof der Mauls, die haben regelrecht g'leuchtet! Das Glühen in den Hügeln schien direkt aus der Erde zu kommen. Und zwischen den Bäumen tänzelten diese Lichtpunkte hin und her.« Er lehnte sich zurück. »Da hab ich zu mir g'sagt: Willi, das war's, mit der Sauferei ist jetzt Schluss. Aber dann hab ich mir 'dacht, dass das schon komisch ist, weil ich ja zwar schon ein bisschen was 'trunken hatte, aber nicht sternhagelvoll war. Also warum sollt ich mir dann so etwas einbilden? Und da hab ich's dann langsam mit der Angst bekommen, weil ich g'merkt hab, dass da irgendwas nicht stimmt.«

»Was haben Sie dann gemacht?«

»Ich bin zurück ins Wirtshaus g'laufen und hab meiner Kartenrunde erzählt, was ich g'sehen hab. Anfangs haben die g'lacht und g'meint, dass ich spinn und total besoffen bin, aber dann sind wir zusammen noch mal raus, und da haben sie's auch g'sehen.«

Ebertz zog die Augenbrauen hoch. »Es gibt also mehrere Zeugen, die diese Lichter gesehen haben?«, fragte er, woraufhin Schöner eifrig nickte. »Haben Sie denn einmal mit Franz Maul darüber gesprochen?«

Die Augen des Briefträgers weiteten sich vor Schreck, und alle Farbe wich aus seinem Gesicht. »Gott bewahre, aber natürlich nicht!«, rief er. »Nach dem, was mit seinem Sohn passiert ist, hat sich das hier keiner 'traut.«

Die Ermittler horchten auf. »Was ist denn mit ihm geschehen?«, fragte Max.

Schöner beugte sich wieder vor und setzte eine verschwörerische Miene auf. »Es hieß damals, dass er im Krieg gefallen ist. Sogar ein Brief vom Wehrkreiskommando kam. Ich weiß das noch ganz genau, weil ich ihn persönlich zug'stellt hab.«

»Können Sie uns das erklären?« Ebertz schien verwirrt zu sein. »Immerhin liegt nicht weit von hier ein Toter im Wohnzimmer der Familie Maul, von dem wir bislang annahmen, es handle sich um den Jungbauern Andreas Maul.«

»Darum geht's ja!«, rief Schöner aufgeregt. »Kurz nachdem der Krieg vorbei war, Ende November war das wohl, kam dieser Brief, in dem stand, dass der Andreas gefallen ist – in den letzten Tagen sozusagen.«

»Und woher wissen Sie, was in dem Brief stand?«, fragte Max. »Haben Sie ihn gelesen, oder hat ihn der Altbauer Ihnen gezeigt?«

Empört schnappte Schöner nach Luft. »Na, hören S' mal! Was unterstellen S' mir denn da? Ich erledige meine Arbeit seit zweiunddreißig Jahren äußerst gewissenhaft, und nie hat's irgendwelche Beschwerden gegeben!« Dann setzte er kleinlaut hinzu: »Ich habe es, sagen wir ... erfahren.«

»Nun gut, lassen wir das beiseite«, sagte Ebertz, was Schöner sichtlich erleichterte. »Wie ging es dann weiter?«

»Der Franz hat sich immer mehr zurückgezogen – noch stärker als vorher schon. Ist ein richtiger Einsiedler g'worden und nur noch von seinem Hof gekommen, wenn's nicht anders ging. Das hat ihn sehr schwer 'troffen. Aber das ist ja klar, der Andreas war ja auch sein einziges Kind. Seine Frau ist schon vor Jahren g'storben, als der Bub noch klein war, außer ihm hatte der Franz niemanden mehr.«

Er begann, sich noch eine Zigarette zu drehen, während er weiterredete. »Aber ein halbes Jahr später, da hat der alte Maul dann ang'fangen, so komische Sachen zu erzählen, wenn er im Wirtshaus war oder man ihn 'troffen hat. Da hat er sich nämlich wieder öfters blick'n lassen. Aber er war nicht mehr so wie vorher, hat sich ziemlich verändert. Er hat nur noch g'mosert und über alles g'schimpft.«

»Was hat er denn für Sachen erzählt?«

»Das ist ja das Verrückte!« Der Briefträger zündete sich die Zigarette an und blies eine Rauchwolke in Richtung Decke. »Er hat erzählt, dass sein Sohn bald wieder zurückkommt und dass ihm mächtige Verbündete dabei helfen werden, den Andreas wieder nach Hause zu bringen, damit alles wieder so wird wie früher. Können S' sich das vorstellen?« Er tippte sich an die Stirn. »Alle dachten natürlich, dass der Franz überg'schnappt wäre, weil er den Verlust nicht verkraftet hätte, und haben ihn nur noch mitleidig ang'schaut. Aber dann ...«

Er schlug mit der Faust auf den Tisch, dass der Aschenbecher vor ihm einen Satz machte. »Eines Tages, Sie glauben nicht, wie die Leute g'schaut haben, kam der Andreas tatsächlich quicklebendig ins Dorf g'laufen. Da war uns allen dann klar, mit wem sich der Alte eingelassen hatte.«

»Mit wem denn?«

»Na, mit dem Leibhaftigen, das ist doch sonnenklar!« Schöner schrie fast, er hatte sich in Rage geredet. Sein Gesicht war hochrot angelaufen. Ob vom Alkohol oder vor Erregung, wusste Max nicht. Er vermutete, eine Mischung aus beidem. »Er hat einen Pakt mit dem Teufel geschlossen, und der hat seinen Sohn von den Toten auferstehen lassen!«

»In Ordnung, lassen wir das erst einmal so stehen.« Ebertz warf Max einen vielsagenden Blick zu. »Wie ging es dann weiter?«

»Na ja, am Anfang war's schon komisch, immerhin war der Andreas kurz vorher noch tot g'wesen. Man ging sich nicht direkt aus dem Weg, aber hat nur noch das Nötigste miteinander g'redet.«

»Hat denn jemand einmal den Jungbauern gefragt, was ihm zugestoßen ist? Vielleicht gibt es ja eine ganz einfache, etwas ... irdischere Erklärung für das alles.«

»Nein, das Thema kam nie auf den Tisch, wenn die beiden oder einer von ihnen da waren. Mit solchem Hokuspokus wollen wir hier nichts zu tun haben. Wir sind anständige, gottesfürchtige Leut hier im Ort!«

»Aber Sie haben dennoch jeden Morgen – außer sonntags – einen Kaffee mit dem Altbauern getrunken und sich mit ihm unterhalten, richtig?«, fragte Max. »Dann kannten Sie die Getöteten von allen Dorfbewohnern wohl am besten, oder?«

Die Frage war Schöner sichtlich unangenehm. »Na ja, es ist ja meine Pflicht als Briefträger, den Leuten ihre Post zu bringen, und wenn einem Kaffee an'boten wird, will man natürlich nicht ablehnen, vor allem bei so einem Wetter«, stammelte er.

»Worüber haben Sie sich denn unterhalten, wenn Sie so beisammen waren?«

Er winkte ab. »Ach, das war nur oberflächliches Geplaudere übers Wetter und dergleichen. Wie g'sagt, der Franz war ja nur noch am Motzen, über nichts konnte man sich noch normal mit ihm unterhalten.«

»Was hat ihm denn nicht gepasst?«

»Na, gar nichts mehr. Im Winter war's ihm zu kalt, im Sommer zu warm, die Regierung besteht nur aus Verbrechern, der Bauer Maismann ist ein genauso schlimmer Verbrecher, weil dem seine Ziegen immer das ganze Saatgut von seinen Feldern fressen und so weiter und so fort.« Er beugte sich zu ihnen. »Wissen S', der Franz war ja langsam auch in einem gewissen Alter, da is so was ja normal.«

»Gab es denn wegen dieser Gerüchte, die Sie erwähnten, irgendwelche Drohungen oder Beschimpfungen, wenn die Familie im Dorf war, vielleicht auch hinter vorgehaltener Hand?«

»Nein. Niemand legt sich mit jemandem an, der den Leibhaftigen auf seiner Seite hat.«

»Oder gibt es jemanden, der vielleicht nichts gesagt hat, aber einen besonderen Hass auf die Toten hätte haben können? Jemand, der besonders gläubig ist und sich von solchen Gerüchten bedroht fühlte?«

»Sie glauben, einer von uns hätt das getan? Niemals!« Schöners Stimme zitterte vor Empörung. »Wir ermorden niemanden, egal, was er getan hat, wir sind anständige Leute, Herr Kommissar!«

»In Ordnung.« Ebertz hob beschwichtigend die Hände.

»Und gab es sonst mit jemandem Probleme, gab es Streit, oder hatte jemand mit einem der beiden noch eine Rechnung offen?«

»Das habe ich doch schon gesagt. Nein, da gibt's niemanden.«

Ebertz holte tief Luft und erhob sich. »Gut, ich denke, das reicht uns vorerst einmal.« Er schüttelte Schöner die Hand. »Ich danke Ihnen für Ihre Hilfe, und bei Bedarf melden wir uns noch einmal bei Ihnen.«

»Stets zu Diensten, Herr Kommissar«, rief Schöner, während er seine Mütze aufsetzte und seine Uniform richtete. »Ich diene ebenso dem Staate wie Sie. Seit mittlerweile zweiunddreißig Jahren, egal, bei welchem Wetter, egal, bei welcher Regierung.« Er wickelte sich einen Schal um den Hals und salutierte zackig. »Meine Herren, ich empfehle mich.«

Sie sahen ihm nach, wie er leicht schwankend den Gastraum verließ.

Seufzend ließ sich Ebertz wieder auf seinen Platz fallen, und auch Max lehnte sich kopfschüttelnd zurück.

»Das war … speziell«, sagte er.

»Was meinen Sie?«, wandte sich Ebertz an Schubert, der die ganze Zeit über geschwiegen hatte, weil er die Arbeit der Kommissare nicht stören wollte. »Haben Sie von diesen Gerüchten schon einmal etwas gehört?«

Der Oberwachtmeister rieb sich nachdenklich das Kinn. »Nein, mir ist diese Geschichte auch vollkommen neu. Gerade auf dem Land sind Volkssagen und Aberglauben zwar noch verbreiteter als in der Stadt, aber von einem Hexenmeister und leuchtenden Waldgeistern im Pegnitztal habe ich noch nichts gehört.«

»Sie kennen Gegend und Leute. Glauben Sie, dass etwas dran sein könnte? Derartige Sagen und Geschichten haben ja häufig einen wahren Kern.«

»Ich kann es mir zwar beim besten Willen nicht vorstellen, aber man weiß ja nie …«, sagte er nachdenklich. »Die Sache mit dem vermeintlich gefallenen Sohn, der scheinbar von den

Toten aufersteht, ist allerdings wirklich seltsam. Zumal ich keinen Grund sehe, weshalb unser vielleicht etwas zu neugieriger Postbote wegen des Briefes lügen sollte.« Er zuckte die Achseln. »Und was das Leuchten angeht: Vielleicht hat der alte Maul nachts hinter seinem Hof Laub verbrannt. Schöner hat ja erzählt, dass er etwas exzentrisch wurde. Die besoffene Bande aus dem Wirtshaus hier hat den Feuerschein gesehen, mit dem Aberglauben um das Drudenholz kombiniert und sich die Geschichte von der leuchtenden Erde und dem Hexenmeister zusammengedichtet.«

»Vielleicht war die Sache mit dem Brief auch nur ein Irrtum«, meinte Max. »In dem Chaos, das teilweise in den Gräben nach einem Angriff herrschte, kann es durchaus vorgekommen sein, dass jemand als vermisst oder tot gemeldet wird, der in Wirklichkeit versprengt und bei einer anderen Einheit gelandet oder in Gefangenschaft geraten ist.«

»Das gilt es herauszufinden«, sagte Ebertz. »Wenn möglich, würde ich jetzt gerne mit dem Ortsvorsteher sprechen.«

»Ich lasse ihn von meinen Männern sofort herholen.«

Kurze Zeit später stand ein großer Mann mit dunklem Schnauzbart, der sich ihnen als Walter Lampert vorstellte, im Gastraum. Er reichte den Ermittlern die Hand und nahm Platz. Ebertz kam sofort zur Sache: »Erzählen Sie uns bitte, was geschehen ist, als Sie von dem Verbrechen erfuhren.«

Lampert überlegte und bohrte mit der Zunge zwischen seinen Zähnen herum. »Also, ich war im Stall und hab grade meine Kühe versorgt – mir gehört der Hof am anderen Ende des Dorfes, müssen S' wissen –, als unser Briefträger, der Willi Schöner, ang'radelt kam und wie ein Wilder geklingelt und gerufen hat. Vollkommen fertig und außer Atem war der und weiß wie die Wand im G'sicht. Der sah aus, als ob er ein Gespenst g'sehen hätt, und hat irgendwas davon g'faselt, dass auf dem Maul-Hof alles ermordet worden ist.«

»Was haben Sie dann getan?«

»Na ja, anfangs hab ich gedacht, dass der mich verarschen

will. Der Willi und ich kennen uns schon lang, müssen S' wissen. Ich bin hier im Dorf aufg'wachsen, und der Willi ist seit über dreißig Jahren unser Briefträger«, sagte er. »Aber ich hab dann schnell g'merkt, dass er's vollkommen ernst meint. Na ja, und ich hab dann meinen Knecht, den Lorenz Eberhardt, g'nommen und bin mit ihm zu dem Hof hin'gangen, um nachzuschauen. Dem Schöner habe ich g'sagt, er soll derweil sofort die Gendarmerie verständigen.«

»Als Sie mit Ihrem Knecht auf dem Hof angekommen sind, wie ging es da weiter?«, fragte Max.

Lampert betrachtete einen Moment nachdenklich die Decke. »Na ja, es war genau so, wie's der Willi g'sagt hat. Nirgends ein Lebenszeichen, alles dunkel, und die Türen und Tore waren zu. Der Lorenz und ich haben zum Fenster reing'schaut, so wie's uns der Willi g'sagt hat, und haben die Toten im Wohnzimmer g'sehen. Ich bin dann zum Stall 'gangen und hab versucht, das Tor aufzumachen, um vielleicht so ins Haus zu kommen. Es war aber verschlossen. Weil wir aber nicht einbrechen wollten und weil's so stark g'regnet hat, haben wir uns dann im Maschinenschuppen unterg'stellt und auf die Gendarmerie g'wartet. Der hat nämlich kein Tor und ist immer offen, müssen S' wissen. Also der Schuppen.«

»Ist Ihnen irgendetwas aufgefallen?«, fragte Max. »War auf dem Hof etwas seltsam?«

Ein erneuter Blick zur Decke. »Nein, nichts.«

Ebertz beugte sich vor. »Wann haben Sie die Mordopfer das letzte Mal lebend gesehen?«

»Der Alte, der Franz, war am Samstagabend hier im Wirtshaus«, sagte Lampert. »Hat in Ruhe ein paar Bier 'trunken und ist um kurz nach zehn Uhr wieder 'gangen.« Er zeigte auf einen kleinen Tisch in der Ecke neben der Garderobe. »Dahinten hat er g'sessen.«

»Ist Ihnen an ihm etwas aufgefallen, hat er sich seltsam verhalten oder etwas gesagt?«

Lampert schnaubte. »Der Franz war immer seltsam und hat

auch ständig seltsame Sachen g'sagt, müssen S' wissen. Aber an dem Abend war ansonsten nichts Außergewöhnliches.«

»Woher wissen Sie so genau, dass er gegen zweiundzwanzig Uhr gegangen ist?«

Der Ortsvorsteher zwirbelte seinen Bart. »Wir haben dort drüben am Tisch Karten g'spielt und eine Pause g'macht. Ich bin aufg'standen und zum Tresen 'gangen, um noch eine Runde zu bestellen. Da hab ich den alten Maul 'troffen, der gerade am Gehen war. Wir haben uns kurz verabschiedet, so wie immer. Ich hab ihm dann nachg'schaut, und dabei hab ich auf der Uhr, die über der Tür hängt, g'sehen, dass es kurz nach zehn war.«

»Kannten Sie die Familie Maul gut? Immerhin sind Sie ja der Ortsvorsteher.«

Er lehnte sich zurück und zog weiter an seinem Schnauzbart herum. »Na ja, man kannte sich halt so, wie man sich im Dorf eben kennt. Wir haben uns gegrüßt, wenn wir uns g'sehen haben, und kurz übers Wetter oder die Ernte 'plaudert, aber ansonsten hatten wir nichts miteinander zu tun, müssen S' wissen. Der Alte war hin und wieder im Wirtshaus, hat sich da aber immer ein bisschen abseitsg'halten und nie viel mit den Leuten g'sprochen. Der Jungbauer kam ja erst letztes Jahr vom Militär zurück. Das war alles ziemlich seltsam, müssen S' wissen. Der hat sich aber noch seltener blicken lassen als sein Alter. Aber das wissen S' bestimmt alles schon, oder?«

»Was meinen Sie?«, fragte Ebertz verwirrt.

Lampert ließ ein Grinsen sehen. »Ich bitt Sie, Herr Kommissar. Der junge Maul ist in den letzten Kriegstagen g'fallen, das weiß jeder hier im Dorf.« Er stieß einen Lacher aus. »Und jeder, der's noch nicht wusste, dem hat's der Willi Schöner brühheiß erzählt.«

»Wie war das denn mit der Rückkehr des Jungbauern?«

»Na ja.« Lampert lehnte sich nach vorne und stützte die Ellenbogen auf den Tisch. »Also, wie g'sagt, erst kam der Brief, dass der Andreas g'fallen ist. Lassen S' mich kurz überlegen … Das war, kurz nachdem der Krieg aus war, vielleicht so im Dezember ’18. Der Alte erzählte daraufhin rum, dass er mächtige Helfer hat, die ihm sein’ Sohn wiederbringen, oder so ’nen Schmarrn. Den hat das total fertigg’macht, ist ja auch verständlich. Na ja, zuerst hat jeder ’dacht, er ist über den Verlust und den Kummer durch’dreht und hat nicht mehr alle Tassen im Schrank, müssen S’ wissen. Doch dann, eines Tages …« Er schlug mit der Faust so plötzlich auf den Tisch, dass die Ermittler zusammenzuckten. »Marschiert auf einmal der junge Maul quicklebendig ins Dorf. Was glauben S’, was da los war?« Er beugte sich noch weiter zu ihnen vor. »Auf einmal hat niemand mehr ein böses Wort über den Franz Maul g’sagt oder hinter seinem Rücken über ihn g’lacht. Ganz im Gegenteil. Angst haben s’ auf einmal vor ihm g’habt. Und wenn S’ mich fragen, ganz zu Recht!«

»Wie meinen Sie das?«

»Na ja, es ist doch vollkommen logisch. Der Alte hat tatsächlich einen Pakt mit dem Teufel g’habt. Wie hätt der Andreas denn ansonsten von den Toten zurückkommen sollen?« Er hob bedeutungsvoll den Finger. »Und wenn S’ mich fragen, der war’s auch, der sich die armen Seelen nun g’holt hat.«

Max kratzte sich am Kopf. Er wusste noch nicht genau, wie er das Beharren der Dorfbewohner, der Teufel habe die beiden Männer ermordet, einordnen sollte. »Können Sie sich auch eine andere Erklärung für den Mord denken? Hatten die Bauern Streit mit jemandem, oder war jemand nicht gut auf sie zu sprechen?«

»Ach, die waren schon etwas seltsam, aber wer hätte den Leuten denn etwas Böses wollen? Das waren hart arbeitende Menschen, müssen S’ wissen, die haben niemandem was ’tan.« Er bekreuzigte sich. »Gott sei ihren Seelen gnädig.«

»Waren die Toten denn wohlhabend?«

Lampert begann wieder, seinen Schnauzbart zu zwirbeln. »Na ja, arm waren s’ sicher nicht. Das sehen S’ ja schon an den Maschinen, die s’ g’habt haben. Das sind wirklich gute Stücke und teure, mit denen haben s’ sicherlich hohe Erträge eing’fahren. Aber mehr weiß ich dazu nicht.«

Ebertz warf Max einen Blick zu, bevor er die nächste Frage stellte. »Haben Sie nachts jemals seltsame Lichter hinter dem Hof im Wald gesehen?«

»Ah, Sie haben wirklich mit dem Willi Schöner g'sprochen, das merkt man sofort.« Lampert ließ ein Schnauben hören. Doch dann verhärtete sich seine Miene. Er presste die Lippen so fest zusammen, dass sie nur noch ein schmaler Strich waren, und seine Hände verkrampften sich ineinander, bis die Knöchel weiß hervortraten. »Ja, das hab ich«, sagte er gepresst.

»Erzählen Sie uns davon.«

Der Ortsvorsteher fuhr sich mit der Hand über das Gesicht und atmete ein paarmal tief ein. Er schien sich wieder ein wenig zu beruhigen. »Na ja, es war so etwa im letzten Herbst«, sagte er. »Das war, kurz bevor der Andreas Maul zurück'kommen ist. Ich bin spätabends noch ein bisschen spazieren 'gangen und hab g'raucht. Das mach ich öfters, müssen S' wissen, also abends spazieren gehen. Als ich so zwischen den Feldern unterwegs war, hab ich auf einmal so kleine tanzende Lichter im Drudenholz, also dem Wald hinterm Hof, g'sehen. So wie Glühwürmchen, nur viel größer.«

»Was haben Sie getan?«

»Na, was glauben S' denn?«, rief er. »Ich stand da und konnt mich erst mal nicht bewegen, so schockiert war ich. Na ja, und dann bin ich zurück'gangen.«

»Können Sie sich vorstellen, was diese Lichter gewesen sein könnten?«

»Geister? Oder vielleicht der Teufel persönlich?« Lampert zuckte mit den Achseln. »Ich wollt mit diesen unheiligen Sachen nichts zu tun haben.« Dann fügte er hinzu: »Und ich will's auch heute nicht. Für mich war das auf jeden Fall der Beweis, dass der Schöner recht g'habt hat!«

»Wissen Sie, mit wem die Familie etwas mehr zu tun hatte, oder kennen Sie jemanden, der sie näher kannte?«

Ein kurzes Zögern. »Ja. Sprechen S' am besten mal mit dem Gerhard Moltzer, dem g'hört das Sägewerk am andern Ende vom Dorf. Der alte Maul hat ihm Stämme aus seinem Wald verkauft, müssen S' wissen. Soweit ich weiß, hatten die beiden auch abseits ihrer G'schäfte etwas mehr miteinander zu tun.«

»Inwiefern? Können Sie das etwas ausführlicher erklären?«

»Na ja, der Moltzer war der Einzige, mit dem der Franz Maul öfters mal g'sprochen hat, wenn er im Wirtshaus war. Die haben da immer die Köpfe zusammengesteckt und so geheimnisvoll getan. Hat aber keiner so richtig mitbekommen, was die da g'redet haben, weil die immer sofort aufg'hört haben, wenn einer zu ihnen 'kommen ist.«

Max schlug eine neue Seite in seinem Notizbuch auf. »Können Sie uns eine Adresse geben, wo wir diesen Gerhard Moltzer finden?«

»Wenn S' mit dem sprechen wollen, müssen S' warten«, sagte Lampert und beschrieb den genauen Weg zu Moltzers Sägewerk. »Der ist noch auf 'ner Holzmesse in Nürnberg und kommt erst morgen wieder zurück.«

»In Ordnung, vielen Dank«, sagte Ebertz. »Halten Sie sich bitte zu unserer Verfügung, falls wir noch Fragen haben.«

Sie sprachen noch mit weiteren Bewohnern des Dorfes und Nachbarn der Ermordeten, doch keiner hatte die Toten näher gekannt und konnte etwas zu den Aussagen des Briefträgers und des Ortsvorstehers hinzufügen. Auch zu den Lichtern hatte niemand eine andere Erklärung, als dass es eine übernatürliche Erscheinung gewesen sein müsse. Denn der Altbauer habe ja immerhin selbst von den mächtigen Verbündeten gesprochen, die seinen Sohn von den Toten zurückgeholt hätten. So sei jedem seit der mysteriösen Wiederauferstehung des Jungbauern klar gewesen, dass der alte Maul einen Pakt mit dem Teufel gehabt habe. Nun habe sich Luzifer persönlich die Seelen geholt. Zwar bedauerte es jeder, was den beiden Männern zugestoßen war, aber schließlich seien sie selbst schuld.

»Abgesehen von dem Teufel als heißestem Verdächtigen für den Doppelmord stimmen alle Aussagen überein, dass die Ermordeten zuletzt am Samstag gesehen wurden«, fasste Max seine gesammelten Verhörnotizen zusammen. »Andreas Maul zur Mittagszeit, als er im Dorfladen ein paar Lebensmittel kaufte, und sein Vater abends um zweiundzwanzig Uhr in der Dorfkneipe.« Er lehnte sich zurück, lockerte seinen Kragen und streckte die Füße von sich. Die zahlreichen Verhöre hatten ihn geschafft. »Was meinst du?«, fragte er Ebertz.

Der unterdrückte ein Gähnen, auch an ihm waren die vergangenen Stunden nicht spurlos vorübergegangen. Er sah auf seinen Notizblock, der vor ihm auf dem Tisch lag. »Hexenmeister, der Teufel, Geister – es scheint, als hätten wir eine starke spirituelle Komponente bei diesem Fall.«

»Und wenn man es glauben mag, hatte keiner der Lebenden auch nur das geringste Motiv, die Familie tot sehen zu wollen«, sagte Max trocken. »Aber vielleicht bekommen wir ja einen Haftbefehl für den Teufel.«

Ebertz hob die Arme und bog die Wirbelsäule durch, dann stand er auf. »Lass uns nachsehen, wie weit Dr. Seißler ist. Vielleicht haben er und Schürmann ja etwas gefunden, das uns weiterhilft.«

# 4. KAPITEL

Sie fanden den kleinen Polizeiarzt im Stall des Hofes der Familie Maul, wo er sich einen improvisierten Obduktionssaal eingerichtet hatte. Mit Hilfe der Gendarmen hatte er mehrere Tische nebeneinander aufgestellt, auf denen die Toten stumm unter weißen Bettlaken lagen. Starke Scheinwerfer tauchten die gespenstische Szenerie in gleißendes Licht. Max schmerzte der grelle Schein in den Augen, als sie aus dem dämmrigen Grau hineintraten.

»Wie sieht es aus, Doktor?«

Seißler blickte hemdsärmelig von einer Leiche – der des Altbauern – auf, in der Hand eine Pinzette und eine kleine Metalldose. Er deutete auf einen kleinen Tisch an der Seite, auf dem neben dem geöffneten Chirurgenkoffer und einer Schüssel Wasser mehrere ähnliche Dosen standen.

»Unsere kleinen Freunde helfen mir, durch ihre Leichenbesiedelung Hinweise zu sammeln, wie lange diese armen Seelen schon tot sind.«

Die beiden Kriminalbeamten beugten sich über den Leichnam und beobachteten Seißler, wie er mit der Pinzette einige sich windende Maden aus der blutverkrusteten klaffenden Wunde am Oberkörper des Mannes holte und in das Schüsselchen gab.

Max schielte auf den Toten. Die fahle Haut schimmerte gelblich und wächsern, nur an den Stellen, auf denen der Bauer gelegen hatte, hatten sich dunkle Leichenflecken gebildet. Sein Gaumen wurde trocken, und er spürte Übelkeit in sich aufsteigen. Obwohl er im Krieg schon zahlreiche Tote gesehen hatte, war er doch froh, sich nie wirklich an deren Anblick gewöhnt zu haben. Er fand es faszinierend und erschreckend zugleich, wie tote Menschen innerhalb kürzester Zeit alles Menschliche verloren, wie sich die Haut veränderte oder wie die Gesichtszüge verschwanden und nur noch eine Maske zurückließen, die mit der Person, die der Verstorbene einst gewesen war, nahezu nichts mehr zu tun hatte. Tote Tiere dagegen sahen meist so aus, als würden sie schlafen.

Seißlers Stimme riss ihn aus seinen Gedanken. »Tote Körper, egal, ob Mensch oder Tier, werden naturgemäß sehr schnell von Insekten befallen«, dozierte der Polizeiarzt. »Der Leichnam dient ihnen sowohl als Nahrungsquelle als auch als Brutstätte.« Er deutete auf den Toten. »Anhand der Menge, Art und Größe der Insekten lässt sich zumindest grob der Zeitpunkt des Todes bestimmen – vorausgesetzt, die Leiche ist für die Insekten sofort zugänglich, was hier aber definitiv der Fall war.«

Seißler nahm ein kleines Lineal und ging zu dem Tisch mit den Schüsselchen.

»Die Schmeißfliege ist das erste Insekt, das nach dem Tod Eier in die Leiche legt. Das hier sind ihre Eier und Larven. Wenn man die relativ niedrige Temperatur, die Größe und das Entwicklungsstadium der Larven und den Zustand der Leichen berücksichtigt, würde ich den Todeszeitpunkt auf Samstagnacht eingrenzen. Wenn Sie mich auf einen Zeitraum festsetzen wollen, würde ich in etwa zwischen elf Uhr abends und zwei Uhr morgens vermuten. Dies ist allerdings mehr Schätzung als Tatsache und nicht verbindlich.«

Max sah Ebertz an. »Das passt zu den Aussagen der Dorfbewohner«, sagte er. »Bis ungefähr zehn Uhr abends war der Altbauer im Wirtshaus. Dann ist er nach Hause gegangen und hat anscheinend kurz darauf seinen Mörder getroffen.«

Die Tür ging auf, und Schürmann kam herein.

»Hast du noch etwas gefunden?«, fragte Ebertz.

Schürmann schüttelte den Kopf und den Regen von seinem Hut. »Nichts Außergewöhnliches. Es wurde nichts durchwühlt, und alles scheint an seinem Platz zu sein, aber das habt ihr ja selbst gesehen. Ich habe trotzdem alles fotografiert.«

Ebertz runzelte die Stirn. »Wir haben bisher kein Motiv für das Verbrechen. Raubmord scheidet wohl aus, weil nichts fehlt, und laut Aussage sämtlicher Nachbarn hatten die Toten keinerlei Feinde.«

»Wir sollten uns einmal im Wald hinter dem Haus umsehen«, sagte Max. »Vielleicht haben die mysteriösen Lichter ja tatsächlich etwas mit dem Verbrechen zu tun.«

»Bei dem Wetter?« Schürmann sah skeptisch zur Tür. »Es dämmert ja auch schon, ob wir da überhaupt noch etwas finden?«

»Das wird sich zeigen.« Ebertz stellte den Mantelkragen auf, zog den Hut in die Stirn und trat hinaus. Max warf einen Blick zurück. Dr. Seißler war gerade dabei, die Wunden des Altbauern mit einem Vergrößerungsglas akribisch zu untersuchen. Wahrscheinlich würde er die Nacht durcharbeiten. Er seufzte und folgte Ebertz nach draußen. Sofort riss der Wind unverändert stark an seinem Mantel, und eiskalte Regentropfen stachen ihm nun sogar von unten ins Gesicht. Am Rand des Hofes standen einige Dorfbewohner, wohl in der Hoffnung, einen Blick auf die Leichen erhaschen zu können. Mehrere Gendarmen hielten sie aber davon ab, sich dem Tatort noch mehr zu nähern.

Sie gingen um das Haupthaus herum, weniger als fünfzig Meter entfernt lag der Wald nun vor ihnen. Sobald sie zwischen den Stämmen standen, ließen Wind und Regen deutlich nach, und hoch über ihren Köpfen tanzten und rauschten die Wipfel im Wind. Max fühlte auf einmal einen seltsam beklemmenden Druck auf seiner Brust. Der Wald schien sie in sich hineinziehen und verschlingen zu wollen.

»Das Licht sollte noch ausreichen, dass wir uns zumindest ein bisschen umsehen können«, unterbrach Ebertz' Stimme seine Gedanken. »Lasst uns erst einmal dort hinaufgehen.«

Etwa zwanzig Meter hinter dem Waldrand erhob sich vor ihnen eine Hügelkette, dicht bewachsen mit riesigen Buchen und dornigen Sträuchern. Ein schmaler Trampelpfad führte zwischen den gelegentlich herausragenden Kalkfelsen in die Höhe. Hintereinander erklommen sie den steilen Anstieg. Obwohl die Baumkronen den größten Teil des Regens fernhielten, war der Boden aufgeweicht und glitschig. Immer wieder fanden ihre Schuhe keinen Halt auf dem lehmigen Boden und rutschten ab. Fast auf allen vieren kämpften sie sich nach oben, jeden Baum und jeden Felsen als Halt nutzend. Auf der steinigen Krone angekommen, verschnauften sie einen Augenblick.

Max drehte sich um, wobei er achtgab, auf dem von Moos bewachsenen Kalkstein nicht abzurutschen und in die Tiefe zu fallen. Zwischen den sich im Wind wiegenden Baumwipfeln und dem grauen Dunst hindurch sah er das Dorf liegen, in dem nach und nach die Lichter angingen. Sie standen auf dem Scheitel des Hügelkamms, der das ganze Tal umschloss. Bei schönem Wetter musste man bis zum anderen Ende der Senke blicken können, jetzt aber lag alles hinter einem Regenschleier verborgen.

»Kommst du?«, fragte Ebertz schnaufend hinter ihm.

Sie mussten sich beeilen, denn die Dämmerung hatte bereits eingesetzt, und lange würden sie nicht mehr ausreichend Tageslicht haben, um etwas zu sehen. Vor ihnen lag ein zwischen den bewachsenen Kalksteinfelsen angelegtes Wirrwarr aus mannshohen, konisch zulaufenden Gräben: die »Schwedenschanze«, ein während des Dreißigjährigen Krieges von den protestantischen Truppen des schwedischen Königs Gustav Adolf bei ihrem Kampf gegen die katholische Liga angelegtes riesiges Grabensystem. Sie rutschten über glitschiges totes Laub nach unten – erst Schürmann, dann Ebertz, und Max bildete den Schluss.

»Wohin nun?«, fragte Schürmann, als sie am Grund des Grabens standen. Sie sahen sich um: Mehrere Meter tief und breit führte der Graben in beide Richtungen um eine gigantische Felsformation herum. In ihn waren von Menschenhand mehrere Überhänge geschlagen worden. Max konnte sich lebhaft die schwedischen Karoliner in ihren blauen Uniformen vorstellen, die betend, weinend oder wimmernd unter dem massiven Stein Schutz vor dem Artilleriebeschuss ihrer Gegner suchten und auf den Befehl zum Angriff warteten. Oft genug in den letzten Jahren war er in einem ähnlichen Graben gesessen – genug für ein ganzes Leben. Wie wenig sich in den Jahrhunderten doch geändert hatte. Nur die Waffen waren moderner geworden, um noch mehr Menschen noch effektiver umzubringen.

»Lasst es uns dort versuchen.« Ebertz zeigte nach links, auf die nach Westen gerichtete Abzweigung. Nebeneinander gingen sie langsam den breiten Weg entlang, aufmerksam den mit braunem Laub bedeckten Boden auf etwaige Hinweise absuchend. In regelmäßigen Abständen führten schmalere Abzweigungen an beiden Seiten vom Hauptgraben ab.

»Wer sich hier verirrt, kommt nicht so schnell wieder heraus«, sagte Max. »Wir sollten sicherheitshalber erst einmal nur dem Hauptweg folgen und uns die Nebengänge vornehmen, wenn wir besseres Licht, mehr Zeit und mehr Männer haben.«

»Du hast recht, lass uns weitergehen«, sagte Ebertz. »In dem System verzetteln wir uns ansonsten nur. Mal sehen, wo uns dieser Graben hier hinführt.«

Sie folgten ihm mehrere hundert Meter, ohne jedoch auch nur das Geringste zu entdecken, das Laub und der steinharte Lehmboden darunter ließen keine Spuren zu. Schließlich kamen sie zu einem kleinen runden Platz. Von ihm aus führten zwei weitere große Gräben in verschiedene Richtungen.

»Meine Güte, die Anlage ist ja riesig«, staunte Schürmann.

»Das sind bestimmt mehrere Kilometer Gräben«, sagte Max. »Immerhin mussten hier Hunderte oder sogar Tausende Soldaten Platz finden.«

»Heimelig. Wie in Flandern.«

»Seht einmal!« Ebertz deutete auf die Mitte des Platzes. Langsam gingen sie näher, vorsichtig darauf bedacht, keine Spuren zu übersehen oder versehentlich zu zerstören.

Im Zentrum der Fläche war das Laub kreisförmig in einem Durchmesser von etwa sechs Metern beiseitegeschafft worden, sodass der nackte Lehmboden offen dalag. Inmitten davon befanden sich die Überreste einer großen Feuerstelle, Ruß und verbrannte Holzreste bedeckten den Boden um einen Steinkreis. Die Luft roch abgestanden und modrig.

Als sie näher kamen, sah Max, dass seltsame Symbole in den Boden geritzt worden waren, deren Umrisse sich hell in der feuchten Asche abzeichneten. Er erkannte ein fünfzackiges Pentagramm, ein mit der längeren Seite auf den Kreis gerichtetes Kreuz und einige andere Zeichen und Kreuzvariationen, die ihm allerdings unbekannt waren. Auf einem großen Stein, der wie ein Altar im Mittelpunkt des Kreises lag, erkannte er die Überreste einiger Knochen. Alles war mit schwarzem, klebrigem Ruß bedeckt. Zwar waren die Baumkronen hoch über ihnen auch an dieser Stelle so dicht, dass sie den Großteil des Regens abhielten, doch die allgegenwärtige, durchdringende Feuchtigkeit hatte dennoch alles in eine teerartige Masse verwandelt.

»Was haben wir denn hier?«, fragte Ebertz und lugte über seine Brillengläser.

»Sieht aus wie ein Ort für irgendwelche Zeremonien oder Rituale«, sagte Max. »Was ist denn das?« Mit einem kleinen Ast, der das Feuer überlebt hatte, stocherte er in den Überresten herum und verzog das Gesicht. »Sieht aus wie Hühnerknochen. Vielleicht hatten die Dorfbewohner recht, und wir haben es tatsächlich mit einer Art satanischem Kult zu tun?«

Max durchsuchte den Rest der schwarzen Masse innerhalb des Steinkreises, fand aber nur noch die zu Holzkohle verbrannten Überreste von Ästen. Außerhalb der aufgereihten Steine waren undeutlich einige verschwommene Schuhabdrücke im Schlick zu erkennen. Er zog seinen Notizblock aus der Manteltasche und begann, alles so genau wie möglich abzuzeichnen. Sie würden Schürmanns Fotografieausrüstung heraufschaffen müssen, um Bilder von dem Ort anzufertigen.

»Es scheint in der Tat eine Art Kultstätte zu sein«, sagte Ebertz. »Ob es sich dabei aber wirklich um Teufelsanbetung handelt und inwieweit die Mordopfer damit zu tun haben, müssen wir erst einmal herausfinden.« Er sah Max an und fügte seufzend hinzu: »Was schwer genug werden dürfte. Immerhin haben sich alle seit dem Auftauchen der mysteriösen tanzenden Lichter von diesen Hügeln hier ferngehalten.«

»Das sagen sie zumindest«, meinte Max trocken. »Das hier ist jedenfalls noch nicht allzu alt.« Er wischte mit dem Finger durch die Asche. Schwarzgrauer Schleim blieb daran hängen. »Die unteren Schichten sind noch relativ trocken. Wäre das Ritual, oder was auch immer hier veranstaltet wurde, schon länger her, wäre alles bis zum Boden durchweicht.«

»Seht euch das einmal an«, rief Schürmann. Er stand am Rande des Platzes und untersuchte etwas an einem Felsen. Sie gingen zu ihm hinüber und erkannten im letzten Licht des Tages einige Gebilde, die in Vertiefungen im Stein hingen. Max sah genauer hin, doch in der zunehmenden Dunkelheit konnte er nicht genau erkennen, worum es sich dabei handelte.

»Immer auf alles vorbereitet sein«, sagte Schürmann und kramte aus seiner Manteltasche eine Taschenlampe hervor. In dem hellen Lichtkegel baumelten mit Fäden und Stöckchen verbundene Knochen wie makabre indianische Traumfänger oder Windspiele in den Löchern im Fels. Max verzog das Gesicht. An manchen der Knochen hingen noch Reste vergammelten Fleisches. Ein Geruch der Verwesung ging von den Nischen aus.

»Das ist ja ekelhaft«, sagte Ebertz.

»Du sagst es.« Schürmann deutete auf den Platz. »In den Felsen ringsherum hängen insgesamt acht dieser Windspiele. Bestehen alle aus Hühnerknochen, soweit ich das auf den ersten Blick sagen kann. Manche hängen schon länger, die Knochen sind trocken und ausgeblichen, andere, so wie das hier, erst seit Kurzem.«

»Was haben diese Amulette zu bedeuten? Irgendeine Form der schwarzen Magie?«, fragte Ebertz.

Schürmann zuckte die Schultern. »Nicht dass ich wüsste.

Aber ich bin auch kein Fachmann für Hexerei, Teufelsanbetung oder Aberglauben.«

Eine heftige Windböe ließ plötzlich die Baumwipfel heulend hin und her tanzen. Schwarze Schatten krochen immer weiter aus Ecken, Felsspalten und Winkeln, Dunkelheit griff mit gierigen Fingern nach ihnen und hüllte sie ein. Im abnehmenden Licht wirkte der Ort zunehmend feindselig und kalt. Max glaubte regelrecht zu spüren, wie sie böse Augen aus der Finsternis heraus beobachteten. Ein kalter Schauer lief ihm über den Rücken, seine Nackenhaare sträubten sich. Angestrengt versuchte er, hinter Bäumen oder Büschen auf der Felskrone um sie herum etwas auszumachen. Er fühlte sich verloren und spürte, wie sich Furcht in seinem ganzen Körper ausbreitete. Verzweifelt wünschte er sich das Zeichen irgendeines Lebewesens, das Heulen einer Eule oder die gelben Augen eines Fuchses, der durch das Unterholz schlich. Aber da war nichts. Nur das feindselige Rauschen in den Wipfeln hoch über ihren Köpfen.

»Wir sollten zurückgehen und morgen wieder herkommen«, sagte Ebertz. Im Schein der Taschenlampe sahen seine Gesichtszüge verzerrt und gehetzt aus. Auch an ihm ging die sonderbare Atmosphäre dieses unheiligen Ortes nicht spurlos vorüber. »In der Dunkelheit sehen wir sowieso nichts mehr.« Schürmann beeilte sich, ihm mit gepresster Stimme zuzustimmen.

Im Gänsemarsch machten sie sich auf den Rückweg, Schürmann voran, in der Mitte Ebertz, hinten wieder Max, und verließen den Platz durch den Graben, durch den sie gekommen waren. Kurz bevor der Weg eine Biegung machte, warf Max einen Blick zurück zu dem Feueraltar. Sein Mund wurde trocken, heiß und kalt schoss es ihm gleichzeitig durch die Adern: In der Mitte des Steinkreises stand eine schwarze Gestalt in der Finsternis!

»Fritz«, flüsterte er. »Bleib stehen!«

Der Schein von Schürmanns Taschenlampe verlangsamte sich. »Was?«

Max riss ihm die Lampe aus der Hand und leuchtete den Weg zurück. Sein Herz klopfte bis zum Hals, doch der Platz lag verlassen im fahlen Schein der Lampe.

»Was ist denn?«, fragte Schürmann vorwurfsvoll. »Du hast mich zu Tode erschreckt! Was soll das denn?«

»Da war jemand«, keuchte Max. »Er stand da, direkt in der Mitte des Steinkreises.«

»Da ist aber niemand«, sagte Ebertz. Auch seine Stimme klang angespannt.

»Ich habe jemanden gesehen, da bin ich mir hundertprozentig sicher«, flüsterte Max, mehr um sich selbst zu überzeugen als die anderen. Auf einmal war er sich nicht mehr so sicher. Hatten ihm die Schatten oder seine angespannten Nerven einen Streich gespielt? Fieberhaft versuchte er, in der Dunkelheit etwas zu erkennen, doch der schmale Strahl der Taschenlampe gab nicht genügend Licht her.

»Wir sollten gehen«, sagte Ebertz neben ihm.

Schürmann übernahm wieder die Spitze, Max folgte ihnen mit klopfendem Herzen. Er hatte das Gefühl, dass sie nicht alleine waren, dass sie aus dem Unterholz heraus beobachtet und verfolgt wurden. Seine Finger tasteten nervös nach seiner Waffe in dem Holster unter seiner linken Achsel. Mehrmals blickte er zurück, doch in der Dunkelheit konnte er nichts mehr erkennen.

Max atmete hörbar auf, als sie die Hügelkrone erreichten und sich der Wald wieder etwas lichtete. Im fahlen Mondlicht, das hin und wieder durch die dahinziehenden Wolken schien, erkannte er die Erleichterung in Ebertz' und Schürmanns Gesichtern, dass sie die Gräben hinter sich gelassen hatten. Sie begannen, den rutschigen Pfad hinunterzuklettern. Im Dunkeln war es noch schwieriger, auf dem glitschigen Untergrund die Balance zu halten, und ein paarmal verlor Reinhardt den Halt und konnte sich erst im letzten Augenblick an einem Ast oder Strauch festhalten. Doch schließlich erreichten sie wohlbehalten den Waldrand.

Sie gingen zum Stallgebäude zurück, in dem Dr. Seißler immer noch damit beschäftigt war, die Toten zu untersuchen. Bald würde er die Leichname waschen und mit der Obduktion beginnen.

»Hier können wir jetzt nichts mehr tun«, sagte Ebertz. »Lasst uns morgen bei Tageslicht noch einmal herkommen, vielleicht hat unser Doktor dann schon neue Erkenntnisse.«

Im sicheren Unterstand des Geräteschuppens warteten die beiden Hundeführer auf sie, die rauchend und sich leise unterhaltend auf einem großen Pflug saßen. Ihre Tiere hatten es sich in einem windgeschützten Winkel gemütlich gemacht und dösten vor sich hin. Auch Kommandant Schubert, Wachtmeister Meyer und einige Gendarmen waren bei ihnen. Kleine Lichter am Rand des Hofes zeigten, wo Wachtposten, ausgerüstet mit Sturmlaternen, standen oder Streife gingen, um den Tatort vor Eindringlingen zu schützen.

»Wir sind den Tatort, das ganze Gebäude und auch noch ein ganzes Stück draußen herum abgegangen«, sagte einer der Hundeführer, als sie den Geräteschuppen betraten. »Aber wir haben leider nicht das Geringste gefunden.«

»In Ordnung«, sagte Ebertz. »Wir brauchen Sie morgen trotzdem noch einmal, weil wir das Grabensystem in den Hügeln hinter dem Hof etwas genauer durchsuchen wollen.« Er wandte sich an Schubert. »Wenn möglich, würden wir uns über Ihre Unterstützung sehr freuen. Wir brauchen jeden Mann, den wir kriegen können, damit wir dieses Areal dort oben möglichst flächendeckend und schnell durchkämmen können.«

Schubert nickte. »Selbstverständlich, ich trommle jeden meiner Leute dafür zusammen.«

»Gibt es denn irgendwelche Pläne der Schwedenschanze?«, fragte Max. »So könnten wir das Gebiet in Quadranten einteilen und systematisch durchgehen. Das würde unser Vorhaben deutlich erleichtern.«

Der Oberwachtmeister runzelte die Stirn und schob seine Mütze in den Nacken. »Das kann ich Ihnen nicht sagen, ob dieses alte System überhaupt irgendwann einmal kartografiert wurde. Ich werde aber sowohl im Hersbrucker Stadtarchiv als auch im Gemeinde- und Kirchenarchiv danach suchen lassen, vielleicht findet sich ja doch etwas.«

»Sehr gut, haben Sie vielen Dank, Kommandant.« Ebertz verabschiedete sich von Schubert und machte mit ihm einen Zeitpunkt aus, wann sie am kommenden Tag nach Hersbruck und Obergubach zurückkehren würden.

Für den Moment hatten sie alles getan, was möglich war. Morgen würde ihnen Dr. Seißler hoffentlich neue Erkenntnisse zur Todeszeit und der Mordwaffe liefern können, und sie würden in der Schwedenschanze nach weiteren Spuren suchen und den einzigen Menschen, der engeren Kontakt zu den Toten gehabt hatte, den Sägewerksbesitzer Gerhard Moltzer, vernehmen. Max hoffte, dass sie das alles der Aufklärung des Falles ein großes Stück näher brachte.

Sie verabschiedeten sich und ließen den Hof hinter sich. Im Dunkeln war es eine Herausforderung, den glitschigen Knüppeldamm entlang zurück ins Dorf zu balancieren, doch nach einer gefühlten Ewigkeit hatten sie es geschafft.

Max war froh, als sie endlich im Auto saßen und der Straße zurück durch das Pegnitztal folgten. Um sie herum herrschte absolute Dunkelheit, nur manchmal schob sich der Mond durch die Wolken und warf sein Licht als schmalen Streifen über die hoch über ihren Köpfen aufragenden Felsen zu ihnen herab. Wie schon in dem Grabensystem beschlich Max auch hier ein Gefühl absoluter Einsamkeit, das nur dann unterbrochen wurde, wenn sie durch eines der weit verstreuten Dörfer fuhren, und er war froh, als endlich das Ortsschild Hersbrucks im Scheinwerferlicht auftauchte.

Ebertz auf dem Beifahrersitz war eingedöst, und als Max einen Blick in den Spiegel warf, sah er im vorbeiziehenden Licht der Straßenlaternen, dass auch Schürmann mit geschlossenen Augen auf der Rücksitzbank saß. In diesem Moment wurde ihm bewusst, wie erschöpft und müde er eigentlich war. Sein

Anzug hing klamm und feucht an ihm, seine Schuhe und Socken waren vollkommen durchnässt, und er fror. Ganz so wie in Flandern, dachte er, griff das Lenkrad fester und konzentrierte sich auf das Brummen des Motors und die Straße, die vor ihm lag.

Knatternd hielt der Wagen auf dem Hof des Polizeipräsidiums. Aus dem geschlossenen Werkstatttor schien ein schmaler Lichtstreifen nach draußen, und Max hörte die gedämpften Stimmen einiger Mechaniker, die sich lachend unterhielten. Ansonsten war der Hof verlassen, auch der Verschlag, in dem Hauptwachtmeister Ganz sein Büro hatte und von dem aus er alles überblicken konnte, war dunkel.

Er streckte seine verkrampften Glieder und gähnte herzhaft. Auch Ebertz und Schürmann kletterten erschöpft aus dem Wagen und streckten sich.

»Was für ein Tag«, sagte Schürmann gähnend.

»Da sagst du was.« Max stampfte mit den Füßen auf, um die Kälte und Müdigkeit zu vertreiben.

»Meine Herren, das war gute Arbeit heute.« Auch Ebertz stand die Erschöpfung ins Gesicht geschrieben. »Morgen werden wir hoffentlich weiterkommen. Wir sehen uns dann morgen früh in aller Frische.«

Sie verabschiedeten sich und traten den Heimweg an. Während Max durch die nächtlichen Straßen ging, konnte er an nichts anderes mehr denken als an seine Verlobte Pauline, die um diese Zeit wahrscheinlich schon tief und fest schlief. Bei all der Gewalt und dem Tod, den er tagtäglich im Beruf sah, war er froh, einen Rückzugsort zu haben, an dem er das alles hinter sich lassen und sich voll und ganz aufs Leben konzentrieren konnte.

Er lächelte, als er daran dachte, wie Pauline ihn mit ihren großen, glänzenden Augen über so etwas herrlich Banales wie die neue Weihnachtsdekoration, die sie gekauft hatte, oder das neue Teeservice zuplapperte. Bei ihr hatte er seinen sicheren Hafen gefunden, in den er nach einem anstrengenden Tag zurückkehrte. Wenn sie zusammen waren, ließen sogar seine Anfälle merklich nach. Mehr als einmal hatte Max deshalb überlegt, sich eine andere Anstellung zu suchen, um ein normales, ruhiges und unaufgeregtes Leben zu führen. Doch er liebte seine Arbeit, und noch war er für sich selbst nicht bereit, sie aufzugeben. Vielleicht hatte er auch Angst davor.

Seine Schritte hallten durch die leeren Straßen, und nur wenige Nachtschwärmer, die in den Kneipen und Bars gewesen waren, kamen ihm entgegen. An den Wochenenden bot Nürnberg ein ganz anderes Bild. Dann waren die Straßen voll von Feiernden, die in Restaurants, Tanzlokalen und Clubs die Nacht zum Tag machten.

Zu Hause angekommen, sperrte er die Haustür auf und stieg in das dritte Obergeschoss des Mehrfamilienhauses, in dem er mit Pauline lebte. Leise öffnete er die Wohnungstür und trat in den dunklen Flur. Seine schmutzigen Schuhe stellte er neben den Schuhschrank und hängte den Mantel an den Haken neben der Tür. Auf Socken schlich er zum Bad, um sich der nassen und schmutzigen Kleidung zu entledigen und sich bettfertig zu machen. Doch weit kam er nicht. Er stolperte über etwas und krachte gegen die Kommode am Ende des Flurs, von der laut scheppernd ein Schälchen, in dem Schlüssel lagen, und eine Blumenvase auf den Boden knallten.

»Danke, Tommy«, fluchte Max, während sich der Kater schnurrend an ihm rieb. Ob es das Vieh jemals lernen würde, Leuten nicht zwischen die Beine zu laufen?

»Hallo, Schatz, du bist da«, hörte er Paulines verschlafene Stimme, als sie den Kopf aus dem Schlafzimmer herausstreckte und im Flur das Licht anschaltete.

»Hallo, Liebling, ich wollte nur noch etwas aufräumen«, sagte Max, während er sich wieder auf die Beine kämpfte.

»Und wie ich sehe, hat unser Kater fleißig dabei geholfen.« Sie sprang auf Zehenspitzen zu ihm und gab ihm einen Kuss. Dann rümpfte sie die Nase. »Max Reinhardt. Du bist nass, schmutzig und stinkst. Ab ins Bad und wasch dich, bevor du ins Bett kommst.« Sie schob ihn durch die Tür und lief ins Schlafzimmer zurück. »Und mach schnell«, flötete sie. »Es ist kalt.«

Max sah zu Tommy, der auf dem Rand der Badewanne saß und ihn interessiert beobachtete. »Das haben wir ja prima hingekriegt, was?«, sagte er zu dem Kater und kraulte ihn am Kopf. Dann zog er sich seine feuchten Kleider aus und wusch sich. Auf Zehenspitzen schlich er ins Schlafzimmer, wo ihm leises Schnarchen zeigte, dass Pauline bereits wieder eingeschlafen war, und schlüpfte ins Bett. Er drückte ihr einen Kuss auf die Wange und wickelte sich in seine Decke. Einen Augenblick später war auch er eingeschlafen.

# 5. KAPITEL

Als Max erwachte, dämmerte es bereits. Fahles Licht fiel durch das Fenster herein, und Regen klopfte leise an die Scheibe. Er streckte sich und blieb noch ein wenig in den gemütlichen, warmen Laken liegen. Schließlich griff er nach dem Wecker auf dem Nachttisch neben dem Bett. Es war Viertel nach sieben. Er gähnte, streckte sich erneut und setzte sich auf. Seine Glieder schmerzten immer noch vom gestrigen Tag, doch er hatte gut geschlafen und fühlte sich erholt und ausgeruht. Pauline war bereits aufgestanden, und er hörte das Geklapper von Geschirr aus der Küche. Max erhob sich und ging ins Badezimmer. Das kalte Wasser aus der Waschschüssel erfüllte seine Glieder mit neuem Leben und machte ihn schlagartig munter.

»Na, auch schon wach?«, begrüßte ihn Pauline, die gerade dabei war, den Abwasch vom Vorabend zu machen, als er in die Küche trat.

Max gab ihr einen Kuss. »Nicht so früh wie du offensichtlich.«

»Aber gut geschlafen hast du auf jeden Fall. Das war bei dem Geschnarche nicht zu überhören«, frotzelte sie.

Max setzte eine schuldbewusste Miene auf und schenkte sich aus der Kanne, die auf dem Herd stand, eine dampfende Tasse ein.

»Warum bist du gestern eigentlich so spät heimgekommen? Hast du einen neuen Fall?« Pauline war es gewohnt, dass sein Beruf manchmal unorthodoxe Arbeitszeiten mit sich brachte. Nie hatte sie sich deshalb beschwert, sondern stets größtes Verständnis dafür gezeigt, wenn er mal wieder ein sonntägliches Essen bei ihren Eltern verpasst hatte, weil er an einem Fall arbeitete. Ganz im Gegenteil, sie hatte sich immer vor ihn gestellt und gegen jegliche Kritik verteidigt. Vor allem für diese Unkompliziertheit liebte Max sie. Aber es gab auch noch viele andere Gründe.

»Ja, wir haben einen Doppelmord im Pegnitztal hinter Hersbruck«, sagte er und nahm einen Schluck Tee. »Ein Vater und sein Sohn wurden getötet, eine ziemlich üble Angelegenheit.«

Pauline verzog das Gesicht. »Klingt ziemlich eklig. Möchtest du etwas frühstücken?« Sie wusste, dass er keine Einzelheiten über seine Fälle erzählen durfte, deswegen fragte sie auch nicht nach. Als einzige Bedingung hatte sie gestellt, dass Max ihr immer Bescheid sagte, wenn es einen neuen Fall gab, damit sie sich darauf einstellen konnte, dass er spät oder vielleicht auch einmal eine Nacht überhaupt nicht nach Hause kam.

»Nein danke. Du weißt, ich kriege so früh am Morgen eh nichts runter.«

»Ach Quatsch, du brauchst doch Energie, wenn du so viel arbeitest.« Ihr Ton ließ keinen Widerspruch zu, und schon im nächsten Moment setzte sie ihm einen Teller mit belegten Broten und geschnittenem Obst vor. »Ihr stopft euch doch ansonsten wieder nur irgendein ungesundes Zeug hinein. Ist doch kein Wunder, dass Paul bald seine Füße beim Laufen nicht mehr sehen kann. Ich frage mich, was Gisela dazu sagt.«

Max konnte sich ein Grinsen nicht verkneifen, als er sich Ebertz' Frau vorstellte, die diesem den gleichen Vortrag hielt wie Pauline ihm gerade.

»Hat Fritz eigentlich auch eine Freundin, oder ist er immer noch Junggeselle?«

»Ich glaube schon«, sagte Max mit vollem Mund. Er wusste, was nun folgen würde, und wurde nicht enttäuscht.

»Er sollte sich wirklich einmal langsam eine Frau suchen«, plapperte Pauline fröhlich weiter. »Seine Anzüge sehen immer aus, als würde er in ihnen schlafen.«

»Ist gut, Schatz, ich richte es ihm aus«, sagte Max und gab ihr einen Kuss auf die Stirn. »Wann musst du heute los?«, fragte er, um das Thema zu wechseln. Pauline sah auf die Uhr an der Wand, es war drei viertel acht.

»Oh, ich muss mich gleich fertig machen. Wir haben zurzeit wahnsinnig viel zu tun, da bin ich lieber etwas früher im Büro.«

Pauline arbeitete als Assistentin der Geschäftsleitung eines großen Möbelhauses, das mehrere Filialen im Städtedreieck Nürnberg, Fürth, Erlangen unterhielt. Sie wusch den letzten Teller ab, holte aus dem Kühlschrank einige in Papier eingewickelte Brote heraus und gab Max einen Kuss. »Hier, damit du auch tagsüber etwas Ordentliches zu essen hast.«

»Danke, du bist ein Schatz.«

»Ich weiß«, rief sie und rauschte hinaus. »Pass auf dich auf, ich liebe dich.« Dann fiel die Wohnungstür ins Schloss.

Er trank seinen Tee aus und ging ins Schlafzimmer, um sich anzuziehen. Ein Lächeln flog über sein Gesicht, als er seine Schuhe sah, die sauber geputzt und trocken am Ofen standen. Max wählte einen blauen Anzug aus, band seine Krawatte und machte sich anschließend selbst auf den Weg zur Arbeit.

Kaum trat er vor die Tür, schlug ihm wieder der Wind ins Gesicht, auch regnete es immer noch. Mit seinem Essenspaket unter dem Arm eilte er mit gesenktem Kopf durch die Straßen. Als er schließlich das Polizeipräsidium erreichte, waren seine Füße kalt und der Mantel durchnässt. Der wachhabende Beamte grüßte ihn mit einem knappen Kopfnicken, als er an der Pforte vorbei die Treppe ins dritte Stockwerk nahm, wo die Mordkommission untergebracht war.

Ebertz und Schürmann saßen bereits an einem Tisch in ihrem Büro.

»Guten Morgen«, begrüßten sie ihn.

»Na, hat dir Mami was zu essen eingepackt?«, grinste Schürmann und zeigte auf das Paket, das sein Partner unter dem Arm trug.

»Selbstverständlich«, sagte Max, während er seinen Mantel auszog und an den Haken hängte. »Aber keine Angst, du kriegst auch etwas davon ab.«

»Perfekt, das wollte ich hören.«

Ebertz sah auf seine Taschenuhr und strich über seinen Schnauzbart. »Wir sollten langsam aufbrechen, immerhin haben wir heute einiges vor.«

»Glaubst du, dieser Moltzer bringt uns weiter?«, fragte Max, als sie wie am Vortag den Weg durch das Präsidium zum Fahrzeugpark im Hinterhof gingen.

Ebertz zuckte die Schultern. »Das werden wir sehen. Nur weil er mehr mit dem Altbauern zu tun hatte als der Rest der Dorfbewohner, heißt das nicht unbedingt, dass ihr Kontakt tiefgehender war.«

Als sie den Hof betraten, kam Hauptwachtmeister Ganz, der Leiter des Fuhrparks, sofort auf sie zugestürmt.

»Sagts mal, was habt ihr denn mit meinen Autos 'trieben?«, rief er quer über den Hof. »Die haben ja ausg'schaut, als hätte da jemand eine Tonne Mist in den Fußraum 'kippt!« Er sah Ebertz an und fuhr etwas gemäßigter fort: »Aber keine Sorge, Herr Hauptkommissar, wir haben alles wieder blitzblank geputzt. Sie sehen jetzt wieder aus wie neu, und aufgetankt sind sie auch.«

Schürmann saß bereits breit grinsend auf der Rückbank, als Ganz zu den Hundeführern hinüberlief und ihnen schimpfend den gleichen Vortrag hielt. Max nahm wieder hinter dem Steuer Platz und startete den Motor. Als der Wagen langsam losrollte, sprang Ganz noch einmal in ihre Richtung.

»Max, ich mein's ernst«, sagte er. »Wenn du mir heut Abend wieder so eine Dreckschleuder heimbringst, dann setzt's was, hast du mich verstanden?« Er salutierte in Richtung Ebertz. »Ich wünsche Ihnen einen schönen Tag, Herr Hauptkommissar.«

Verdammt, dieser Regen nimmt wohl gar kein Ende mehr, dachte Max, als sie denselben Weg wie am Vortag aus Nürnberg hinaus in Richtung Osten fuhren. Mühsam kämpften die kleinen Scheibenwischer gegen die Wassermassen an, die gegen die Windschutzscheibe schlugen. Dunst und Nebel schränkten die Sicht zusätzlich ein.

Max war froh, als sie endlich an der Gendarmeriestation in Hersbruck ankamen. Sie parkten ihre Wagen im Hinterhof des Gebäudes und stiegen aus. Ein Gendarm, der unter dem

Vordach gestanden und geraucht hatte, salutierte und führte sie nach drinnen. In der Wachstube sorgte ein Holzofen in der Ecke für angenehme Wärme im Raum. Kommandant Schubert und sein Stellvertreter Meyer standen vor einem massiven Holztisch, auf dem eine große Karte ausgebreitet war.

»Meine Männer haben die ganze Nacht gesucht und tatsächlich eine Karte von Obergubach und den umliegenden Wäldern gefunden«, sagte Schubert.

Meyer nickte. »Wir mussten spätabends noch einige Verwalter und Bibliothekare aus dem Bett holen, aber letztendlich sind wir im Gemeindearchiv fündig geworden«, ergänzte er. »Allerdings ist das Grabensystem hier nur sehr grob eingezeichnet, wahrscheinlich wurde es nie vollständig kartografiert.«

»Und ob das, was hier gezeichnet ist, überhaupt stimmt, ist auch fraglich«, sagte Schubert. »Aber das werden wir dann wohl vor Ort sehen.«

»Ja, wir haben keine andere Wahl«, sagte Ebertz und beugte sich über die Karte.

»Sie waren ja gestern schon am Eingang der Schwedenschanze.« Schuberts Finger rutschte von mehreren unregelmäßig angeordneten Rechtecken, die das Dorf darstellten, zur L-Form des Tatorts am Rande des Ortes und der grünen Fläche dahinter. »Wie gerade eben gesagt, weiß niemand genau, wie die Gräben verlaufen, aber schätzungsweise sind sie insgesamt mehrere Kilometer lang. Sie ziehen sich sichelförmig um das Tal, mit dem Einödhof im Zentrum.« Der Finger rutschte weiter von dem Gebäude weg. »Luftlinie etwa einen Kilometer weiter nördlich fällt das Gelände langsam wieder flach ab. Hier befinden wir uns schon im nächsten Tal.«

»Wie wollen Sie bei der Suche vorgehen?«, fragte Meyer.

»Der Plan sieht folgendermaßen aus«, sagte Ebertz. »Wir werden mit Spürhunden auf dem gleichen Weg wie gestern, also hier hinter dem Hof der Familie Maul, in das Grabensystem hineingehen. Dann teilen wir uns in zwei Gruppen auf.« Sein Finger glitt über die Karte. »Eine Gruppe übernimmt den kleineren westlichen und den nördlichen Teil der Schwedenschanze, die andere geht nach Osten.« Er blickte in die Runde. »Wir teilen das Gebiet in gleich große Planquadrate auf und durchsuchen so systematisch das ganze Gelände. Wenn es in einem dieser Areale irgendwelche Hinweise geben sollte, finden wir sie so am einfachsten.«

Zustimmendes Nicken in der Runde.

»Ich habe alle meine Männer zum Dienst eingeteilt, so haben wir mehr Leute und kommen schneller voran«, sagte Schubert.

»Sehr gut«, sagte Ebertz. »Bevor wir mit der Suche beginnen, möchte ich jedoch mit Dr. Seißler sprechen. Mal horchen, was er bei der Obduktion gefunden hat.«

Gedämpfte Stimmen und das Knallen von Stiefeln auf Pflaster verrieten, dass sich die Gendarmen auf dem Hof der Station versammelten, bereit zur erneuten Abfahrt zum Ort des Schreckens.

Sie stiegen in ihre Wagen und fuhren aus Hersbruck heraus in das Pegnitztal hinein. Das Wetter hatte sich immer noch nicht geändert, es war weiterhin grau und kalt. Der Regen hatte etwas nachgelassen, doch hüllte nun ein feuchter Dunst alles ein und beschränkte die Sicht auf wenige Meter.

In Obergubach angekommen, stiegen sie am Dorfplatz aus den Wagen. Max sah sich um. Zwar standen keine Schaulustigen mehr herum wie am Vortag, aber aus verschiedenen Fenstern wurden die Polizisten aufmerksam beäugt. Einige Bauern gingen ihrem Tagesgeschäft nach, und die wenigen Läden hatten geöffnet, fast schien es ein ganz normaler Tag in einem ganz normalen Dorf zu sein. Und dennoch hing ungebrochen eine Atmosphäre der Angst und des Grauens über dem kleinen Ort.

Hintereinander balancierte die Gruppe über den glitschigen Knüppeldamm zu dem abseits gelegenen Hof der Ermordeten. Gendarmen mit durchgeweichten Uniformen und erschöpften Gesichtern, die die Nacht über den Tatort bewacht hatten, erwarteten sie bereits. Wie Schemen schälten sich ihre Umrisse aus dem Dunst. Es schien, als wollte die Welt nicht nur die

Landschaft, sondern auch die Menschen in ein dickes graues Tuch einhüllen.

Während sich Schubert und seine Männer gemeinsam mit den beiden Hundeführern wie am Vortag im Maschinenschuppen unterstellten, gingen die Kriminalbeamten zu Dr. Seißler in den improvisierten Obduktionssaal im Stallgebäude. Ein Obduktionsstall sozusagen, dachte Max.

Als sie aus der draußen herrschenden Düsternis in den hell erleuchteten Raum traten, blendete sie das grelle Licht der aufgestellten Scheinwerfer so stark, dass Max eine Hand schützend vor seine schmerzenden Augen halten musste. Es dauerte einen Moment, bis er sich an die Helligkeit gewöhnt hatte. Ein Gendarm lehnte hemdsärmelig und mit bleichem Gesicht an der Wand und rauchte eine Zigarette. Die Toten lagen, mit Laken zugedeckt, auf ihren Tischen. Dr. Seißler war in einer Ecke des Raumes dabei, in einer Wasserschüssel akribisch Skalpelle, Sägen und anderes chirurgisches Gerät zu säubern.

»Guten Morgen, die Herrschaften«, rief er und trocknete sich die Hände ab.

Seißler sah erschöpft aus, dunkle Ringe hingen unter seinen Augen, und sein Gesicht war grau und eingefallen.

»Es war ein hartes Stück Arbeit, aber wir haben es geschafft. Freundlicherweise hat mir der nette Herr Schneider assistiert, sonst hätte es wohl nicht so reibungslos geklappt.«

Der Gendarm hob zwei Finger zum Gruß an die Stirn und zog ohne aufzublicken an seiner Zigarette.

»Anfangs haben wir uns zwar etwas schwergetan, gerade als es an die Öffnung der Körper ging, wurde es durchaus interessant, aber nach einer gewissen Eingewöhnungszeit waren wir ein wirklich gutes Gespann, nicht wahr?«

Seißler legte das Handtuch beiseite und ging zu einem der Tische, wo er das Laken zurückzog, unter dem der geschundene Körper des Altbauern Franz Maul zum Vorschein kam. Der Arzt und sein unfreiwillig-freiwilliger Assistent hatten Blut und Schmutz abgewaschen, sodass die Verletzungen wie groteske Missbildungen in der wächsernen Haut aussahen.

»Die Todesursache bei beiden Opfern ist der Einsatz diverser Stichwaffen.« Er beugte sich über den Körper des Altbauern und hielt ein Vergrößerungsglas über eine Platzwunde am Stirnknochen.

Max, Ebertz und Schürmann spähten eifrig hindurch und warteten auf die Erläuterungen des Arztes.

»Wie unschwer zu erkennen, wurde dem armen Mann mehrfach heftig auf den Schädel geschlagen«, sagte Seißler. »Aufgrund der Abdrücke auf der Haut und dem Schädelknochen vermute ich als Tatwaffe einen Gewehrkolben oder etwas Vergleichbares.« Er deutete auf Schultern, Brust und Arme, die mit Blutergüssen überzogen waren.

»Identische Abdrücke fanden sich auch auf Brust und Rücken des Mannes.«

Das Vergrößerungsglas wanderte zum Brustbein. »Hier sehen wir den undeutlichen Abdruck eines schweren Schuhes, wahrscheinlich genagelt, wenn ich nach dem Abdruck der Sohle gehe.« Er deutete auf einige blaurot angelaufene Flecken. Jemand musste dem Mann mit voller Kraft seinen Fuß auf die Brust gesetzt oder getreten haben.

»Haben Sie eine Theorie?«, fragte Ebertz.

»Den Verletzungen zufolge wurde er zuerst heftig und so lange geschlagen, bis er auf dem Boden lag. Anschließend setzte ihm einer der Täter einen Fuß auf die Brust, etwa so …«, Seißler demonstrierte den Tathergang an einem imaginären Opfer, »… und drückte ihn zu Boden. Das Opfer wand sich und versuchte sich zu befreien, aber der Druck war so groß, dass er keine Gelegenheit dazu hatte und sich das Profil durch sein Hemd hindurch in seine Brust drückte. Dann nahm der Täter sein Gewehr …«, Seißler hob seine Hände seitlich über seine Schulter, »… und schlug dem Altbauern mit voller Kraft mehrmals auf den Schädel.« Die Hände sausten nach unten.

Max schluckte, diese Art Verletzungen war ihm nicht fremd.

Oft genug hatte er sie auf den Schlachtfeldern Flanderns gesehen, auf denen Menschen mit nagelbesetzten Keulen, Äxten, Dolchen, angeschliffenen Spaten, Gewehrkolben oder bloßen Händen bis zum Tod um jeden Meter schlammige Erde gekämpft hatten.

Seißler zeigte auf das angeschwollene Gesicht des Toten. »Hier finden sich außerdem Teilabdrücke von Fingerknöcheln. Zumindest hier wurden ihm die Verletzungen mit bloßen Händen beigebracht.«

Er wandte sich nun dem zu, was einmal die Brust des Altbauern gewesen war. »Hier jedoch hat der Täter ein Messer benutzt. Er hat auf einen Bereich von etwa zehn auf zwanzig Zentimetern so oft eingestochen, dass der Brustkorb in diesem Bereich vollkommen zerstört ist. Ganz oder teilweise erkennbare Wunden und Kerben am Brustbein lassen auf eine lange, schmale und gerade Klinge schließen. Mehrere Stiche gingen direkt ins Herz, was auch die Todesursache war. Trotzdem stach der Täter weiter auf den Mann ein.«

»Was ist mit seinen Händen?«, fragte Ebertz.

Dr. Seißler deutete auf eine Hand, an der mehrere Finger fehlten. Sie lagen fein säuberlich aufgereiht daneben. »Das Abtrennen oder Verstümmeln von Gliedmaßen ist übrigens bereits seit dem Mittelalter gängige Praxis«, sagte er. »Damals hatte es allerdings den Zweck, als sogenanntes Schandmal einen Verbrecher lebenslang zu kennzeichnen, und wurde weniger als Folter angewandt. Abgesehen davon sind sowohl Hände als auch Unterarme von zahlreichen typischen Abwehrverletzungen übersät, die unterschiedlich lang und tief sind. Man kann also davon ausgehen, dass er sich heftig gewehrt hat, bevor er überwältigt und verstümmelt wurde.«

Er hielt das Vergrößerungsglas vor die Fingerstümpfe. »Die Verletzungen bluteten stark, und um die Handgelenke und Unterarme finden sich großflächige Blutergüsse. Das lässt darauf schließen, dass er noch am Leben war und festgehalten wurde, als ihm die Finger abgeschnitten wurden. Die Schnittränder sind zudem glatt und gleichmäßig. Ich gehe von einem sehr scharfen Messer als Folterinstrument aus.«

»Die gleiche Waffe, mit der die Stichwunden zugefügt wurden?«, fragte Max.

Seißler schüttelte langsam den Kopf. »Nein. Das Messer, mit dem er erstochen wurde, hat eine gerade Klinge. Die Schnittspuren an den Fingerknochen zeigen aber deutlich, dass hier eines mit einer gebogenen oder abgerundeten Klinge verwendet wurde.«

Er ging einen Tisch weiter. »Nun zu unserem zweiten Opfer, dem Jungbauern Andreas Maul.« Seißler deckte den Leichnam auf. »Neben den Spuren zahlreicher Schläge und Abwehrverletzungen an Händen und Unterarmen, wie wir sie auch bei seinem Vater haben, wurden dem Jungbauern mit gezielten Schlägen die Schienbeine zertrümmert. Ich tippe auf eine schmale Eisenstange oder ein entsprechendes Werkzeug als Tatwaffe.«

Er deutete auf den Kopf. »Todesursache war der Schnitt durch die Kehle. Der Täter schnitt dabei so heftig, dass er Haut, Knochen, Knorpel und Gewebe mit einem einzelnen Schnitt durchtrennte. Hierbei kam ein sehr scharfes Werkzeug zum Einsatz, denn die Wundränder sind glatt und nicht ausgefranst. Winkel und Tiefe der Verletzung deuten darauf hin, dass der Täter von links nach rechts schnitt, wobei der Schnitt leicht nach oben führt. Ich tippe auf einen Säbel oder ein Schwert als Tatwaffe.«

»Insgesamt gehen Sie also von etwa fünf verschiedenen Tatwerkzeugen aus?«, fragte Ebertz. »Drei verschiedenen Messern, einem Gewehr und einer Eisenstange?«

»Ja, definitiv.«

»Entweder war es ein Täter, der ein ganzes Arsenal an Waffen dabeihatte, oder es waren mehrere«, sagte Max.

»Die Verletzungen weisen eindeutig darauf hin, dass die Opfer während der Folter festgehalten wurden«, sagte Seißler. »Ein einzelner Mann dürfte dazu kaum in der Lage sein. Außerdem hätte er zwischendurch mehrmals die Waffe wechseln müssen.«

»Wie schätzen Sie als Arzt diese unterschiedlichen Verletzungen ein?«

»Die Täter haben sich Zeit gelassen, und sie wollten den beiden Opfern dabei möglichst starke Schmerzen bereiten«, sagte Dr. Seißler. »Die Verstümmelungen sprechen hier eine deutliche Sprache. Ich könnte mir durchaus vorstellen, dass das Motiv im persönlichen Bereich der Ermordeten zu suchen ist, aber ...«, er strich über seinen Schnauzbart, »... das herauszufinden ist Ihre Aufgabe.«

Ebertz dachte nach. »Wenn wir einmal annehmen, dass entgegen den Vermutungen des Briefträgers und des Ortsvorstehers nicht der Teufel diese armen Leute so zugerichtet hat, sondern Menschen aus Fleisch und Blut, dann sollten wir den Hintergrund der Familie bis ins kleinste Detail durchleuchten«, sagte er langsam. »Zumal die Verletzungen durchaus auf einen persönlichen Tathintergrund schließen lassen.«

»Wobei die einstimmige Aussage der Dorfbewohner ja war, dass die Familie zurückgezogen lebte und mit niemandem Streit hatte«, sagte Max.

»Aber das muss ja nicht unbedingt etwas heißen«, erwiderte Schürmann. »Vieles spielt sich ja im Verborgenen ab, eine heimliche Liebesaffäre, eine Blutfehde oder etwas Ähnliches.« Er überlegte kurz. »Erinnert ihr euch noch an den Fall in der Gärtnerei? Da war es doch genauso, nach außen hin eitel Sonnenschein und hinter den Kulissen das reinste Sodom und Gomorrha.«

Max nickte. »Das stimmt, da hast du recht.«

Er konnte sich auch noch an diesen Fall erinnern, bei dem der Inhaber einer Gärtnerei in einer von Nürnbergs Vorstädten ermordet worden war. Sämtliche Angehörige, Bekannte, Nachbarn und Angestellte hatten beteuert, dass der Tote ein herzensguter und liebenswerter Mensch gewesen sei, der niemals jemandem ein Unrecht angetan habe. Schließlich stellte sich jedoch heraus, dass das Opfer alles andere als ein Saubermann gewesen war und Affären mit zahlreichen verheirateten Frauen und Männern gehabt hatte. Einige der gehörnten Ehepartner hatten ihn daraufhin gemeinschaftlich getötet.

»Das wird sich noch zeigen«, sagte Ebertz. »Vielleicht bringt uns das Gespräch mit dem Sägewerksbesitzer ja weiter.« Er sah auf seine Taschenuhr. »Aber lasst uns jetzt erst einmal das Grabensystem durchsuchen.«

Sie verabschiedeten sich von Dr. Seißler, der die Toten wieder zugedeckt hatte und gerade damit begann, sein Sezierbesteck einzupacken, und traten nach draußen in den Regen. Durch den Dunst gingen sie über den matschigen Boden zurück zu Schubert und den wartenden Männern im Maschinenschuppen.

»Meine Herren«, sagte Ebertz, als sie die Uniformierten erreicht hatten. »Wir teilen uns in zwei Gruppen auf. Oberwachtmeister Schubert, ich und fünf Gendarmen werden uns gemeinsam mit Herrn Schmidt und Hasso den östlichen Teil der Grabenanlage ansehen. Kriminalassistent Schürmann wird mit seiner Fotografieausrüstung und zwei Gendarmen als Unterstützung jeden Fundort genauestens ablichten und anschließend forensisch untersuchen. Der Rest übernimmt mit Kriminalassistent Reinhardt den westlichen und nördlichen Teil. Jede Gruppe wird außerdem von einem Hundeführer mit Spürhund begleitet.«

Schubert verteilte Kopien der Karte der Gegend in größerem Maßstab, auf denen Raster aus gleich großen Quadraten eingezeichnet waren. »Wir haben das Gelände in verschiedene Areale aufgeteilt, die wir systematisch durchsuchen. Sobald jemand etwas gefunden hat, wird es auf der Karte genauestens markiert und anschließend von Herrn Schürmann forensisch untersucht und fotografiert.«

Zusätzlich erhielt jedes Mitglied der Suchgruppen eine Trillerpfeife, um auf sich aufmerksam zu machen oder etwas zu melden.

»Hat jemand Fragen?« Kopfschütteln, Husten und Stiefelscharren. Ebertz klatschte in die Hände. »Nun denn, meine Herren, gehen wir es an.«

Wie schon am Abend zuvor gingen sie um das Haupthaus herum und kletterten nacheinander den steilen Anstieg in das Drudenholz hinauf. Oben angekommen, sammelten sie sich direkt hinter der Kalksteinkrone. Die Baumwipfel rauschten über ihren Köpfen und wogten im Wind hin und her, die Luft roch unverändert modrig und alt.

Langsam gingen sie los, die Kriminalbeamten und die beiden Hundeführer an der Spitze. Die Hunde hatten ihre Nasen dicht über dem Boden und suchten nach einer Fährte.

Sie kamen zu dem Platz mit der Feuerstelle in der Mitte und den makabren Knochenspielen in den Felsnischen. Auch bei Tageslicht wirkte der Ort kein bisschen freundlicher oder einladender, fand Max. Ein Hauch des Todes und des Unheils hing wie eine Glocke über ihm und legte sich schwer auf seine Brust. Die Gendarmen fühlten genauso, das konnte er an ihren Gesichtern sehen. Einige der Männer husteten nervös, andere traten unruhig von einem Fuß auf den anderen.

Die Hunde liefen auf dem Platz hin und her und beschnüffelten alles gründlich. Schließlich, nach einer gefühlten Ewigkeit, schlug einer von ihnen dort an, wo ein weiterer Graben Richtung Osten führte. Das war das Zeichen für die Gruppen, sich zu trennen.

»Wir folgen der Spur, solange es geht«, sagte Ebertz zu Max. »Geht ihr wie vereinbart in die andere Richtung. Wenn etwas ist, haben wir ja die hier.« Er hielt eine Trillerpfeife hoch.

Max nickte. Mit dem Hund an der Spitze folgten sie dem anderen Graben. Schürmann und zwei Gendarmen blieben zurück und bauten Scheinwerfer und den Rest der Fotoausrüstung auf.

Die Gruppe kam langsam voran. Manchmal schien es, als hätte der Hund eine Fährte gewittert, doch schon kurz darauf suchte er wieder den Boden und die Felsen ab. Max sah sich um und verglich ihren Weg, so gut es ging, mit der Karte, die er bei sich trug. Je weiter sie gingen, desto verlorener kam er sich vor. Ein Blick in die Gesichter seiner Begleiter verriet ihm, dass es ihnen auch nicht anders erging. Kein Geräusch war zu hören, nur das Rauschen der Baumkronen hoch über ihren Köpfen dröhnte dumpf zu ihnen herunter, doch nirgends zeigte sich ein Tier oder sonst ein Lebewesen. Und mit jedem Schritt tiefer in das Grabensystem wurde die Luft immer drückender.

Max wusste nicht mehr, wie lange sie schon unterwegs waren. Zehn Minuten? Eine Stunde? Er hatte vollkommen das Zeitgefühl verloren. Je weiter sie dem Graben folgten, desto tiefer und schmaler wurde er. Bald war er nur noch knapp drei Meter breit. Die Felsen auf beiden Seiten ragten so hoch auf, dass die Bäume und der Himmel über ihnen wie ein schmales graues Band aussahen.

Dann, auf einmal, blieb der Hundeführer plötzlich stehen und zeigte auf den Boden.

»Er hat etwas«, sagte er.

Mit auf die Erde gedrückter Nase und wedelndem Schwanz kreiste sein Hund unaufhörlich um eine Stelle am Boden. Max schob sich nach vorne und kniete sich hin, während der Hundeführer seinen Vierbeiner auf die Seite zog. Vorsichtig fegte Max etwas totes Laub zur Seite und erkannte im lehmigen Boden darunter einen undeutlichen Abdruck. Möglichst genau markierte er den Fund auf der Karte. Dann untersuchte er den Boden nach weiteren Spuren, fand jedoch keine. Er maß Länge und Breite des Abdrucks und skizzierte ihn auf seinem Block. Um den Abdruck zu schützen und zu verhindern, dass jemand unachtsam darauftrat, steckte er mehrere kleine Stöckchen um ihn herum in den Boden.

Er nickte dem Rest zu. »Gehen wir weiter.«

Nach einer Weile wurde der Graben wieder deutlich breiter und flacher. Auch das Gelände schien abzufallen, und mehrere abzweigende Nebengräben hatten sich als Sackgassen erwiesen. Max vermutete, dass sie sich bereits in den nördlichen Ausläufern des Systems befanden und allmählich ins nächste Tal hinabstiegen. Auch die Baumkronen über ihnen wurden lichter und gaben den Blick auf den grauen Himmel frei. Vereinzelt nieselten Tropfen durch die Äste auf sie herab, das Laub auf dem Boden wurde deutlich weniger. Als der Graben zu einer breiten Ebene abflachte, stießen sie auf weitere Spuren. Wieder markierte Max die Stelle so exakt wie möglich auf der Karte und betrachtete anschließend die schwachen Abdrücke genauer.

Sie waren alle ungefähr gleich groß, konnten also von der gleichen Person stammen. Vielleicht standen hier einer oder mehrere Männer und haben gewartet oder sich unterhalten, überlegte Max. Doch sie fanden nichts, was ihnen weitergeholfen hätte, keine Zigarettenkippen oder Sonstiges. Als das Gelände immer flacher wurde und sie vollends aus dem Wald herauskamen, beschloss er zurückzukehren. In dem aufgeweichten, matschigen Gras, dem der harte, lehmige Waldboden gewichen war, würden sie wegen des andauernden Regens ohnehin keine brauchbaren Spuren mehr finden.

Sie folgten dem Graben zurück zu dem Platz, an dem sich die Gruppen getrennt hatten. Schürmann und die zwei Gendarmen saßen an der Seite auf großen moosbewachsenen Felsen. Der Kriminalbeamte war dabei, etwas auf ein Blatt Papier zu zeichnen. Seine Fotoausrüstung stand ordentlich verpackt neben ihm.

»Habt ihr etwas gefunden?«, fragte er Max.

»Allerdings. Du bist hier fertig?«

Schürmann stand auf und zeigte ihm das Blatt. »Es ist alles fotografiert, die Feuerstelle in der Mitte und auch jede einzelne Felsnische mit den Knochenspielen. Ich mache gerade eine Übersichtsskizze des Platzes.«

Während Max noch die feinen Bleistiftlinien und Beschriftungen betrachtete, kam Ebertz mit seiner Gruppe aus dem anderen Graben zurück.

»Ihr seid schon wieder da? Habt ihr etwas gefunden?«, rief er.

Max deutete auf seine Karte. »Hier und hier haben wir Schuhabdrücke gefunden. Erst einen einzelnen, dann mehrere.« Er kramte seinen Block hervor. »Ich habe sie vermessen und skizziert.«

»Du hast es zumindest versucht«, frotzelte Schürmann.

»Dann habt ihr mehr als wir«, sagte Ebertz. Er fuhr mit seinem Finger über die Karte. »Wir sind den Gräben mehrere Kilometer Richtung Osten gefolgt, mussten dann aber umkehren. Sie haben sich so stark verzweigt, dass wir uns sonst verlaufen hätten, wenn wir noch tiefer in das System eingedrungen wären. Gefunden haben wir aber rein gar nichts.«

Gemeinsam folgten sie nun erneut dem Graben, den Max' Gruppe erkundet hatte. Ebertz und er begutachteten den ersten Schuhabdruck, während Schürmann seine Ausrüstung vorbereitete.

»Er ist in die gleiche Richtung gegangen, in die wir auch gehen«, sagte Ebertz. »Gleichmäßig und nicht sonderlich tief, aber die genagelten Sohlen sind deutlich zu erkennen.«

Max deutete auf die brüchigen Ränder. »Die Baumkronen hier sind so dicht, dass der Boden nie sehr nass wird. Der Abdruck kann also durchaus auch schon etwas älter sein.«

»Von der Größe und Art her würde ich auf einen Herrenstiefel tippen, Schuhgröße etwa dreiundvierzig. Ob er wohl von der Kultstätte kam?«

»Woher sonst? Der Graben führt nur dahin. Vielleicht stammt der Abdruck vom Altbauern? Oder von jemandem, der dort gemeinsam mit ihm irgendwelche Rituale oder schwarze Messen gefeiert hat?«

»Die Gerüchte, der Alte sei ein Hexenmeister gewesen …« Ebertz nagte an seiner Lippe. »Ich weiß immer noch nicht, was ich davon halten soll.« Er wandte sich an Max. »Welche Schuhgröße hatten denn die Toten? Waren in dem Haus genagelte Schuhe oder Stiefel, die zu den Abdrücken passen könnten?«

Max zuckte die Schultern. »Kann ich jetzt nicht sagen, das müssen wir noch mal überprüfen.«

Sie traten zur Seite und warteten, bis Schürmann mehrere Aufnahmen aus unterschiedlichen Entfernungen und Winkeln gemacht hatte. Dann packten sie den Fotoapparat wieder ein und gingen weiter zu den nächsten Spuren. Auf Zehenspitzen balancierte Ebertz zwischen den Abdrücken hin und her, ging in die Knie, inspizierte, vermaß und stand schließlich wieder neben Max und begutachtete dessen Skizze und Notizen.

»Hier waren mindestens zwei Personen.« Er deutete auf die Abdrücke. »Diese hier stammen von einer Person. Nach der Größe zu urteilen, dürfte es dieselbe gewesen sein, die uns tiefer im Graben schon eine Spur geliefert hat. Die Spuren dort drüben aber …«, er zeigte auf einige andere Vertiefungen im Boden, »… stammen definitiv von einer anderen Person.«

Max ging in die Knie und musterte die Spuren eindringlich. Seine Finger glitten vorsichtig über den getrockneten Lehm.

»Die Abdrücke sind ungefähr gleich groß.« Er spürte die Vertiefungen, wo sich genagelte Sohlen in den Boden gegraben hatten. Dann fiel ihm bei einem Abdruck etwas auf. Er verglich ihn mit anderen Spuren. »Aber die Sohle hier hat einen Riss. Es waren tatsächlich mehr als einer.«

Ebertz nickte. »Zwar ist der Wald hier nicht mehr ganz so dicht, aber Regen und Feuchtigkeit weichen den Boden trotzdem nicht so stark auf wie unten beim Hof, der ja eher einer Schlammpfütze gleicht.« Er zeigte auf Max' Füße. Obwohl es die letzten Tage und Wochen fast dauernd geregnet hatte und alles bis auf den Kern mit Nässe vollgesogen war, hinterließen seine Schuhe kaum Abdrücke in dem harten Lehmboden. Auch die Spuren von Ebertz, Schürmann und den Gendarmen waren kaum zu erkennen. Die Abdrücke vor ihnen dagegen waren tief und deutlich zu sehen.

»Vielleicht haben sie etwas Schweres getragen?«

Er blickte den Weg ein Stück weit zurück. Dort, wo der Graben sich zu einem Platz verbreiterte und mehr Regen und Feuchtigkeit durch die dünner werdenden Baumwipfel drangen, wurde der Boden glitschiger, während er im Grabensystem vollkommen trocken war. Ab hier wurden auch die Spuren immer deutlicher.

»Dürfte ich euch bitten?« Schürmann stand mit seinem Fotoapparat bereit, die ganze Szenerie abzulichten. Max und

Ebertz gingen auf die Seite, während er alles auf Zelluloid festhielt. Anschließend nahm er aus einer seiner Taschen, die ihm ein Gendarm reichte, eine kleine Schüssel, ein Fläschchen Wasser und Pulver und rührte es zu einer gipsartigen Masse an, die er in verschiedene Spuren schüttete.

»Jetzt warten wir, bis es getrocknet ist«, sagte er. »Wenn wir wieder zurück in der Gendarmeriestation sind, kann ich von den Formen dann Abdrücke machen.«

Nach einer Weile hebelte Schürmann vorsichtig den Gips aus den Spuren, wickelte die Abdrücke ein und verstaute sie in einer Tasche. Sie packten ihre Sachen und kehrten zum Ausgangspunkt zurück, wo die wartenden Gendarmen und die Hundeführer rauchten und sich gedämpft unterhielten. Es schien, als habe dieser Ort keine gute Wirkung auf die Männer. Immer wieder sahen sie nach oben zu den heulenden Baumkronen, als ob ein böser Geist kreischend durch die Wipfel fegte. Max spürte die drückende, unbehagliche Nähe des Mordhofes, nur wenige Meter von ihnen entfernt. Schließlich verließen sie die Schwedenschanze und stiegen wieder den steilen Abhang zu den Gebäuden hinab.

Als sie um das Haupthaus herumgingen, entdeckte Max im Dunst einige Schaulustige, die trotz des schlechten Wetters beharrlich versuchten, einen Blick auf den Tatort oder die Leichen zu erhaschen. Mehrere Gendarmen hielten sie davon ab, das Gelände zu betreten und zu den Fenstern oder dem Schuppen mit den aufgebahrten Toten hineinzuspähen.

Sie stapften über den matschigen Hof zu Seißlers improvisiertem Sektionssaal, während sich die Hundeführer und die Gendarmen erneut in den Schutz des Geräteschuppens zurückzogen.

Max zog seinen Mantel enger um sich, als ihm ein plötzlicher heftiger Windstoß eisig in den Nacken fuhr und fast den Hut vom Kopf riss.

Als sie das Stallgebäude betraten, lagen die Toten wieder vollständig zugedeckt auf ihren Bahren. Der Gendarm, der

Seißler assistiert hatte, hockte auf einem Schemel in der Ecke. Er sprang auf und nahm Haltung an, als die Kriminalbeamten den Raum betraten.

»Dr. Seißler lässt Ihnen ausrichten, dass er schon auf dem Weg z'rück in die Station ist, um seinen Bericht zu schreiben«, meldete der Mann zackig.

»In Ordnung, vielen Dank«, sagte Ebertz. »Was tun Sie noch hier?«

»Ich wart auf den Schreiner. Der nimmt Maß für die Särge.«

Ebertz wandte sich um. »Vorerst können wir hier nichts mehr tun. Lasst uns ebenfalls zur Gendarmeriestation fahren und zusammentragen, was wir haben.«

»Meine Leute haben seit gestern eine Liste mit bekannten Rumtreibern, Arbeitslosen, Vorbestraften und Hausierern aus der Gegend gemacht«, sagte Schubert, der soeben den Raum betreten hatte. »Wollen Sie, dass wir sie zusammentreiben, um sie zu verhören?«

»Danke für Ihre Mühen, Oberwachtmeister«, sagte Ebertz und warf Max einen Blick zu. »Vorerst noch nicht, wir kommen aber gerne bei Bedarf auf Ihr Angebot zurück.«

Sie verließen das Gebäude und schlugen den Weg Richtung Dorfmitte ein, während der Wind an Mänteln und Hüten riss und ihnen der Regen ins Gesicht schlug. Schürmann verstaute seine Taschen im Wagen, bevor sie nacheinander einstiegen und wieder nach Hersbruck fuhren.

# 6. KAPITEL

In der Wachstube der Gendarmeriestation war es warm und angenehm. Max, Ebertz und Schürmann legten Mäntel und Hüte ab und gingen in ein Nebenzimmer, das Schubert eigens für die Ermittler hatte herrichten lassen. Um einen Tisch in der Mitte des Raumes gruppierten sich mehrere Stühle, und in einer Ecke stand eine große Tafel. Max putzte die Nässe von seinen Brillengläsern und spürte, wie sich die angenehme Wärme des Zimmers langsam in seinen Füßen und Beinen ausbreitete. Er streckte seine nassen Schuhe in Richtung des kleinen Holzofens, der in der Ecke des Raumes stand, und bewegte die Zehen, um die Durchblutung anzuregen. Nicht schon wieder, dachte er. Langsam reicht es wirklich mit nassen Füßen und dem ständigen Gestiefel durch knöcheltiefen Schlamm. Pauline wird mich umbringen, wenn ich heute schon wieder derart schmutzig nach Hause komme.

Ebertz setzte sich an den Kopf des Tisches und breitete seine Notizen und Unterlagen vor sich aus. Ein Gendarm führte Schürmann in einen anderen Raum, den er für das Entwickeln der Fotos und andere Arbeiten ganz nach seinen Ansprüchen herrichten konnte. Max begann ebenfalls, seine Notizen zu sortieren.

»Zuerst sollten wir noch einmal Stück für Stück und der Reihe nach durchgehen, was wir haben«, sagte Ebertz. Er nahm die Akte vor sich und sah hinein, während Max aufstand, zur Tafel ging und ein Stück Kreide nahm, das danebenlag.

»Also, fassen wir einmal zusammen.« Ebertz klatschte in die Hände. »Zwei Menschen wurden im Wohnhaus ihres Hofes brutal ermordet. Die Opfer sind der Austragsbauer Franz Maul, sechzig Jahre alt, sowie sein Sohn Andreas, vierunddreißig Jahre alt.«

Während Ebertz langsam aus seinen Notizen vorlas, schrieb Max auf die Tafel.

»Nach den Erkenntnissen vom Tatort und der Obduktion durch Dr. Seißler drangen vermutlich mehrere Täter zwischen elf Uhr am Samstagabend und zwei Uhr sonntagmorgens in das Haus ein und töteten die Bewohner. Im Haus gab es diverse Wertsachen, die Familie war nach ersten Erkenntnissen recht wohlhabend. Neben Wertpapieren und Silberbesteck fanden wir in einem Portemonnaie fünfhundert Gold- und Silbermark. Im Stall standen auch mehrere Milchkühe. Ein Raubmord dürfte damit wohl ausscheiden, aber dazu später mehr …«

Die Kreide quietschte über den Schiefer. »Den Verletzungen zufolge wurden mehrere Waffen oder Werkzeuge benutzt, was auf mindestens zwei Täter schließen lässt. Das ergibt sich zum einen daraus, dass es höchst unwahrscheinlich ist, dass ein Täter die Waffe wechselt, zum anderen daraus, dass die Opfer sich massiv gewehrt haben.«

Ebertz stand auf. Vor ihm auf dem Tisch lag eine Zeichnung, die die Positionen der Leichen am Tatort zeigte. »Lass uns den Tathergang einmal durchgehen.«

Gemeinsam schoben sie den Tisch auf die Seite und stellten zwei Stühle so nebeneinander, wie es auf dem Plan eingezeichnet war.

»Es ist abends, die beiden Männer sitzen gemeinsam in der Stube. Man trinkt Tee, unterhält sich, liest Zeitung«, sagte Ebertz. »Du bist der Täter. Wie gehst du vor?«

Max ging zur offenen Tür und trat auf den Flur.

»Nirgends gab es Einbruchspuren. Du lässt mich beziehungsweise uns freiwillig herein.« Er klopfte an den Türrahmen und trat wieder ins Zimmer zurück. »Im Flur sind keine Zeichen eines Kampfes, alles hängt so, wie es soll. Wir gehen in die Stube.«

»Und jetzt? Wie geht es weiter?«

»Wir streiten uns, geraten wegen irgendetwas aneinander, und es eskaliert. Es muss um etwas sehr Wichtiges gehen, weil ich dich nicht nur umbringe, sondern vorher auch misshandle und foltere.«

Ebertz setzte sich auf einen der Stühle. »Wir streiten, du bedrohst mich und zwingst mich auf den Stuhl?«

»Ich will etwas haben oder wissen, du gibst es mir aber nicht.«

»Weiß ich es nicht, habe ich es nicht, oder will ich es nicht herausgeben?«

»Das spielt keine Rolle, wir wollen oder müssen aber ganz sichergehen, und deshalb foltern wir euch beide. Dabei gehen wir systematisch vor, um euch möglichst große Schmerzen zu bereiten.« Max deutete die Bewegungen mit seinen Händen an, beugte sich über Ebertz und setzte ein unsichtbares Messer an.

»Hast du bekommen, was du willst?«

»Ich habe mir Zeit gelassen und bin sehr gründlich vorgegangen, bevor ich dich getötet habe – ich würde sagen, ich habe, was ich wollte.«

Ebertz erhob sich, ging auf und ab. »Worum ging es? Geld?«

»Ich habe Wertpapiere, teures Silberbesteck und fünfhundert Gold- und Silbermark im Haus zurückgelassen und noch nicht einmal danach gesucht, alles war in bester Ordnung und aufgeräumt. Geld ist mir egal.«

»Dann vielleicht etwas Persönliches?« Ebertz zupfte an seinem Ohrläppchen herum. »Eine heimliche Affäre? Oder Rache für irgendein Unrecht, das du mir angetan hast?«

Max ging langsam im Raum herum. Das Gehen half ihm beim Nachdenken, es brachte seine Gehirnzellen in Fahrt. »Es könnte beides sein. Aber um das herauszufinden, müssen wir mehr über die Opfer und deren Beziehungen wissen.«

Ebertz setzte sich auf den Tisch und stützte die Füße auf die Sitzfläche eines Stuhls. Er schnippte mit den Fingern. »Und nun kommen wir zur Gretchenfrage: Sind die Täter aus dem Dorf?«

Max kratzte sich am Kopf. »Also rein instinktiv würde ich Ja sagen«, sagte er. »Diese kleinen Dörfer sind eine derart in sich geschlossene Welt, dass kaum jemand mit Leuten außerhalb der eigenen Gemeinde engeren Kontakt pflegt, zumindest nicht, ohne dass es jemandem auffällt. Andererseits haben sämtliche

Zeugen übereinstimmend ausgesagt, dass die Opfer mit niemandem Streit oder sonstige Probleme hatten.«

»Und wenn das ganze Dorf mit drinhängt?«, fragte Ebertz. »Vielleicht wollten sich ja alle zusammen für etwas rächen oder sich tatsächlich eines oder zweier vermeintlicher Hexenmeister entledigen.«

Max überlegte kurz. »Das glaube ich nicht«, sagte er dann. »Denn das würde bedeuten, dass uns sämtliche Zeugen angelogen hätten. Den Ortsvorsteher zum Beispiel halte ich zwar durchaus für so verschlagen, dass er zu so etwas fähig wäre, aber spätestens beim Briefträger ist Schluss. Der wäre doch niemals in der Lage gewesen, ein Geheimnis für sich zu bewahren beziehungsweise glaubhaft zu schwindeln. Außerdem wäre ein aufgebrachter Mob wohl anders vorgegangen.«

»Also denkst du, dass es jemand von außerhalb war?«

»Es spricht zumindest einiges dafür, ja.« Max verschränkte die Arme und blickte zur Decke. »Doch falls es tatsächlich so ist, stellt sich die Frage, woher die Täter kommen. Immerhin kann man durch die zurückgezogene Lebensweise der beiden Bauern Kontakt zu Personen, die nicht aus dem Dorf beziehungsweise der Gemeinde kommen, nahezu ausschließen – wenn die Aussagen der Zeugen stimmen. Hundertprozentig sicher kann man aber natürlich trotzdem nicht sein.«

Sie dachten stumm nach, für kurze Zeit herrschte absolute Stille im Raum. »Vielleicht jemand aus der Vergangenheit?«, sagte Ebertz schließlich. »Jemand, der seinen Zorn lange Zeit zurückgehalten hat oder im Gefängnis war?«

Max war nicht überzeugt. »Mehrere Personen, die sich möglicherweise jahrelang beherrscht haben oder gleichzeitig im Gefängnis gesessen haben?«, fragte er zweifelnd.

»Es klingt unwahrscheinlich, ich weiß. Aber es wäre theoretisch möglich.« Ebertz zuckte die Schultern. »Und wir haben bislang ohnehin noch keinen anderen Ansatz. Wir sollten zumindest mit Schubert sprechen, ob einer der Männer in etwas Zwielichtiges verwickelt war.«

»Und was ist mit der Behauptung, der Altbauer sei ein dunkler Zauberer, und mit den Lichtern im Wald?«, fragte Max.

»Hmm, eine sehr gute Frage. Ich glaube zwar nicht daran, dass das Opfer mit dem Teufel im Bunde war oder dass es im Wald hinter dem Hof spukt, aber es heißt ja, dass jede Fabel einen wahren Kern hat.« Ebertz rieb sich die Nasenwurzel. »Und dann ist da noch der vermeintliche Tod des Jungbauern im Krieg und seine angebliche Wiederauferstehung.«

Max schlug mit der Faust in seine andere Hand. »Ich weiß, wie wir da weiterkommen«, sagte er. »Dazu kann uns bestimmt der Regimentsstab in Nürnberg etwas sagen. Die müssten ja alles in den Akten haben.« Doch dann wurde er nachdenklich und biss sich auf die Lippe. »In Nürnberg waren bis zum Ende des Krieges die Stäbe und Abteilungen mehrerer Regimenter der ganzen bayerischen Armee stationiert. Einige wurden aufgelöst oder in andere Einheiten eingegliedert. Das wird die sprichwörtliche Suche nach der Nadel im Heuhaufen.«

Ebertz runzelte die Stirn. »Im Schlafzimmer des Jungbauern hing doch auch eine Uniformjacke, oder nicht? Vielleicht bringt die uns weiter.« Nachdenklich zwirbelte er seinen Bart. »Und was haben die Spuren in der Schwedenschanze zu bedeuten, und, nicht zu vergessen, was steckt hinter der Kultstätte?«

Max erinnerte sich an die Windspiele und die Feuerstelle in der Mitte des Platzes zwischen den Felsen, und Bilder von dunklen Gestalten in langen Kutten, die im Kreis standen und magische Formeln und Gebete rezitierten, erschienen vor seinem inneren Auge. Esoterik und Geheimgesellschaften waren groß in Mode – die Krise nach dem Krieg ließ viele im Übernatürlichen Schutz und Trost suchen. Auch hatte das massenhafte Sterben an den Fronten den Menschen die rasche Vergänglichkeit des Lebens vor Augen geführt. Kulte und Religionsgemeinschaften versprachen ihren Anhängern, ihrer Existenz wieder einen Sinn zu geben.

»Vielleicht gehörten die Opfer ja zu einem Geheimbund?«, fragte Max. Aber kaum hatte er es ausgesprochen, zweifelte er selbst daran. Zwar waren Aberglauben und Volkssagen in ländlichen Gebieten noch weit verbreitet, die esoterischen oder politisch radikalen Visionen der Geheimbünde, wie sie unter anderem von der völkisch-rechtsextremen Thule-Gesellschaft propagiert wurden, gehörten aber eher in die Welt der Großstädte.

Auch Ebertz schien das nicht zu überzeugen. »Ich weiß nicht. Im Haus gab es keinerlei Hinweise, die auf so eine Gruppierung hingedeutet hätten, zumindest keine offensichtlichen.«

Es klopfte am Türrahmen, im nächsten Moment trat Schürmann in den Raum. »Ich habe Abgüsse der Gipsabdrücke gemacht, sie trocknen gerade«, sagte er. »Auch eine Dunkelkammer habe ich mir eingerichtet.«

»Wann können wir die Bilder sehen?«, fragte Ebertz. In der Stimme des erfahrenen Ermittlers schwang eine Spur Anspannung und Ungeduld mit.

Schürmann grinste. »Bald, ich entwickle sie jetzt nach und nach. Sobald sie getrocknet sind, bringe ich sie euch.« Er sah auf die Tafel. »Habt ihr schon eine Theorie?«

Ebertz schnaubte. »Im Moment haben wir vor allem Fragen über Fragen, aber keine Antworten.« Sie erklärten ihm knapp, welche Schlüsse sie gezogen hatten.

»Wenn die Täter es auf Vater und Sohn abgesehen hatten, müsste der Grund dafür innerhalb des letzten Jahres liegen, oder?«, fragte Schürmann. »Also, seit der Jungbauer aus dem Krieg zurückgekehrt ist.«

»Ein guter Hinweis«, sagte Ebertz und stützte die Arme auf den Tisch. »Damit hätten wir eine weitere Frage zu klären: Was ist zwischen Herbst letzten Jahres und heute passiert?« Und an Schürmann gewandt: »Du kümmerst dich weiter um die Spuren und die Fotos. Ich spreche mit dem Sägewerksbesitzer, der laut dem Ortsvorsteher heute zurückkommen sollte, diesem Gerhard Moltzer. Der soll ja den toten Franz Maul näher gekannt haben, vielleicht kann er uns einen Hinweis auf ein Motiv liefern.« Dann blickte er zu Max. »Du schaust, dass du die Militärakte des jungen Maul bekommst. Wir brauchen alles, von der Einberufung über sämtliche Frontaufenthalte und Heimaturlaube bis hin zum angeblichen Tod und der Entlassung.« Er klatschte in die Hände. »Also, meine Herren, auf geht's!«

Max nahm Mantel und Hut, verabschiedete sich und ging nach draußen auf den Hof. Kalter Wind empfing ihn, als er aus der wohligen Wärme durch die Tür ins Freie trat. Er stieg in ihren Wagen und fuhr erneut Richtung Obergubach, um am Tatort noch einmal nach Hinweisen auf die Einheit zu suchen, in der der Jungbauer gedient hatte. Anschließend wollte er nach Nürnberg ins Hauptquartier des dort stationierten Regiments fahren. Ebertz würde im Wagen der Gendarmerie nach Obergubach folgen, um den Sägewerksbesitzer zu vernehmen.

Auf der Fahrt durch das Pegnitztal ging Max die Morde noch einmal in Gedanken durch. Während der Wind am Wagen riss und die Scheibenwischer gegen die Nässe ankämpften, fühlte er sich wieder nach Flandern zurückversetzt. Er spürte, wie er zu schwitzen begann und ihm Schweiß das Gesicht hinablief, ein dumpfer Schmerz kroch vom Nacken aus bis zu seinen Schläfen, und sein Gesichtsfeld begann zu verschwimmen. Die Berge der Hersbrucker Alb wurden zu einer flachen Mondlandschaft, und die saftig grünen Wiesen verwandelten sich in eine karge Ödnis.

Gemeinsam mit dem Rest seines Zuges saß er auf der schaukelnden Ladefläche eines Lastwagens auf dem Weg zur vordersten Linie. Die Straßen waren matschig, sodass sogar das motorisierte Ungetüm Probleme hatte, vorwärtszukommen. Auf beiden Seiten wankten in endlosen Strömen Einheiten zur Auffrischung in die Etappe zurück. Ihre Gesichter waren fahl und ausdruckslos unter den schweren Stahlhelmen, die Uniformen zerschlissen und mit Dreck verkrustet. Knöcheltief sanken die Männer mit ihren klobigen Stiefeln im Schlamm ein, einige benutzten den Kolben ihres Gewehres als Stütze. Dazwischen immer wieder von Pferden gezogene Sanitätskarren, die Verwundete nach hinten brachten. Nur mit Zeltbahnen notdürftig gegen Kälte und Regen geschützt, schrien und wimmerten die Männer vor Schmerzen. In den zerstörten Gebäuden, die die Straße säumten, hausten zum Teil noch immer Zivilisten. Zerlumpte Kinder ohne Schuhe und mit eingefallenen Gesichtern standen davor und bettelten die vorbeiziehenden Soldaten um etwas zu essen an. Doch kaum einer der Männer, die seit Monaten selbst nur von dünner Suppe und Steckrübenbrot lebten, hatte eine Kante für die Hungernden übrig.

Das dumpfe Grollen und leuchtend helle Feuer der Artilleriegeschütze am Horizont verwandelte die Szenerie endgültig in eine wahr gewordene Vorhölle. Das Einzige, was noch schlimmer war, war das elende Sterben in den Schützengräben, die täglich mehrere tausend Opfer forderten.

Ein heftiger stechender Schmerz wie von einer glühenden Nadel schoss Max durch den Kopf, als sich Schlamm und Matsch vor seinen Augen wieder auflösten und er ins Pegnitztal zurückkehrte. Er sah einen dicken Baumstamm auf sich zurasen, riss das Lenkrad herum, schleuderte quer über die Fahrbahn und trat gleichzeitig mit voller Kraft auf die Bremse. Mit quietschenden Reifen kam der Wagen mitten auf der Straße zum Stehen. Max' Herz klopfte bis zum Hals, Schweiß stand ihm auf der Stirn, und er atmete heftig. Mit zitternden Knien stieg er aus und sog die kalte Luft tief in seine Lungen. Schwach lehnte er an der Seite des Wagens und musste auf einmal lachen: Nach den Jahren des Grauens und des Todes war er immer noch am Leben! Er schrie mit voller Kraft, so lange, bis seine Kehle schmerzte und er keine Luft mehr bekam. Tränen liefen ihm über die Wangen, und er sank zu Boden.

Er wusste nicht, wie lange er neben seinem Auto gekauert hatte, aber mit einem Mal wurde ihm bewusst, dass er auf einer einsamen Landstraße im strömenden Regen mitten auf der Straße lag. Langsam rappelte er sich auf, seine Haare klebten klatschnass an seinem Kopf, sein Anzug war vollkommen durchweicht. Mit zum Himmel gerichtetem Gesicht stand er da und spürte das kalte Stechen der Regentropfen auf Stirn und Wangen. Plötzlich fuhr ein heftiger Windstoß durch die Baumwipfel und ließ sie heulend hin und her tanzen. Max stieg wieder ins Auto und versuchte, mit seinem ebenfalls durchnässten Taschentuch seine Brillengläser trocken zu reiben. Dicke Schmierer und ein nasser Film waren das Ergebnis. Er kam sich nun vor wie ein Narr, wie er wie ein Bündel Elend auf der Straße gelegen hatte. Über den Rand der Brille spähend, startete er den Motor und fuhr mit immer noch klopfendem Herzen weiter.

Als Max schließlich in Obergubach ankam, hielt er wie bereits die Male zuvor vor dem Wirtshaus. Wie am Vormittag sah er nur wenige Menschen, die ihrem Tagwerk nachgingen. Der Wirt war gerade dabei, den Müll herauszubringen, und grüßte ihn knapp. Wie die Läden hier wohl überleben können, wenn kaum jemand unterwegs ist?, fragte sich Max. Er stieg aus, wickelte sich in seinen Mantel, zog den Hut über die Ohren und stapfte die bekannte Strecke über den Knüppeldamm am Wegesrand entlang zum Hof der Familie Maul. Das Wetter hatte nun auch den letzten verbliebenen Schaulustigen vertrieben, nur zwei Gendarmen standen noch rauchend im Geräteschuppen. Als sie Max auf sich zukommen sahen, traten sie rasch ihre Zigaretten aus und nahmen Haltung an. »Es ist niemand hier, Herr Kommissar«, meldeten sie eilig.

»Was ist mit den Toten?« Max deutete auf den Stall.

»Der Pfarrer war da und hat ihnen den letzten Segen 'geben«, sagte einer der Uniformierten. Er überlegte kurz. »Dann kam der Schreiner und hat Maß für die Särge g'nommen. Wir haben dann das Tor abg'schlossen und passen jetzt auf, dass keiner reingeht.«

»In Ordnung. Ich sehe mich noch einmal am Tatort um.«

Max stapfte erneut über den matschigen Hof zum Wohnhaus. Als er das Gebäude betrat, lief ihm ein eiskalter Schauer über den Rücken. Wie beim ersten Mal hatte er das Gefühl, ein Grab zu betreten. Im Wohnraum erinnerten nur noch dunkle Flecken auf dem Boden daran, dass hier ein furchtbares Verbrechen geschehen war. Obwohl das Fenster lange offen gestanden hatte, roch es immer noch nach Tod und Verwesung. Max rümpfte die Nase und atmete flach durch den Mund.

Er ging ins Schlafzimmer des Jungbauern und nahm die abgetragene Uniformjacke vom Haken. Der einzige Hinweis daran waren die farbig abgesetzten Schulterklappen, die den Träger als Infanteristen auswiesen. Aber nichts, was auf ein bestimmtes Regiment hindeutete. Systematisch durchstöberte er noch einmal sämtliche Schubladen, Kommoden und Schränke im ganzen Haus auf der Suche nach einem Feldpostbrief, einem Soldbuch oder einem offiziellen Brief von Andreas Mauls Einheit – ohne Erfolg.

Das ist eigentlich ungewöhnlich, dachte er. Da ist der Sohn vier Jahre im Krieg, und er schreibt keinen einzigen Brief. Oder es wurden alle weggeworfen. Aber warum?

Er öffnete den Kleiderschrank und strich mit dem Finger über die fein säuberlich aufgereihten Jacken, Hosen und Hemden. Hoffentlich habe ich im Regimentsarchiv mehr Glück, dachte er, als er hinausging. Gerade als er die Haustür hinter sich geschlossen hatte, blieb er wie angewurzelt stehen. Er hatte etwas gesehen, was ihnen bei der Lösung des Falls vielleicht weiterhelfen konnte!

Max machte auf dem Absatz kehrt, stürmte ins Schlafzimmer und schob die Bügel beiseite. Ganz hinten in der Ecke des Schrankes hing ein zerschlissener feldgrauer Armeemantel. Am Kragen entdeckte er metallene Abzeichen, die die Zahl 14 zeigten. Das 14. Bayerische Infanterieregiment also, dachte Max. Die Abzeichen waren gewiss nicht Teil der offiziellen Kleiderordnung, aber an der Front nahmen es die Soldaten damit ohnehin nicht so genau.

Am rechten Ärmel entdeckte er ein gesticktes Abzeichen, das er nicht kannte: ein roter Schild mit einer weißen Handgranate darauf. Max zuckte die Schultern, vielleicht wusste bei der Reichswehr jemand etwas darüber. Wahrscheinlich war es nur eine kompanieinterne Sache. Es kam durchaus häufiger vor, dass sich Einheiten selbst inoffizielle Abzeichen zulegten, etwa um einen bestimmten Spitznamen der Truppe bildlich darzustellen.

Zufrieden verließ er den Hof und ging zu seinem Auto zurück, um nach Nürnberg ins Regimentshauptquartier zu fahren. Jetzt hatten sie zumindest einen Ansatzpunkt!

Während Reinhardt die Gendarmeriestation verließ, um erst zum Tatort und anschließend nach Nürnberg zu fahren, ging Paul Ebertz auf der Suche nach Oberwachtmeister Schubert in die Wachstube. Er fand ihn in ein Gespräch mit seinem Stellvertreter Meyer vertieft.

»Ich würde gerne noch einmal mit einem Zeugen sprechen, Kommandant«, bat Ebertz.

»Das ist kein Problem. Ihr Kollege ...?« Schubert blickte aus dem Fenster zum Hof. Reinhardt fuhr gerade im Wagen der Ermittler vorbei.

»Kriminalassistent Reinhardt will sich noch einmal den Tatort ansehen und anschließend nach Nürnberg weiterfahren. Deshalb wäre es sehr nett, wenn Sie mich begleiten könnten.«

»Selbstverständlich. Weshalb fährt er denn nach Nürnberg?«, fragte Schubert neugierig.

»Wir haben da noch einiges, was an der Vergangenheit des Jungbauern ungeklärt ist. Mein Kollege fährt ins Regimentshauptquartier.«

Meyer bekam große Ohren. »Weshalb das denn?«

Ebertz wedelte mit der Hand. »Ach, es geht nur um das Übliche: Wo hat er gedient, wie lange, wann wurde er eingezogen, wann entlassen – solche Dinge eben.« Er wusste nicht, wieso, aber irgendetwas hielt ihn davon ab, vor den Gendarmen jedes Detail ihrer Ermittlungen offenzulegen. Das ist seltsam, dachte er. Immerhin war Schubert der Kommandant und Meyer der stellvertretende Kommandant einer Gendarmeriestation, was ein hohes Maß an Integrität erforderte. Dennoch bestand die, wenn auch geringe, Möglichkeit, dass einer der Gendarmen in dieser ländlichen Gegend, wo viele Menschen zumindest über mehrere Ecken miteinander verwandt waren, persönliche Beziehungen – welcher Art auch immer – nach Obergubach oder auch zu dem oder den Tätern hatte.

»Das trifft sich gut, wir wollten ohnehin bald losfahren und die Wachen am Hof ablösen.« Schubert deutete auf einige Gendarmen, die sich unter dem Vordach im Hof versammelt hatten. Er ging in sein Büro und holte Mantel und Mütze.

Ebertz packte ebenfalls seine Sachen und folgte den beiden nach draußen. Sie stiegen in den Wagen und rollten langsam aus der Ausfahrt heraus. Dann gab der Fahrer Gas, worauf sie die Station und schließlich auch Hersbruck bald hinter sich ließen. Ebertz warf einen Blick zurück, dann kramte er seine Notizen aus der Aktentasche und begann zu lesen.

Schürmann sah erst Reinhardt und kurz darauf Ebertz mit Schubert, dessen Stellvertreter – wie war sein Name gewesen? – und einer Gruppe Gendarmen wegfahren. Er hatte in einem kleinen Raum ein provisorisches Labor eingerichtet. Eine ungenutzte Abstellkammer war mit einigen wenigen Handgriffen sogar zu einer Dunkelkammer geworden.

Er ging zu dem Tisch in der Mitte des Raumes. In einer großen Schüssel ruhte der erste Gipsabdruck vom Tatort in einer zähen Masse. Schürmann drückte leicht mit dem Finger an den Rand, sie war noch nicht ganz ausgehärtet. Wenn dies geschehen war, würde er den Gips vorsichtig entfernen und eine perfekte Reproduktion des Schuhabdrucks aus den Hügeln haben.

Er verließ das Zimmer und schlenderte vorbei an leeren Büros und Aufenthaltsräumen in die Wachstube. Zwei Gendarmen lungerten hinter ihren Schreibtischen herum, einer hatte die Füße hochgelegt. Als er den Raum betrat, sprangen sie auf.

»Können wir Ihnen helfen, Herr Kommissar?«, fragte einer der beiden.

»Nein danke. Es ist nichts«, sagte Schürmann lakonisch.

»Sonst nichts los, hmm?« Er sah aus dem Fenster und wippte mit den Füßen.

»Nein.« Die Antwort war zögerlich. »Bei dem Wetter bleibt wirklich jeder daheim, sogar Langfinger und sonstiges G'sindel.«

»Nicht einmal eine Schlägerei im Wirtshaus?«

»Nicht mal das.«

»Na gut.« Schürmann seufzte. Mit den beiden ließ sich beim besten Willen nicht schwatzen.

Er ging zurück in sein Zimmer und testete erneut die Masse. Ein paar Minuten noch. Die Kamera lag bereits in der Dunkelkammer, in mehreren Schüsseln hatte er die nötigen Laugen und Wasser vorbereitet, die er zum Entwickeln brauchte.

Aus seiner Tasche nahm er einen schmalen Spachtel und begann, vorsichtig den Gips aus der Gussmasse zu lösen. Nachdem er einmal um den Abdruck herum war, zog er den Klumpen langsam heraus, wobei er peinlich genau darauf achtete, dass nichts daran kleben blieb, die Reproduktion sollte exakt das Original wiedergeben. Als der Sohlenabdruck so vor ihm lag, wie sie ihn im Boden des Grabensystems hinter dem Mordhof gefunden hatten, strich er aus einer Dose einen dünnen Film Schmiere darüber, damit sich keine Risse bildeten. Während er mit einem kleinen Pinsel in jede Vertiefung fuhr, hörte er ein Rumpeln aus der Wachstube. Es klang, als würden die Gendarmen die Tische hin und her schieben. Schürmann ging in die Dunkelkammer und wollte gerade anfangen, die Bilder zu entwickeln, als er einen lauten Knall hörte.

Genervt riss er die Tür auf und trat auf den Gang. Ein Uniformierter stand am anderen Ende des Flures in der Tür zum Wachraum. Hinter ihm sah Schürmann umgestürzte Stühle und Tische. Ein Gendarm lag regungslos auf dem Boden, unter seinem Kopf breitete sich langsam eine dunkle Blutlache aus.

Schürmann lief es heiß und kalt den Rücken hinunter, seine Kehle zog sich zusammen, und ihm schoss das Blut in den Kopf. Er spürte, wie ihm das Herz bis zum Hals schlug. Dann, mit einem Mal, war er ganz ruhig. Er kam sich wieder vor wie in den Schützengräben Flanderns kurz vor einem Sturmangriff: Mit gesenkten Köpfen und verkrampften Körpern quetschten sich die Soldaten eng um die schmalen Sturmleitern, über die sie in wenigen Augenblicken in die Hölle des Niemandslandes klettern würden. Ihre Gewehre mit den aufgepflanzten Bajonetten ließen sie wie eine antike griechische Phalanx aussehen. Manche beteten, andere rauchten, wieder andere weinten leise. Einige kotzten die Reste ihres kärglichen Essens aus oder machten sich in die Hose. Dann richteten sich alle Blicke auf den Leutnant, der langsam die Trillerpfeife zum Mund führte.

Schürmann hatte sich immer darüber gewundert, dass so ein kleines Ding so viele Männer dazu bringen konnte, blindlings in den sicheren Tod zu gehen. Dann gellte ein greller Pfiff nach dem anderen die Gräben entlang, Zug- und Kompanieführer trieben ihre Männer zum Angriff. Mit großem Gebrüll ergoss sich eine feldgraue Welle nach der anderen aus der Erde und rückte auf die britischen oder französischen Stellungen zu. Erde und Splitter flogen da in die Luft, wo die feindliche Artillerie mit Kanonen und Mörsern in den Angriff hineinschoss. Verwundete und Tote bedeckten die Ebene. Dann begannen die Maschinengewehre mit ihrem monotonen Stakkato, bevor die Infanterie aus Tausenden Rohren ebenfalls das Feuer eröffnete.

Schürmann war wie in Trance. Er ging auf den mit dem Rücken zu ihm stehenden Mann zu und griff sich dabei unter seine linke Achsel. Fast zärtlich schlossen sich seine Finger um die hölzernen Griffschalen der Luger, die er dort in einem Schulterholster trug. Solch eine Pistole hatte ihm im Krieg mehr als einmal das Leben gerettet. Er spürte die Maserung des Holzes, roch einen leichten Duft von Waffenöl und entsicherte die Neun-Millimeter mit dem Daumen. Der andere hatte das Klicken gehört und drehte sich um. Er hob die rechte Faust, in der er einen schweren Revolver hielt, doch es war zu spät. Aus gut einem Meter Entfernung schoss ihm Schürmann in den Kopf, Schädelsplitter und Blut spritzten an die Wand.

Er stieg über den Toten hinweg und bemerkte links von sich

eine Bewegung. Ein Angreifer versuchte, ein Armeegewehr vom Typ Mauser 98 in Anschlag zu bringen. Fast bedauerte ihn Schürmann ein wenig; in engen Räumen waren solche langen Gewehre vollkommen sinnlos. In den grausamen Grabenkämpfen des Großen Krieges hatten beide Seiten bald auf angeschliffene Spaten, mit Nägeln bespickte Keulen oder Äxte, Dolche mit integrierten Schlagringen, mittelalterlich anmutende Streitkolben oder Morgensterne und Pistolen zurückgegriffen. Manche töteten ihre Gegner auch mit bloßen Händen. Schürmann schoss dem Mann drei Kugeln in die Brust, bevor der seine Waffe auch nur halb gehoben hatte. Er stieg über den toten Gendarmen hinweg und ging auf die Eingangstür zu, durch die ein Bewaffneter hereingestürmt kam. Mit Kugeln in Kopf und Brust stürzte auch er tot zu Boden und hinterließ dabei blutige Spritzer und Streifen an der Wand.

Schürmann legte auf einen weiteren Mann an, der ebenfalls hereinstürmen wollte. Der Tod seiner Kameraden hatte ihn aber sein Tempo verlangsamen lassen. Doch der Hammer von Schürmanns Luger klickte nur, das Magazin war leer! Weil ihm zum Nachladen keine Zeit blieb, sprang er auf sein Gegenüber zu, packte ihn an der Brust und schlug ihm mit voller Wucht den Pistolengriff gegen die Schläfe. Er hörte, wie der Schädel brach und warmes Blut über seine Hand spritzte. Mit weit aufgerissenen Augen stand ein weiterer Angreifer vor ihm und versuchte panisch, sein Gewehr hochzureißen.

Der Idiot hat tatsächlich sein Bajonett aufgepflanzt, dachte Schürmann und duckte sich unter dem Lauf des anderen weg. Ein Schuss löste sich krachend und ging in die Decke. Schürmann drückte das Gewehr beiseite, packte den Mann am Kragen und schlug mit dem Pistolengriff auf dessen Gesicht ein – bis zur Unkenntlichkeit. Da nahm er hinter sich eine Bewegung wahr. Er wirbelte herum und wollte zur Seite springen, doch der andere war schneller. Mehrere Schüsse trafen Fritz Schürmann in die Brust und fanden den Weg in sein Herz.

# 7. KAPITEL

Ein dumpfer Donner grollte in der Ferne, als der Gendarmeriewagen mit Paul Ebertz auf den Marktplatz von Obergubach fuhr. Ändert sich das Wetter etwa nun doch endlich einmal?, fragte sich der Kommissar. Langsam hatte auch er von dem ewigen Grau und dem eiskalten Wind genug, ein reinigendes Gewitter war dringend notwendig.

Obwohl äußerlich wie gewohnt ruhig und gelassen, war Ebertz ein wenig verärgert. Bisher hatten sie keinen konkreten Verdacht, wer die Familie ermordet hatte, geschweige denn weshalb. Zwar gab es ein paar Spuren oder eher Anhaltspunkte, aber mehr auch nicht. Deshalb hoffte er, dass ihn der Sägewerksbesitzer weiterbringen würde.

Kaum war der Kommissar aus dem Auto gestiegen, drohte ihm der heftige Wind den Hut vom Kopf zu reißen.

»In diese Richtung geht es zum Sägewerk?« Ebertz deutete auf die breite Straße, die gegenüber dem Weg lag, der zum Hof der Familie Maul führte.

»Ja, etwa dreihundert Meter, dann ist es auf der rechten Seite«, sagte Schubert, der ebenfalls ausgestiegen war. »Sollen wir Sie begleiten?«

»Das ist nicht nötig, vielen Dank.« Ebertz nahm seine Aktentasche und ging die schmutzige Straße entlang, während Schubert und Meyer das Gasthaus betraten, unter dessen Vordach zwei Gendarmen Zigaretten rauchten. Der Kommissar betrachtete die ärmlichen, zum Teil aus Holz gebauten Häuser. In der Ferne bellte ein Hund, sonst gab es kein Lebenszeichen. So wie von Schubert beschrieben, erreichte er nach einigen hundert Metern das Sägewerk, einen lang gezogenen hölzernen Bau am östlichen Ortsausgang. Stämme von Buchen, Kiefern und Fichten stapelten sich auf einem großen Platz davor. Ebertz betrat das Gebäude zwischen langen Reihen von Brettern hindurch, die dort zum Trocknen aufgereiht waren. Feiner Staub flimmerte in der kalten Luft, und der süßliche Geruch von frisch gesägtem Holz stieg ihm in die Nase. Riesige Sägeblätter kreischten am anderen Ende der Halle.

Ebertz ging durch die Reihen, bis er an dem langen, von einer Dampfmaschine betriebenen Förderband ankam, das die Baumstämme zum Zerteilen beförderte. Mehrere Arbeiter bedienten die Sägen, legten frisches Holz nach und schafften die Bretter beiseite. Zuerst nahmen sie den Kommissar nicht wahr, doch schließlich drehte einer der Männer den Kopf und bemerkte den Ermittler. Er gab seinen Kollegen ein Handzeichen und kam zu Ebertz herüber.

»Kann ich Ihnen helfen?«, brüllte er über den Lärm hinweg.

»Ich suche den Besitzer, Gerhard Moltzer«, schrie Ebertz zurück und zeigte dem Mann seine Dienstmarke. Der bedeutete Ebertz mit einer Handbewegung, ihm zu folgen. Sie gingen an einigen weiteren Sägeautomaten vorbei zu einer hölzernen Treppe, die ins Obergeschoss führte. Der Arbeiter öffnete eine Tür, dann betraten sie einen kleinen Raum, in dem sich lediglich einige Stühle um einen Tisch drängten, auf dem mehrere Essgeschirre und Thermoskannen standen. An einigen Haken an den Wänden hingen Mäntel und Hüte. Ebertz vermutete hier den Pausenraum der Belegschaft.

Der Arbeiter klopfte an eine weitere Tür und wartete auf ein »Herein«, bevor er sie öffnete. Er steckte seinen Kopf hindurch und sagte einige Worte, die Ebertz nicht verstand. Schließlich zog sich der Arbeiter zurück und bedeutete ihm, einzutreten.

Ein großer Mann mit breiten Schultern und fleischigem Nacken saß hinter einem hölzernen Schreibtisch, auf dem sich Papiere stapelten, und neben einer mit Zetteln übersäten Pinnwand entdeckte Ebertz ein gerahmtes Porträt des ehemaligen Kaisers.

»Nehmen Sie Platz, Herr Kommissar«, sagte der Mann und deutete auf einen Stuhl vor dem Tisch. »Wie kann ich Ihnen helfen?«

»Sie sind Gerhard Moltzer?« Ebertz setzte sich und zog sein Notizbuch aus seiner Tasche. Sein Gegenüber nickte stumm und beobachtete ihn aus kleinen Schweinsäuglein, die misstrauisch funkelten.

»Sie wissen, was auf dem Hof der Familie Maul passiert ist?«, fragte Ebertz.

Wieder ein Nicken.

»Uns wurde erzählt, Sie kannten den verstorbenen Franz Maul etwas besser?«

Moltzer starrte ihn eine Zeit lang ausdruckslos an, dann nickte er langsam. Mit wurstigen Fingern fuhr er sich über den speckigen Hemdkragen, bevor er antwortete: »Ja, ich kannte den Franz ganz gut. Hab regelmäßig G'schäfte mit ihm g'macht.« Er nickte zur Tür in Richtung Werkshalle. »Hat mir Holz aus sei'm Wald verkauft, bevor S' fragen.« Er beugte sich vor und stützte sich mit seinen schweren Armen auf den Tisch. »Wissen S' schon, wer den Franz und den Andreas ermordet hat und wieso?«

»Das ermitteln wir noch.«

Moltzer grinste feist und offenbarte eine Reihe ungepflegter Zähne. »Einen Dreck wissts ihr, stimmt's? Ihr habts keine Ahnung, aber laufts g'scheit rum mit euren piekfeinen Anzügen und modernen Fotoapparaten.«

Ebertz sah ihn einen Moment entgeistert an und wusste nicht, was er sagen sollte. Doch er entschied sich, die Provokation zu ignorieren, denn eine Auseinandersetzung mit Moltzer würde ihn nicht weiterbringen. »Hatten Sie auch privat mit Franz Maul zu tun, also außerhalb Ihrer Geschäfte?«

Der Sägewerksbesitzer grunzte. »Ja, wir haben hin und wieder einen g'meinsam g'hoben. Im Wirtshaus, oder er kam zu mir, oder ich bin zu ihm. Trinken S' auch, wollen S' 'nen Kurzen?« Er ließ ein röhrendes Lachen erklingen, griff in eine Schublade seines Schreibtischs und knallte eine Flasche Kräuterschnaps und zwei schmutzige Gläser auf den Tisch.

Ebertz beschloss, sich auf die Herausforderung einzulassen. »Ja, sicher.«

Ein Hauch von Überraschung machte sich auf Moltzers Gesicht breit, als er die Antwort des Kommissars hörte. Doch dann grinste er, goss die Gläser voll und schob Ebertz eines hinüber.

»Auf die Toten«, prostete er ihm zu und leerte seines in einem Zug.

»Auf die Lebenden«, sagte Ebertz und tat es ihm gleich. Das ist das Furchtbarste, das ich je getrunken habe, dachte er, noch während er das brennende Gebräu hinunterschluckte. Obwohl er sich gerne den Mund ausgespült hätte, verzog er keine Miene.

Offenbar versuchte Moltzer ein Zeichen des Abscheus und des Ekels im Gesicht des Kommissars zu finden, würde jedoch nicht fündig werden. Beherrschung war für Ebertz eine leichte Übung.

»Er war ein guter Mann, der Franz Maul«, sagte Moltzer leise und ernst. »Genau wie sein Junge. Das waren anständige und fromme Menschen, so was haben die nicht verdient.«

»Waren Sie befreundet?«, fragte Ebertz, der bei dem großen Mann eine Spur von Trauer wahrzunehmen glaubte.

Moltzer senkte den Blick und leckte sich über die fleischigen Lippen. »Ja«, sagte er dann. »Der Franz Maul war mein Freund, auch wenn er vielleicht ein wenig komisch war und zurückgezogen g'lebt hat.«

»Würde Ihnen jemand einfallen, der den beiden etwas Böses gewollt haben könnte?«

Moltzer dachte einen Moment nach. »Tut mir leid, Herr Kommissar, aber da fällt mir keiner ein.«

»Gab es jemanden, der mit ihnen Streit hatte? Vielleicht auch etwas, das schon lange her ist?«

Der Sägewerksbesitzer sah ihn wieder ausdruckslos an und schwieg. Schließlich beugte er sich nach vorne und sagte: »Ich hab's Ihnen doch schon g'sagt: Da war keiner. Das war'n anständige und gottesfürchtige Leut, die mit niemandem Streit hatten.«

Ebertz unterdrückte ein Seufzen. »Wann hatten Sie denn das letzte Mal Kontakt zu dem Altbauern oder seinem Sohn?«

»Das war am Samstagabend im Wirtshaus. Hab mit dem Franz ein paar 'trunken und Karten g'spielt.« Er grinste. »Können S' jeden hier im Dorf fragen, waren alle da.«

Ebertz' Bleistift kratzte in seinem Notizbuch. »Wissen Sie noch, wann er gegangen ist?«

»Hmm, das dürft so gegen halb elf g'wesen sein. Ich bin noch ein bisschen 'blieben und hab weiter 'kartelt.«

»Was meinen Sie mit ›anständig‹?«

Moltzer glotzte. »Hmm?«

»Sie haben die Toten mehrfach als ›anständige Leute‹ bezeichnet. Was meinen Sie damit?«

»Na ja, was man halt so drunter versteht.« Seine Stimme klang unsicher. »Haben ihre Arbeit g'macht und sich um ihre eigenen Angelegenheiten 'kümmert.«

»Was für Angelegenheiten waren das?«

Unwillig zogen sich die Augenbrauen des Sägewerksbesitzers zusammen. »Ihr eigenes Tagwerk eben, ihre Arbeit aufm Hof. Haben sich nicht in fremde Angelegenheiten g'mischt. Was wollen S' eigentlich von mir?«, herrschte er den Kommissar an. »Finden S' lieber die Mörder!«

Ebertz horchte auf. »Wie kommen Sie darauf, dass es mehrere Mörder waren?«

»Glauben S' wirklich ernsthaft, das war einer allein? Nach dem, was man hört, muss es doch 'ne ganze Gruppe g'wesen sein.«

»Was hört man denn?«, fragte Ebertz. »Und vor allem, wer erzählt so etwas?«

Moltzer zuckte die Schultern. »Na ja, das Gerede im Dorf halt«, sagte er. »Ich bin heut Morgen aus Nürnberg zurück'kommen, und da hieß es schon überall, dass der Franz und der Andreas brutal niederg'macht worden sind.«

»Und wer erzählt das?«, fragte Ebertz noch einmal.

»Niemand Bestimmtes.« Moltzers Miene verdüsterte sich. »Das übliche Getratsche im Dorf, was man halt so hört.« Er kaute auf seiner Lippe. »Außerdem waren der Franz und der

Andreas starke, g'standene Mannsbilder. Die hätt einer allein nicht so einfach überwältigen können!«

»Und haben Sie jemanden in Verdacht, der die beiden ermordet oder zumindest Interesse daran gehabt haben könnte?«

Moltzer beugte sich weit über den Tisch, sodass er dem Kommissar beinahe auf den Schoß fiel. »Nicht einen Einzigen.«

»Kannten Sie den Altbauern schon lange?«

»Das können S' glauben«, sagte Moltzer. »Der Franz und ich kannten uns schon unser halbes Leben lang, ich stamm ausm Nachbardorf und bin erst später hierher'zogen.«

»Dann kannten Sie den Jungbauern auch?« Ein Nicken. »Standen sich Vater und Sohn nahe? Zeugen haben ausgesagt, dass es den Altbauern ziemlich aus der Bahn geworfen hat, als ein Brief kam, sein Sohn sei gefallen?«

»Was ist denn das für 'ne bescheuerte Frage?«, fragte der Sägewerksbesitzer. »Is doch kein Wunder, dass ihr nichts rausfindet, wenn ihr euch mit so 'nem G'schmarre b'schäftigt. Natürlich standen sich die beiden nahe, was glauben Sie denn? Immerhin hatten die beiden nur noch sich.« Er schnaubte verächtlich. »Und natürlich ging's dem Franz nahe, als der Brief kam, dass der Andreas g'fallen ist. Welchem Vater geht so was denn nicht nahe? Richtig fertig hat's den Franz g'macht!«

»Und wie war das denn, als der Jungbauer überraschend zurückgekommen ist?«, fragte Ebertz. »Können Sie sich erklären, was dahintersteckte?«

Moltzer zuckte die Schultern. »Ich hab keine Ahnung, wie das g'schehen konnte. Aber letztendlich spielt's ja auch keine Rolle, Hauptsache, er war wieder da.«

Ebertz lehnte sich zurück. »Im Dorf geht das Gerücht herum, es hätte etwas mit schwarzer Magie zu tun gehabt, und der Altbauer hätte einen Pakt mit dem Teufel geschlossen. Was halten Sie davon?«

»Ach.« Erneutes Schulterzucken. »Ich weiß es nicht, hab mir nie wirklich Gedanken drüber g'macht. Aber der Franz und der Andreas haben auch nie über so was g'sprochen.«

»Worüber haben sie denn dann geredet?«

»Na, nur über das Übliche eben«, sagte Moltzer. Sein Ton wurde abweisend. »Alltägliches, die Arbeit aufm Feld, Politik und solche Sachen. Sonst nichts.«

Ebertz spürte zwar, dass aus dem Sägewerksbesitzer im Moment nichts weiter herauszuholen war, doch er war sich auch sicher, dass er irgendetwas verbarg. Innerlich seufzte er, wirklich tiefgehende neue Erkenntnisse hatte er nicht in Erfahrung bringen können.

»Vielen Dank für das Gespräch und ...«, sagte er, erhob sich und zeigte auf die Schnapsflasche, »... das Getränk.«

Gelbe Zähne grinsten ihm hinterher, als sich der Ermittler zum Gehen wandte. »Auf Wiedersehen, Herr Kommissar. Und viel Erfolg bei Ihrer Jagd nach den Mördern.«

»Noch etwas.« Ebertz drehte sich um, als er die Tür öffnete, und deutete auf das Bild Wilhelms II. »War der tote Franz Maul auch ein Anhänger der alten Ordnung so wie Sie und wurde vielleicht deshalb getötet?«

Moltzer lief knallrot im Gesicht an und wuchtete sich von seinem Stuhl hoch. Doch bevor er etwas sagen konnte, hatte Ebertz bereits die Tür hinter sich zugeschlagen und war auf dem Weg hinunter in die Werkshalle. Gegen den lauter werdenden Lärm der Maschinen hörte er Moltzer in seinem Büro toben und schimpfen. Neben allerlei Verwünschungen schrie ihm der Mann auch »verfluchtes Demokratenschwein« hinterher. Er lächelte verstohlen und verließ das Sägewerk auf dem gleichen Weg, wie er es betreten hatte.

Als er die Straße zurück in den Ort ging, sah er noch einmal zurück. Hinter einem schmutzigen Fenster meinte er eine massige Silhouette auszumachen, die ihm hinterherblickte. Ebertz war sich immer noch sicher, dass Moltzer log oder zumindest etwas verbarg. Er kannte die Opfer laut eigener Aussage seit vielen Jahren. Niemand redete mit so alten Bekannten nur über das Wetter oder die Arbeit, dachte er.

Dann wanderten seine Gedanken zu dem Porträt des Kaisers und den letzten Äußerungen des Sägewerksbesitzers, die dieser ihm nachgerufen hatte. Damit war Moltzer längst keine Ausnahme. Nahezu das ganze Land schimpfte auf die demokratische Regierung, der die Leute die Schuld an der Niederlage im Krieg und der darauffolgenden wirtschaftlichen Notlage gaben. Die alten Kräfte und die Militärs hatten es ziemlich schlau angestellt und die Demokraten den Waffenstillstand, den viele Deutsche als Beleidigung ansahen, unterzeichnen lassen. Die eigentlichen Verantwortlichen der Katastrophe spielten sich nun als verhinderte Helden und Retter des Vaterlandes auf, die feige von den Demokraten verraten worden waren. Ihr selbst ernannter Opfergang war ein Schlag in das Gesicht der Verkrüppelten, Blinden, Kriegswaisen und Witwen, ja des gesamten Landes. Diejenigen, die Hunderttausende, ohne mit der Wimper zu zucken, in den Tod geschickt hatten, mussten weder die Konsequenzen für dieses sinnlose Schlachten tragen, noch hatten sie etwas von ihrer Macht und ihrem Einfluss eingebüßt. Im Gegenteil, viele Menschen bewunderten sie dafür geradezu und jubelten ihnen zu.

Mehrere Gendarmen standen vor dem Gasthaus, als Ebertz auf den Marktplatz zurückkam. Er erkannte Schubert, der bleich und bestürzt aussah. Sofort spannte er sich an, irgendetwas musste passiert sein.

Mit langen Schritten kam der Kommandant auf ihn zu. »Sie müssen sofort mitkommen!«, rief er.

»Was ist denn los?« Ebertz lief neben ihm her zum Wagen der Gendarmerie, der bereits mit laufendem Motor wartete. Sie kletterten hinein, und noch ehe sie richtig saßen, fuhr der Wagen mit quietschenden Reifen los, sodass sie in die Polster geworfen wurden.

»Unser Posten wurde angegriffen«, sagte Schubert mit zusammengebissenen Zähnen. »Es soll mehrere Tote gegeben haben.«

Die Worte trafen Ebertz wie ein Faustschlag in die Magengrube. »Was sagen Sie da?«, fragte er atemlos. Doch der Kommandant gab keine Antwort mehr.

»Geben Sie Gas«, blaffte Schubert den Fahrer an, der daraufhin noch mehr beschleunigte. Wie in Trance betrachtete Ebertz die vorbeiziehende Landschaft. Ein Blick aus der Heckscheibe zeigte ihm, dass ihnen ein weiterer Wagen folgte, voll besetzt mit Gendarmen. So schnell es die gewundene Straße zuließ, rasten die beiden Autos das Pegnitztal entlang in Richtung Hersbruck.

Imposant ragte die riesige Front der Kaserne vor Max auf. Über dem runden Durchgang thronte der in Stein gehauene königlich-bayerische Löwe. Doch statt der kaiserlichen Farben flatterte nun die schwarz-rot-goldene Trikolore der Republik neben den bayerischen Rauten an den Fahnenmasten davor. Max ging schnellen Schrittes darauf zu, die Hände in den Taschen verborgen. Ein Soldat in grauem Mantel trat aus dem Wachhäuschen, das Bajonett auf das Gewehr gepflanzt.

»Was wollen Sie?«, fragte er barsch. Aus der Wachstube im Tor lugten mehrere Uniformierte heraus.

Max hielt dem Wachtposten seinen Dienstausweis unter die Nase. »Ich bin von der Kriminalpolizei. Bringen Sie mich bitte zum Diensthabenden.«

Der Mann warf einen Blick zurück. »Warten Sie hier«, sagte er und verschwand in der Wachstube. Kurz darauf kehrte er mit einem zweiten Soldaten zurück, der die Schulterstücke eines Unteroffiziers trug.

»Sie sind von der Polizei?«, fragte er und warf selbst einen Blick auf Max' Dienstausweis. »Wie kann ich Ihnen helfen?«

Max erklärte dem Unteroffizier, dass er im Zuge dringender Mordermittlungen umgehend das Archiv des Regiments einsehen müsse. Geduldig hörte sich der Mann den Vortrag an und bedeutete Max dann, ihm zu folgen. Der kannte das Militär gut genug, um zu wissen, dass der Unteroffizier die Verantwortung weiterschieben und er bald vor einem Ranghöheren stehen würde. Sie gingen durch den beeindruckenden Torbogen und überquerten den riesigen Hof. Gegenüber dem Eingang führte eine breite Treppe mit steinernem Geländer in den Haupttrakt, wo Verwaltung und Kommandantur der Garnison untergebracht waren.

Sie traten durch das hölzerne Portal und folgten einem langen Gang. Ihre Schritte hallten von den polierten Steinplatten und den weiß getünchten Wänden wider. Soldaten mit Akten unter den Armen liefen geschäftig hin und her. Vor einer unscheinbaren Holztür blieben sie stehen, und der Uniformierte klopfte an. Als sie eintraten, stellte Max mit einem amüsierten Lächeln fest, dass er mit seiner Vermutung, der Unteroffizier würde ihn weiterreichen, recht gehabt hatte.

In dem einfach eingerichteten Büro saß ein junger Offizier hinter einem riesigen Schreibtisch, auf dem neben hohen Aktenbergen eine Büste des bayerischen Löwen stand. An der Wand dahinter hingen die Flagge mit dem Wappen des Regiments und einige gerahmte Fotografien.

Während der Unteroffizier seinem Vorgesetzten Meldung machte, schielte Max auf die Bilder und versuchte, etwas darauf zu erkennen. Er sah eine Gruppe von Soldaten vor einem zerstörten Haus stehen, die ernst unter ihren schweren Helmen hervor in die Kamera blickten.

»Wie genau kann ich Ihnen helfen, Herr Kommissar?«, fragte der Offizier hinter dem Schreibtisch.

»Sie waren auch im Krieg?« Max deutete auf die Fotografien. »Das sind doch Sie auf den Bildern?«

Sein Gegenüber errötete leicht. »Nun ja, nicht direkt. Das war in Schlesien.«

»Ah so.« Max verstand. Paramilitärische Einheiten, die sogenannten Freikorps, hatten mit inoffizieller Unterstützung durch die Reichswehr im Sommer 1920 in Oberschlesien einen Aufstand der polnischsprachigen Bevölkerung niedergeschlagen, die für ihre Unabhängigkeit kämpfte. Diese Einheiten rekrutierten sich häufig aus ehemaligen Soldaten, die im Zuge der Demobilisierung eines großen Teils des ehemaligen kaiserlichen Heeres nun auf der Straße standen. Da die Siegermächte dem Deutschen Reich im Versailler Vertrag nur eine Armee von lediglich hunderttausend Mann zugestanden hatten, mangelte es nicht an Freiwilligen. Einige dieser Einheiten hatten in Schlesien vor allem mit Übergriffen und Grausamkeiten gegen Zivilisten von sich reden gemacht. Ihr Vorgehen war derart brutal gewesen, dass sich das Militär dazu genötigt gesehen hatte, sich öffentlich von ihnen zu distanzieren und ihnen die Unterstützung zu entziehen.

»Sie haben ebenfalls gedient?«, fragte der Offizier schnell.

»Ja, ich war im 21. Königlich-Bayerischen Infanterie-Regiment. Drei Jahre Westfront.«

»Darum beneide ich Sie nicht«, sagte der junge Leutnant.

»Ich bin hier, um eine Dienstakte einzusehen«, wechselte Max abrupt das Thema. Der andere versteifte sich augenblicklich.

»Dazu habe ich leider keine Befugnis. Außerdem muss so etwas von höherer Stelle genehmigt werden.«

Max beugte sich vor und flüsterte verschwörerisch: »Wir müssen es ja nicht offiziell machen. Es geht nur um einen kurzen Blick hier im Archiv.« Der andere holte Luft und wollte etwas sagen, doch der Ermittler ließ ihn nicht zu Wort kommen. »Wir kennen doch beide die Bürohengste an den oberen Stellen. Ich müsste zu meinem Staatsanwalt laufen, der würde Ihren Oberst anrufen, und alles wäre ein ebenso riesengroßer wie unnötiger Aufwand.«

»Ich fürchte, ich muss darauf bestehen, den offiziellen Weg zu gehen«, sagte der Leutnant unsicher. »Ich bekomme Ärger, wenn ich –«

»Papperlapapp«, sagte Max. Er wusste genau, womit er diesen jungen Berufssoldaten am meisten beeinflussen konnte. Quasi mit den Knobelbechern aufgewachsen, war das Militär der größte und einzige Lebensinhalt solcher Karrieristen wie diesem Leutnant. Sie lebten und starben für den Kommiss und folgten blind allen Befehlen, so verrückt und unfassbar sie auch sein mochten. Entsprechend hatte er sich bereits auf der Fahrt eine Strategie zurechtgelegt, wie er auf dem schnellen Weg Einblick in die Akten erhalten würde.

Er sah den Mann vielsagend an und sagte dann: »Bei einer offiziellen Anfrage wird bekannt werden, dass Angehörige Ihrer Einheit möglicherweise in einen Mordfall verwickelt sind. Das lässt sich dann leider nicht vermeiden.«

Dass es sich um ein ehemaliges Mitglied des Regiments handelte, das zudem nur das Opfer des besagten Verbrechens geworden war, ließ er unerwähnt. Außerdem: Wer wusste schon, ob die Täter nicht vielleicht alte Kameraden waren?

Dem Offizier wich bei diesen Worten alle Farbe aus dem Gesicht, und er holte tief Luft.

»Die Presse würde sich wie die Geier darauf stürzen«, sagte Max langsam und sah beinahe verträumt zum Fenster hinaus. »Seit Schlesien und der Schwarzen Reichswehr ist das Ansehen des Militärs in der Öffentlichkeit nicht mehr ganz so gut. Die Reporter ...«

»In Ordnung!«, sagte der Soldat. Nervös nestelte er an seinem Kragen herum und fuhr dann wesentlich leiser fort: »Aber das bleibt alles vollkommen inoffiziell, und Sie erzählen niemandem davon?«

»Ehrenwort«, sagte Max und setzte eine feierliche Miene auf. »Von Soldat zu Soldat.«

Das beruhigte den anderen sichtlich. Er stand auf und bedeutete Max, ihm zu folgen.

Sie verließen das kleine Büro und folgten erneut einem langen Gang immer tiefer ins Gebäude. Vereinzelt kamen ihnen auch hier Uniformierte mit Akten oder Papierstapeln in den Händen entgegen, die Geräusche ihrer schweren Stiefel hallten von den Wänden wider. Schließlich erreichten sie ein großes Treppenhaus. Max folgte dem Offizier ins Untergeschoss, bis sie vor einer Art Wachstube standen. Als der darin sitzende Soldat sie bemerkte, nahm er Haltung an und fragte zackig: »Wie kann ich Ihnen helfen, Herr Leutnant?«

»Gehen Sie doch einmal kurz in den Hof, eine Zigarette rauchen.«

Der Mann sah unsicher zwischen Max und dem Offizier hin und her. »Aber ich kann nicht so einfach meinen Posten …«

Ein Handwink des anderen. »Was soll schon passieren? Ich bin hier und vertrete Sie.«

Zögerlich nahm der Soldat seine schirmlose Mütze – im Soldatenjargon auch Krätzchen genannt – und verschwand ins Treppenhaus, wobei er Max und seinem Vorgesetzten argwöhnische Blicke zuwarf. Die beiden traten in die Kammer.

»Wen suchen Sie denn?«

»Andreas Maul, stammt aus Obergubach, 14. Königlich-Bayerisches Infanterie-Regiment.«

Dem anderen entgleiste seine Miene, er hatte gemerkt, dass Max ihn gelinkt hatte. »Aber das 14. wurde 1918 aufgelöst …«

Max lächelte ihn an und klopfte ihm kameradschaftlich auf die Schulter. »Ja, der, den ich suche, wurde wahrscheinlich mit der Demobilisierung entlassen.«

Der Leutnant verzog das Gesicht, nahm dann aber ein großes Buch aus einem Aktenschrank und schlug es auf. Max erkannte fein säuberlich aufgeschriebene Spalten von Zahlen und Wörtern. Der Offizier blätterte, bis er eine bestimmte Stelle gefunden hatte, dann stieß er einen triumphierenden Laut aus. »Da müsste es sein!«

Max sah die Kombination aus Buchstaben, römischen und arabischen Ziffern und vermutete eine Regalkennung. Mit Bürokratie war er immer auf Kriegsfuß gestanden, allein wenn er an Zahlensysteme und Kennungsnummern dachte, wurde ihm ganz anders. So gern er auch las, egal, ob Bücher oder die Tageszeitung und politische Kommentare, so war ihm die Welt der Buchhaltung und Verwaltungsarbeit immer fremd geblieben.

»Aber Sie müssen mir wirklich versprechen, dass hiervon niemand etwas erfährt«, jammerte der Offizier.

»Aber selbstverständlich, Kamerad«, sagte Max jovial und klopfte ihm erneut auf die Schulter. Er hatte großes Glück gehabt, an solch einen Offizier zu geraten. Ein anderer mit mehr Rückgrat hätte ihn hochkant wieder hinausgeworfen. »Wir sind doch beide Soldaten.«

Sie traten durch eine schmale Tür in einen riesigen Saal, in dem schier endlos lange Regale bis unter die Decke reichten. Einige schwache Glühbirnen und schmale Oberlichter an den Wänden sorgten für schummriges Licht im Raum, die Luft roch muffig und abgestanden nach altem Papier. Wahrscheinlich ist hier noch nie gelüftet worden, dachte Max, als er dem Offizier durch das Labyrinth aus Aktendeckeln und Kartons folgte. Er fragte sich, wie viele der vielen tausend Menschen, deren Namen hier penibel in Listen eingetragen seit Jahr und Tag lagerten, wohl tot waren, und ein eiskalter Schauer lief ihm dabei über den Rücken. Wenn das Militär eines beherrschte, dann eine korrekte Bürokratie.

Schließlich blieben sie stehen, und der Leutnant zog einen schweren Karton aus einem Fach. Er trug ihn zum Ende des Ganges und hievte ihn auf einen Tisch, wo er die Schnur öffnete, die den Deckel fixierte. Darunter kamen mehrere Akten zum Vorschein. Er zog eine heraus und gab sie Max. Auf dem Deckel standen Name, Dienstnummer und Einheit von Andreas Maul.

Max öffnete die Mappe. Am oberen Ende des Personalbogens war ein Bild angeheftet. Es zeigte einen jungen Mann mit dunklen Haaren und einem zusammengekniffenen, strengen Mund. Seine ebenfalls dunklen Augen blickten emotionslos in die Kamera. Max glaubte nicht, dass der Jungbauer ein sonderlich liebevoller oder herzlicher Zeitgenosse gewesen war. Andererseits, wer wusste schon, was der Krieg und die Armee aus ihm gemacht hatten?

Mit einem Bleistift machte er sich Notizen über den militärischen Werdegang des Jungbauern, wann er wo gekämpft und welche Auszeichnungen er erhalten hatte. Hinten in der Akte, die auf wenigen Seiten eine tadellose Armeelaufbahn aufzeichnete, gab es weitere Fotografien. Sie zeigten Andreas Maul bei einer Ordensverleihung, im Schützengraben und mit mehreren anderen Soldaten zusammen auf einer Bank vor einer Hütte sitzend. Einer der anderen Männer kam ihm irgendwie bekannt vor, doch Max wusste ihn nicht einzuordnen. Wahrscheinlich ein Allerweltsgesicht, wie es viele gibt, dachte er. In Uniform und mit Stahlhelmen sehen sowieso alle gleich aus.

Die Akte endete mit der Entlassung des Jungbauern aus dem Heer, als seine Einheit im Zuge der Verkleinerung der Armee aufgelöst wurde. Max' Nackenhaare stellten sich auf, als er Ort und Datum der Demobilisierung las: 14. Dezember 1918 in Nürnberg. Die Dorfbewohner hatten erzählt, dass Andreas Maul kurz vor Kriegsende im November 1918 gefallen und überraschend im Herbst 1919 in seinen Heimatort zurückgekehrt sei. Doch weder von dem vermeintlichen Tod noch von einer Übernahme in eine andere Einheit nach Ende des Krieges stand etwas auf den Blättern. Der Jungbauer war also mitnichten in Flandern gefallen, sondern befand sich laut Akte quicklebendig in Franken. Was hatte er also in den Monaten bis zu seiner angeblichen Wiederauferstehung gemacht?

Max runzelte die Stirn und seufzte tief. Zwar hatte er einiges klären können, dafür hatten sich aber noch mehr Fragen aufgetan, die es zu beantworten galt.

»Haben Sie gefunden, was Sie gesucht haben?«, riss ihn der Offizier aus seinen Gedanken.

»Nein. Ja, danke«, sagte Max konfus. »Wird eigentlich irgendwo darüber Buch geführt, was die Soldaten nach ihrer Entlassung machen, ob sie in ihren erlernten Beruf zurückkehren oder wo sie wohnen?«

Der Soldat glotzte ihn verwirrt an. »Keine Ahnung. Was die Leute nach ihrem Ausscheiden machen, geht uns nichts an.« Er nahm die Akte und räumte sie wieder weg. Anschließend verließen sie das Archiv und gingen die Treppe nach oben. Max murmelte so etwas wie ein »Dankeschön« und trat nach draußen. Als er über den verlassenen Hof ging, schoss es ihm siedend heiß ins Gehirn. Er machte auf dem Absatz kehrt, stürmte in das Gebäude zurück, rannte fast einen Soldaten mit einem Aktenstapel in den Armen über den Haufen und riss die Tür zu dem Büro des jungen Leutnants auf.

»Wer ist der Mann?« Bevor der verdutzte Offizier antworten konnte, griff Max über den Schreibtisch und nahm eines der gerahmten Bilder von der Wand. Er hielt dem Soldaten die Gruppenaufnahme direkt vor die Nase und deutete auf einen der Männer auf der Fotografie.

»D-das ist Hauptmann Berger. Er war unser Kompaniekommandeur«, sagte er verdattert. »Wieso –«

»Zu welcher Einheit gehörte er? Zu Ihrer?«, fragte Max.

»Nein. Aber weshalb wollen Sie das wissen?« Ärger stieg im Gesicht des Offiziers auf.

»Er war in Schlesien Ihr Kommandeur?«

»Ja. Das habe ich doch gerade gesagt.«

»Und er gehörte nicht zu Ihrer Einheit?« Max war wie elektrisiert. Hatte er hier etwa einen ersten konkreten Hinweis auf das Verbleiben des Jungbauern nach Ende des Krieges gefunden, der sie endlich ein Stück weiterbringen würde?

»Nein«, sagte der Leutnant in leicht gereiztem Ton. »Ich und ein paar andere vom Einundzwanzigsten waren ihm nur zugeteilt.«

Max beugte sich so weit vor, dass sich ihre Nasenspitzen fast berührten. »Zu welcher Einheit der Schwarzen Reichswehr gehörte der Hauptmann?«

Der Offizier rutschte instinktiv tiefer in seinen Stuhl. »Das war das Freikorps Ostland. Aber wieso –«

»Danke, Sie haben mir sehr geholfen. Einen schönen Tag noch.«

Max ließ den Mann sitzen und lief nach draußen. Eilig ging er über den Hof, an den Wachen vorbei und verließ die Kaserne. Kurz darauf saß er wieder in seinem Auto und fuhr in Richtung Hersbruck.

Nun wussten sie, was der Jungbauer Andreas Maul in der Zeit zwischen der Auflösung seiner Einheit im Dezember 1918 und der Rückkehr in sein Heimatdorf im Herbst 1919 gemacht hatte: Als Angehöriger des Freikorps Ostland hatte er im Oberschlesischen Aufstand gekämpft. Von wegen Allerweltsgesicht, dachte Max. Der Mann auf dem Foto in der Akte des Jungbauern war einer der Kommandeure des Freikorps. Und kaum hatte Max dessen Gesicht vor sich gesehen, wusste er, dass es ihm bereits im Büro des Offiziers entgegengeblickt hatte. Auch hatte er sofort das schildförmige Abzeichen mit der Handgranate darin auf den Uniformen der Männer wiedererkannt.

Er war sich sicher, dass er ein wichtiges Puzzleteil gefunden hatte. Vielleicht ja sogar ein entscheidendes.

# 8. KAPITEL

Ebertz' Herz klopfte bis zum Hals, und seine Kehle war staubtrocken, als der Wagen mit quietschenden Reifen vor dem Gendarmerieposten in Hersbruck zum Halten kam. Geschäftiges Treiben herrschte vor dem Gebäude, Uniformierte gingen ein und aus und versuchten, neugierige Gaffer fernzuhalten. Ebertz und Schubert stiegen aus dem Auto und liefen auf den Eingang zu. Vor der zerborstenen Eingangstür kam ihnen Wachtmeister Meyer mit bleichem Gesicht entgegen. Ebertz entging nicht, dass einige der Gendarmen Tränen in den Augen hatten.

»Was ist passiert?«, fragte er den stellvertretenden Kommandanten.

»Es hat eine Schießerei gegeben.« Er deutete auf einige Männer und Frauen, die, flankiert von zwei Gendarmen, etwas abseits standen. »Laut diesen Zeugen sind mehrere Personen einfach durch die Vordertür marschiert. Kurz darauf hat das Schießen angefangen.«

»Behalten Sie sie noch da, ich möchte nachher mit jedem einzeln sprechen.«

Er schob sich an dem Gendarm vorbei und wollte hineingehen, doch Meyer hielt ihn am Arm fest. »Es ist schlimm«, sagte er mit zitternder Stimme und schluckte heftig. »So etwas habe ich mein Lebtag noch nicht gesehen.«

Wortlos streifte Ebertz seine Hand ab und trat durch die zertretene Tür, die lose in den Angeln hing. Auf dem Boden lagen Holz- und Glassplitter, und in den Wänden waren zahllose Einschusslöcher. Kalter Wind strömte in den Raum, es roch nach Schießpulver und Blut. Direkt hinter der Tür lagen mehrere Leichen, zum Teil übereinander. Einem der Männer war das Gesicht derart zerschlagen worden, dass sich seine Züge nicht mehr erkennen ließen.

Ebertz blieb stehen und sah sich genauer um. Es herrschte

ein heilloses Durcheinander in der Wachstube, Schreibtische und Stühle waren bei dem Kampf, der hier offensichtlich stattgefunden hatte, umgeworfen und zertrümmert worden. Der Boden war übersät mit einzelnen Blättern und Aktenordnern. Inmitten der Unordnung lagen zwei tote Gendarmen. Die Holzdielen und das Papier hatten ihr Blut aufgesogen und waren dadurch beinahe schwarz geworden. In der Tür gegenüber, die zu den Büros und den anderen Räumen führte, saß ein weiterer Toter. Sein halber Kopf fehlte, und geronnenes Blut und Schädelsplitter klebten hinter ihm am Türrahmen. Ebertz bemühte sich um Fassung angesichts dieses Grauens und hielt sich tapfer, wie er fand.

Doch als er in die Mitte des Raumes sah, blieb ihm der Atem weg, und ein tiefer Schmerz stach in seiner Brust. Zwischen Scherben und Patronenhülsen lag Fritz Schürmann. Sein Hemd und seine Weste waren auf Brusthöhe aufgerissen und schwarz, dort mussten ihn gleich mehrere Kugeln getroffen haben. Noch immer hielt er die leer geschossene Luger fest in seiner Hand. Obwohl Ebertz ein alter Hase war und wohl mehr Tote gesehen hatte als viele andere in seinem Beruf, stiegen ihm Tränen in die Augen. Denn das war das erste Mal, dass er einen Untergebenen und Kollegen auf diese Weise verlor, einen Menschen, den er persönlich gekannt und sehr gemocht hatte.

Er schluckte und holte tief Luft. Dann kniete er neben Schürmann nieder und schloss ihm sanft die Augen. Nachdem Ebertz ein kurzes Gebet gemurmelt hatte, stand er auf und schaltete den professionellen Ermittler in sich wieder ein. Draußen hörte er einen Wagen anhalten und kurz darauf eine Autotür knallen. Es gab ein kurzes heftiges Wortgefecht, dann stürmte Max Reinhardt durch die zerstörte Eingangstür herein.

»Was ist hier passiert?«, fragte er aufgeregt.

Ebertz zuckte die Schultern. »Ich weiß es auch noch nicht«, sagte er leise. »Wir sind selbst erst vor ein paar Minuten hier angekommen.«

Max ließ seinen Blick durch den Raum gleiten, dann entdeckte er Schürmann. Sein Gesicht wurde aschfahl, und er glaubte, den Boden unter den Füßen zu verlieren und in Zeit und Raum an einen anderen Platz gesogen zu werden. Augenblicklich war er wieder zurück in den Schützengräben der Westfront. Nach einem Angriff stapelten sich auch hier die Toten. Sie starrten ihm aus grässlich verzerrten Gesichtern und weit aufgerissenen Augen entgegen. Sie schienen ihn anklagen zu wollen. Weil er zugelassen hatte, dass sie in dieser wahr gewordenen Hölle geschlachtet worden waren. Wie Geister bahnten sich die Sanitäter und die Träger ihren Weg durch Schlamm, Gedärme, Blut und Grabentrümmer. Nicht selten geschah es, dass einer der Männer mit seinem Fuß in einen aufgerissenen Bauch hineinstieg, wenn die Toten durch die heftigen Kämpfe oder die Wucht der Artilleriegeschosse im Schlamm versunken waren, und im Sommer, wenn es richtig heiß wurde, labten sich Myriaden von Fliegen an den toten Leibern. Manchmal gab es so viele Tote zu bergen, dass es die Männer an einem Tag gar nicht schafften und die Leichen bald aufgedunsen und schwarz verfärbt in der Sonne lagen. Ein unglaublicher Verwesungsgestank hing über den Gräben, und hin und wieder geschah es, dass der Geruch des Todes von den gegnerischen Gräben herüberzog, wenn der Kampf dort stattgefunden hatte.

In diesen Momenten nach der Schlacht wurde ihnen allen das ganze Maß der Grausamkeit vor Augen geführt. Angesichts der zerschlagenen und verstümmelten Leiber wurde deutlich, was sie getan hatten. Nicht irgendein Teufel oder Dämon war über die Menschen hergefallen und hatte sie buchstäblich in Stücke gerissen, sondern sie selbst hatten es sich gegenseitig mit ihren geriffelten Bajonetten, angeschliffenen Handspaten, Äxten, nagelbesetzten Keulen, Gewehrkolben und sogar mit den bloßen Händen angetan!

Hatten sie sich nicht eingebildet, all die modernen technischen Errungenschaften und neuartigen Kampfmethoden würden einen Krieg einfacher und besser machen? Jetzt mussten sie alle erkennen, dass sich die Gräben Flanderns in nichts von den Schlachtfeldern des Mittelalters oder der Antike unterschieden. Und dieser Krieg, der doch angeblich geführt worden war, um alle weiteren Kriege zu verhindern, hatte mehr Menschenleben gekostet als irgendein Konflikt bisher.

Max blickte sich wieder in der zerstörten Wachstube um, er sah die Toten, die Einschusslöcher, die umgeworfenen und zerbrochenen Möbel und roch den Pulverdampf in der kalten Luft. Und er bemerkte, dass er neben Schürmann kniete. Hatte er sich dazu entschlossen, oder war er zu Boden gesunken? Er wusste es nicht.

Mühsam erhob er sich, versuchte sich zu fassen. »Gibt es Zeugen? Jemanden, der weiß, was hier los war?«, fragte er tonlos. Noch immer fühlte er sich wie betäubt.

»Anscheinend gibt es ein paar Nachbarn oder Passanten, die etwas gesehen haben«, sagte Ebertz leise. »Die Gendarmen halten sie draußen fest. Wenn wir hier drin fertig sind, sprechen wir mit ihnen.«

Max nickte und griff vorsichtig nach Schürmanns Arm. »Die Totenstarre beginnt langsam. Diese ganze Scheiße hier dürfte also vor etwa ein bis zwei Stunden geschehen sein.« Langsam stieg Wut in ihm auf. Wut darauf, dass er nicht hier gewesen war, um dieses Blutbad zu verhindern, aber auch Wut darauf, dass sie bislang kaum weitergekommen waren. Verstärkt wurde das noch durch das Gefühl, dass die Dorfbewohner sie in keinster Weise unterstützten, dass sie ganz offensichtlich kein Interesse an der Aufklärung des Verbrechens hatten.

Sie stiegen über die Trümmer und die Toten hinweg und versuchten sich ein Bild davon zu machen, was in der Gendarmeriestation vorgefallen war. Gewissenhaft skizzierten sie den Tatort so genau wie möglich und achteten dabei auf jede Patronenhülse und jedes Einschussloch.

»Paul, sieh dir das einmal an«, sagte Max zu Ebertz, als er bei dem Toten kniete, der mit zerschossenem Schädel in der Tür zu den Büros und Aufenthaltsräumen saß.

Ebertz kam zu ihm herüber. »Was gibt es denn?«

Max deutete auf die Blutspritzer am Türrahmen. »Fällt dir etwas auf?«

»Was meinst du?« Ebertz wusste nicht so recht, worauf sein Partner hinauswollte.

»Die Form der Spuren deutet darauf hin, dass der Mann nicht aus der Wachstube heraus erschossen wurde, sondern aus der anderen Richtung.« Er betrachtete die Wunde am Kopf des Mannes genauer und entdeckte zwischen dem geronnenen Blut schwarze Ablagerungen. »Hier und hier haben wir Rückstände von Schwarzpulver.« Max deutete darauf. »Der Schütze stand also nicht weit entfernt.«

Ebertz betrachtete ihn anerkennend. »Hut ab. Woher kennst du dich auf einmal so gut mit Kriminaltechnik aus?«

Max deutete auf ihren toten Kollegen. »Ich hatte einen guten Lehrmeister. Fritz hat mir immer wieder ein bisschen was erklärt oder gezeigt.«

»Und was sagt uns das?« Ebertz zeigte auf die Blutspuren. »Dass einer unserer Leute hier hinten war?«

»Wie viele Personen waren denn im Haus, als sie angegriffen wurden?«

»Nur drei. Fritz und die beiden Gendarmen in der Wachstube. Der Rest war entweder mit mir und Schubert in Obergubach oder anderweitig unterwegs, auf Streife oder Ähnliches.«

Max sah sich im Raum um. »Sie haben ihre Waffen nicht gezogen, die Pistolen sind immer noch in den verschlossenen Holstern«, sagte er mit einem Blick auf die toten Gendarmen. »Ich vermute, dass Fritz hinten in seinem Zimmer war und durch etwas nach vorne gelockt wurde.«

»Wahrscheinlich durch den Lärm«, sagte Ebertz und betrachtete die zertrümmerten Stühle und umgeworfenen Tische. »Es scheint einen heftigen Kampf gegeben zu haben. Sieh dir die Uniformen der Gendarmen an.«

An den Jacken der beiden Toten fehlten mehrere Knöpfe, und die Schulterstücke waren halb abgerissen. »Wahrscheinlich wurden sie von der Gruppe vollkommen überrascht und hatten keine Zeit mehr, ihre Waffen zu ziehen, weshalb sie sich mit Händen und Füßen zur Wehr setzten. Die Angreifer waren jedoch in der Überzahl und haben sie überwältigt und getötet. Das hat Fritz gehört und kam nach vorne.«

Max stand auf und streckte seinen Zeigefinger von der geschlossenen Faust ab, als wäre seine Hand eine Pistole. »Er hört etwas, läuft den Gang vor und sieht, was vor sich geht. Der Mann im Türrahmen steht halb mit dem Rücken zu ihm, und Fritz schießt ihm in den Kopf.«

Er stieg über den Toten hinweg und trat in die Mitte des Raumes. Ein Toter lag links von ihm an der Wand. Sein Blut hatte dunkle Schmierstreifen am Putz hinterlassen, wo er hinabgerutscht war. Ein Gewehr lag über seinen Knien. »Er musste wahrscheinlich als Nächstes dran glauben.« Max drehte sich nach links, feuerte mehrere imaginäre Schüsse aus seiner Hand und wandte sich wieder in Richtung Tür, wo mehrere Leichen ineinander verkeilt übereinanderlagen.

»Sie standen wohl im Durchgang und wurden durch die Schüsse wieder hereingerufen.«

»Wie kommst du darauf? Könnten sie nicht schon im Raum gestanden sein?«

»Ich denke nicht.« Max zeigte auf die gegenüberliegende Wand. »Dort gibt es keine Einschusslöcher, und es ist unwahrscheinlich, dass keiner von beiden auch nur einen Schuss abgefeuert hat, bevor Fritz sie erschoss.«

»Klingt logisch«, sagte Ebertz. »Und weiter?«

»Nach den beiden war Fritz' Pistole leer. Zum Nachladen hatte er keine Zeit, weil zwei weitere Angreifer hereinkamen. Er hat sie also erschlagen.«

»Beide?«

»Fritz ist Soldat gewesen und hat die Grabenkämpfe in Flandern mitgemacht. Er wusste, wie man Menschen auf engstem Raum tötet, zur Not sogar mit bloßen Händen …« Max kniete sich neben Schürmann. »Sieh her.«

Ebertz sah genauer hin. Getrocknetes Blut und Knochensplitter klebten an Schürmanns Handballen und dem Griff und Magazin seiner Pistole. »Und wer hat ihn dann getötet?«, fragte er. »Alle im Raum waren laut deiner Theorie doch schon tot. Sind noch mehr aufgetaucht?«

Sie betrachteten die Toten und wie sie im Raum lagen.

»Fritz wurde dreimal in die Brust getroffen und liegt auf dem Rücken mit dem Kopf in Richtung der Eingangstür«, sagte Max schließlich und deutete auf den Durchgang zu den Büros. »Der Schütze stand dort.«

»Das würde aber bedeuten, es waren bereits einer oder mehrere Angreifer im Haus, als es hier zu der Schießerei kam«, sagte Ebertz. »Oder gibt es einen zweiten Eingang?« Er verschwand nach hinten und kehrte kurz darauf wieder zurück. »Es gibt eine Tür zum Hof, die ist jedoch verschlossen und wurde auch nicht aufgebrochen.«

»Das bedeutet dann wohl tatsächlich, dass jemand im Gebäude war und zurückgekommen ist, als die Schießerei losging«, sagte Max. »Aber was wollte er?«

Sie verließen die Wachstube und gingen in den hinteren Bereich der Gendarmeriestation. Auf beiden Seiten des Gangs lagen Büros, Aufenthaltsräume oder Besprechungszimmer. Ein schmales Treppenhaus führte nach oben in einen Schlafraum und nach unten zu den Arrestzellen und einigen Abstellkammern. Auch ein kleines Waffenlager war dort untergebracht. Akribisch überprüften sie jede Tür und jeden Raum, doch sie fanden weder Spuren eines Einbruchs noch aufgebrochene Schränke und Schubladen oder Hinweise darauf, dass etwas gestohlen oder durchsucht worden war.

»Schubert soll alles von seinen Leuten noch einmal durchsehen lassen«, sagte Ebertz schließlich. »Die wissen am besten, ob ihnen etwas fehlt oder nicht.«

Damit gab es nur noch einen Raum, in dem sie noch nicht nachgesehen hatten.

Schürmanns improvisiertes Labor mit Dunkelkammer sah

so aus, wie sie es verlassen hatten, als Ebertz mit den Gendarmen zur Befragung des Sägewerksbesitzers Gerhard Moltzer und Max zu seinen Recherchen im Regimentsarchiv aufgebrochen waren. Nichts war umgestoßen, zerbrochen oder lag unachtsam irgendwo hingeworfen, alles schien an seinem Platz zu sein. Und genau das war es, was den beiden Ermittlern auffiel: Wo waren Schürmanns Arbeiten? Als sie gegangen waren, hatte er sich darangemacht, die Spuren aus dem Wald in Formen zu gießen und Fotografien zu entwickeln. Doch weder die Abdrücke noch die Abzüge waren zu finden! Die Schalen in der Dunkelkammer waren leer, und auch in der Kamera fanden sich keine belichteten Platten mehr. Der Tisch, auf dem der Kriminaltechniker die Formen für seine Abgüsse aufgestellt hatte, war leer.

»Hiernach haben die Täter also gesucht«, sagte Max. »Aber warum? Was war an den Abdrücken oder den Fotografien so außergewöhnlich, dass sie ein derartiges Risiko eingingen?« Er blätterte in seinem Notizblock zu der Stelle, wo er die in der Schwedenschanze gefundenen Abdrücke skizziert hatte.

»Und weshalb haben sie ihre Toten zurückgelassen?«, fragte Ebertz. »Wir müssen unbedingt herausfinden, wer diese Männer sind und wie dies hier mit dem Mord an den beiden Bauern zusammenhängt.«

»Du glaubst also auch, dass beides miteinander zu tun hat?«, fragte Max, meinte es aber eher als Feststellung.

»Es wäre zumindest ein verdammt großer Zufall, wenn nicht«, sagte Ebertz mit grimmiger Miene.

Sie verließen das Labor und gingen wieder nach vorne in die Wachstube zurück, wo sie die toten Eindringlinge näher betrachteten. Alle trugen derbe, robuste Kleidung, und zwei von ihnen hatten alte Uniformjacken ohne Abzeichen an. Ihre Füße steckten entweder in schweren Schaftstiefeln oder in Arbeitsschuhen mit genagelten Sohlen. Doch irgendwelche Papiere oder Hinweise auf die Identität der Toten waren keine zu finden.

»Wenn ich ehrlich bin, sieht mir das alles nicht unbedingt

nach aufgebrachten Waldarbeitern aus«, sagte Ebertz, als er die herumliegenden Waffen betrachtete. »Das sind Mauser-Gewehre, Modell 98, wie sie auch die Reichswehr verwendet. Einer hatte sogar ein Bajonett aufgepflanzt. Ich befürchte, wir haben es hier mit einer Gruppe Paramilitärs zu tun.«

»Und hier haben wir eine mögliche Verbindung zu den Mordopfern«, sagte Max.

Ebertz sah ihn fragend an.

»Im Regimentsarchiv in Nürnberg habe ich herausgefunden, dass Andreas Maul regulär bei der Demobilisierung seiner Einheit im Dezember 1918 aus der Armee entlassen wurde.«

»Er ist also nicht als gefallen oder vermisst gelistet?«, fragte Ebertz mit großen Augen.

Max schüttelte den Kopf. »In der Akte steht nichts davon. Und einen bürokratischen Fehler halte ich auch für ausgeschlossen, weil seine komplette militärische Laufbahn von der Einberufung über Einsätze an der Front, Urlaube und Auszeichnungen bis hin zum Ende seiner Dienstzeit bis ins kleinste Detail aufgelistet ist.«

»Aber was hat es dann mit dem Brief um seinen vermeintlichen Tod auf sich?«

»Das ist eine sehr gute Frage. Zumindest war es keine offizielle Angelegenheit, dies wäre in seiner Akte vermerkt worden.« Er hob den Finger. »Aber, pass auf, jetzt wird es interessant! Rate einmal, was der Jungbauer nach seiner Entlassung die gut zehn Monate bis zu seiner Heimkehr im September 1919 gemacht hat.«

»Spann mich nicht auf die Folter«, drängte Ebertz. »Heraus damit!«

»Er kämpfte als Angehöriger des Freikorps Ostland im Oberschlesischen Aufstand«, sagte Max triumphierend. »Auf dem Armeemantel, den ich im Schrank des Jungbauern gefunden habe, war ein seltsames Abzeichen aufgenäht. Zuerst habe ich eine kompanieinterne Sache vermutet, denn gerade Fronteinheiten schmücken sich gerne selbst mit bestimmten Wappen oder Zeichen. Dann habe ich aber in einem Büro in der Kaserne in Nürnberg eine Fotografie von Angehörigen dieses Freikorps gesehen, die alle exakt das gleiche Abzeichen auf ihren Uniformen trugen.«

»Will ich eigentlich wissen, wie du sowohl an das Foto als auch an die Akte herangekommen bist?«, fragte Ebertz mit einem leichten Schmunzeln im Gesicht.

»Wohl eher nicht«, sagte Max knapp. »Tatsache ist jedoch, dass wir eine direkte Verbindung zwischen einem unserer Mordopfer und dem Freikorps Ostland haben.« Er schickte sich an, den Raum wieder zu verlassen. »Und ich fresse einen Besen, wenn wir bei den toten Paramilitärs vorne in der Wachstube nicht auch Hinweise auf die gleiche Formation finden.«

»Was ist eigentlich aus diesen Freikorps geworden?«, fragte Ebertz, als sie den Flur entlanggingen.

»Die meisten wurden aufgelöst«, sagte Max. »Viele Kader wurden aber auch in die Reichswehr oder in die Landespolizei übernommen. Aber man hört immer wieder Gerüchte, dass die Armee weiterhin ein geheimes Schattenheer unterhält oder zumindest paramilitärische Verbände direkt oder indirekt unterstützt.«

Er kniete sich neben einen der Toten, der auf dem Bauch lag, packte ihn an der Jacke und drehte ihn auf den Rücken. An der rechten Brustseite erkannte er deutlich einen aufgenähten roten Schild mit einer weißen Handgranate darauf. »Da, siehst du?« Er sah zu Ebertz. »Das gleiche Abzeichen, das auch der Jungbauer am Mantel trug. Ich hatte recht.«

»Meine Güte«, sagte der ältere Ermittler. »Wer weiß, welche Ausmaße das hier noch annimmt?« Dann fügte er hinzu: »Auf jeden Fall stehen die Chancen gut, dass wir, wenn wir die Kameraden dieser Männer hier finden, nicht nur die Mörder von Fritz, sondern auch die von Obergubach haben.«

»Aber wo genau ist der Zusammenhang?«, fragte Max. »Und was ist das Motiv? Es zeichnet sich zwar langsam ein Bild ab, aber es sind noch so viele Fragen offen.«

Ebertz zuckte die Schultern. »Das müssen wir nun herausfinden.« Er seufzte. »Neben so vielen weiteren Sachen, wie du sagst.« Dann zeigte er auf den Ausgang. »Zuerst sollten wir jedoch einmal mit den Zeugen sprechen. Vielleicht haben sie etwas mitbekommen, das uns weiterhilft.«

Sie traten nach draußen, wo Kommandant Schubert, Wachtmeister Meyer und mehrere Gendarmen mit einigen Männern und Frauen etwas abseits standen. Mittlerweile hatte sich eine große Menschentraube vor der Gendarmeriestation gebildet. Alle gafften und reckten neugierig ihre Hälse, es wurde getuschelt, und hin und wieder versuchte ein besonders dreister Gaffer, am Absperrband vorbeizuhuschen. Doch die Gendarmen, die alle Hände voll zu tun hatten, die Menge fernzuhalten, waren aufmerksam und schickten jeden Einzelnen wieder zurück auf die andere Seite.

»Können wir irgendwo ungestört mit den Leuten reden?«, fragte Ebertz Schubert. Der nickte in Richtung Einfahrt zum Hof. »Wir können durch den Hintereingang in eines der Büros gehen.«

»In Ordnung, bringen wir die Leute weg.« Die Gendarmen geleiteten die nervösen Zeugen in den Hof der Station und zwischen den geparkten Autos hindurch zum Hintereingang. Schubert hielt Ebertz und Max am Arm fest, als sie ihnen folgen wollten. »Was ist da drin geschehen? Wie viele meiner Leute sind tot?«, fragte er die Ermittler mit gepresster Stimme.

»Es hat drei Tote gegeben. Zwei Gendarmen und unseren Kriminaltechniker.«

Der Kommandant war totenbleich, wirkte jedoch gefasst. Ebertz betrachtete die umherstehenden Gendarmen. In ihren Gesichtern sah er Entsetzen, Grauen und Angst. Sie befanden sich in einem Alptraum, der mit dem Mehrfachmord auf dem Bauernhof in Obergubach begonnen und nun auch Hersbruck heimgesucht hatte. Waren sie bisher hauptsächlich mit Kneipenschlägereien, Wilderern oder kleineren Diebstählen befasst gewesen, hatte dieses Verbrechen sie nun selbst zu Zielscheiben eines unsichtbaren und erbarmungslosen Feindes gemacht, der nicht einmal davor zurückschreckte, sie in ihrer eigenen Station, die bislang sowohl in ihren als auch den Augen der ländlichen Bevölkerung ein Symbol der Sicherheit und Autorität gewesen war, anzugreifen. Mit solch einem Gegenüber hatten sie keine Erfahrung, und sie fühlten sich hilflos und geradezu ohnmächtig.

»Wer hat das getan?«, fragte Schubert.

»Sie bekommen Ihre Antworten, Oberwachtmeister«, sagte Ebertz. »Aber lassen Sie uns zuerst mit den Zeugen sprechen, und anschließend erklären wir Ihnen alles, was wir herausgefunden haben.«

»Was Sie vermuten, richtig?«, fragte Schubert mit vorwurfsvoller Stimme. »Sie haben doch selbst keine Ahnung, wer dahintersteckt, oder irre ich mich etwa?«

»Wir haben eine Vermutung«, sagte Ebertz beschwichtigend. »Haben Sie noch etwas Geduld, dann erfahren Sie alles.«

»Geduld? Ich hatte genug Geduld, und nun sind zwei meiner Männer tot, und die Station ist vollständig verwüstet!« Sein Ton wurde ungehalten. »Sie hören jetzt mit dieser Geheimniskrämerei auf und erzählen mir sofort, was Sie wissen! Ich bin kein einfältiger Landpolyp, der gerade einmal in der Lage ist, ein paar Viehdiebstähle und Kneipenschlägereien aufzuklären, sondern der Kommandant einer Gendarmeriestation!«

Ebertz zog ihn auf die Seite und flüsterte: »Wir vermuten, dass es sich bei den Tätern um Angehörige eines Freikorps handelt.«

Schubert sah ihn ungläubig an. »Wie kommen Sie denn darauf?«

»Wir haben konkrete Hinweise darauf, dass der ermordete Andreas Maul nach seiner Entlassung aus dem Militärdienst Mitglied eines Freikorps war und in Schlesien gekämpft hat«, sagte Max. »Außerdem haben wir bei den toten Angreifern Abzeichen des Freikorps gefunden, dem auch das Opfer angehörte.«

Schubert strich sich übers Kinn und schluckte. »Die Schwarze Reichswehr in Hersbruck«, sagte er leise. »Meine Güte, Gott steh uns bei!«

»Noch wissen wir nichts Genaueres über die Hintergründe der Morde«, sagte Ebertz. »Lassen Sie uns hineingehen und mit den Zeugen sprechen, danach sehen wir weiter.« Er zog Schubert über den Hof und durch den Hintereingang ins Gebäude hinein. Die Zeugen, drei Männer und eine Frau, saßen in einem kleinen Raum auf der rechten Seite des Flures an einem großen Tisch. Wachtmeister Meyer erwartete sie bereits.

»Meine Dame, meine Herren, ich bin Kriminalhauptkommissar Ebertz, das ist mein Kollege Kriminalassistent Reinhardt, wir sind von der Nürnberger Mordkommission«, stellte Ebertz sie mit lauter Stimme vor. »Ich nehme an, Sie sind Einheimische und kennen Oberwachtmeister Schubert und Wachtmeister Meyer bereits?« Keiner der vier Zeugen antwortete. Mit bleichen Gesichtern sahen sie den Kommissar an.

»Wie Sie sich denken können, geht es um den Vorfall hier in diesem Gebäude«, sagte Ebertz. »Mir wurde gesagt, Sie könnten etwas darüber berichten.« Wieder keine Antwort. »Acht Menschen wurden bei dem Überfall getötet, zwei Gendarmen, einer unserer Kollegen und fünf der Angreifer. Alles, was Sie gesehen oder gehört haben, kann uns weiterhelfen, jedes noch so kleine Detail kann einen wichtigen Hinweis auf die Täter liefern. Ich bitte Sie, uns zu helfen, dieses furchtbare Verbrechen aufzuklären und die Täter ihrer gerechten Strafe zuzuführen.«

Die Frau richtete sich auf und blickte nervös zwischen den Polizisten hin und her. Schließlich sagte sie mit bebender Stimme: »Es war ein Wagen, ein großer Wagen, der stand vor der Station.«

»Ein Lastwagen?«, fragte Ebertz ruhig. »Wo stand er denn genau, Frau …?«

»Maul, Elisabeth Maul. Der stand direkt vorm Eingang zur Gendarmerie.«

»Maul?« Ebertz warf Max einen vielsagenden Blick zu. »Sie

sind nicht zufällig mit der Familie Maul aus Obergubach verwandt?«

»Sind wir nicht«, sagte der Mann neben Frau Maul. »Ich bin Erwin Maul, das hier is meine Frau. Das is bloß ein Zufall, hier in der Gegend heißen viele so.«

Max brummte enttäuscht und verschränkte die Arme. »Sie waren also mit Ihrer Frau unterwegs. Wo kamen Sie her?«

»Wir haben bloß ein paar Besorgungen g'macht, und ich war noch beim Schuster, um ein Paar Arbeitsschuhe neu besohlen zu lassen«, sagte der Mann. »Als wir hier am Posten vorbei'kommen sind, ist uns der Lkw aufg'fallen.«

»Weshalb das?«

»Na ja, weil ein paar Männer von der Ladefläche g'sprungen und ins Haus reing'laufen sind, die hatten außerdem Gewehre dabei. Dann haben wir Schüsse g'hört.«

»Und wie ging es weiter? Was haben Sie dann gemacht?«

»Wir haben uns in 'nen Hauseingang 'duckt.«

»Weshalb sind Sie nicht weggelaufen?«

»Im Lastwagen sind noch zwei Männer g'sessen. Ich hab Angst g'habt, dass die uns bemerken und uns was antun, weil wir sie g'sehen haben. Deshalb hab ich meine Frau in den Hauseingang 'zogen und zu ihr g'sagt, sie soll sich ganz klein machen und bloß still sein.«

Die Ermittler sahen zu Elisabeth Maul. Mit feuchten Augen und einem stummen Nicken bestätigte sie die Aussage ihres Mannes und schluchzte dann: »Das war so furchtbar! Dieses laute Knallen, und dann hab ich Männer schreien g'hört.«

Ihr Mann legte einen Arm um sie und sagte zärtlich: »Ist schon gut, Liebes, das ist alles vorbei.«

Ebertz beugte sich vor. »Sie brauchen sich keine Sorgen machen, Sie sind jetzt in Sicherheit«, sagte er. »Wir werden die Täter schon bald fassen.«

Mit Tränen in den Augen sah sie ihn an. »In Sicherheit? Und was ist, wenn die z'rückkommen, um uns ruhigzustellen, weil wir was g'sehen haben?«

»Sie brauchen sich wirklich keine Gedanken darüber zu machen, wir werden Sie beschützen«, sagte Schubert.

Die Frau sah die Polizisten nacheinander an und sagte dann tonlos: »Mich beschützen? Sie können sich ja nicht mal selbst beschützen.«

Max warf Ebertz einen weiteren Blick zu und fragte dann: »Wie ging es anschließend weiter? Sie haben in dem Hauseingang gekauert und die Schüsse gehört. Was geschah danach?«

Erwin Maul überlegte kurz. »Das Ganze ging ziemlich schnell, nach ein paar Minuten war alles schon wieder vorbei«, sagte er. »Kurz darauf sind dann zwei Männer wieder raus'kommen und in den Laster eing'stiegen. Dann sind s' wegg'fahren.«

»In welche Richtung sind sie gefahren? Hatten sie es eilig, sind sie schnell gefahren oder langsam?«

»Die sind in Richtung Innenstadt zum Posthof g'fahren. Dann sind s' ab'bogen, und ich hab sie nicht mehr g'sehen. Aber nicht b'sonders schnell sind s' g'fahren, sondern ganz normal, würd ich sagen.«

»Das ist ja dreist«, sagte Meyer empört. »Da sind sie direkt über den Oberen Marktplatz gefahren, wo jeder sie sehen kann. Diese Kerle müssen eiskalt sein!«

»Hier können wir Ihnen vielleicht weiterhelfen, Herr Kommissar«, fand nun einer der anderen Zeugen seine Sprache wieder.

»Sie sind …?«, fragte Max.

»Ich heiße Schuster«, sagte der Mann. »Schuster, Albert. Ich war mit meinem Kollegen in der Stadt beim Eisenwarenhändler, wir haben da ein paar Sachen b'sorgt.« Er deutete auf den Mann neben ihm.

»Das stimmt«, sagte der aufgeregt. »Wir sind Schreinerg'sellen und haben nach der Mittagspause für unsern Meister noch ein paar Päckchen mit Nägeln 'kauft. Ach, bevor ich's vergess, ich bin der Herbert Unger.«

»In Ordnung. Dann erzählen Sie beide doch bitte, was Sie gesehen haben.«

»Also, wie g'sagt, wir sind gerade vom Unteren Marktplatz 'kommen und am Posthof vorbeig'laufen«, sagte Schuster. »Wir sind also so g'laufen und haben uns normal unterhalten und haben an nichts Böses 'dacht.«

»Das stimmt«, bestätigte Unger. »Und auf einmal geht in der Gendarmerie ein paar Meter weiter ein derart lauter Krach los, dass wir total erschrocken sind! Das waren ganz viele Schüsse, und Leute haben g'schrien.«

»Und was haben Sie gemacht?«

»Wir sind erst mal wie ang'wurzelt stehen 'blieben«, sagte Schuster. »So was erlebt man ja auch nicht alle Tage. Dann hab ich den Herbert am Ärmel 'packt und ihn in den Posthof 'zogen. Das Tor da steht ja immer offen, weil die Postautos ja rein- und rausfahr'n müssen.«

»Konnten Sie von dort aus noch irgendetwas beobachten?«

»Na ja, das Ganze hat nicht wirklich lang 'dauert«, sagte er. »Ein paar Minuten vielleicht, dann war alles vorbei. In der Zeit haben wir aber unsre Köpf nicht rausg'streckt, darauf können S' Gift nehmen!«

»Genau! Wer weiß, vielleicht hätten s' uns dann auch gleich mit zamg'schossen?«, sagte Unger. »Dann haben wir g'hört, wie s' den Motor ang'lassen haben, und dann ist der Lastwagen losg'fahren. Da haben wir dann ausm Posthof wieder rausg'spitzt.«

»Und was haben Sie gesehen?«

Unger warf sich in die Brust. »Die sind langsam an uns vorbeig'fahren. Zwei Männer sind vorne drin g'sessen und zwei hinten aufm Bock. Die sind dann links auf den Oberen Marktplatz ein'bogen und nach oben in Richtung Eisenhüttlein verschwunden.«

Schubert beugte sich zu Ebertz und Max. »Das ist eine kleine Gasse, die zur alten Reichsstraße führt«, sagte er. »Von dort können Sie fast direkt ins Pegnitztal durchfahren.«

»Haben Sie einen der Männer oder mehrere erkannt?«, fragte Ebertz die Zeugen, doch alle schüttelten nur stumm den

Kopf. »Diese Männer hab ich noch nie in meinem Leben zuvor g'sehen«, sagte Unger. »Aber den Lastwagen, den kennen wir! Gell, Albert?«

Max war elektrisiert. »Woher kennen Sie den Wagen? Wem gehört er?«

»Ach, hör doch auf, Herbert.« Schuster winkte ab. »Woher sollen wir den Laster kennen? Der hatte doch nicht mal Kennzeichen dran.«

»Doch, doch.« Unger bestand auf seiner Feststellung. »Stimmt schon, die Kennzeichen waren abg'schraubt. Aber ist dir denn die hintere Stoßstange nicht aufg'fallen?«

Der andere zog die Augenbrauen zusammen, doch dann machte sich ein Ausdruck von Überraschung auf seinem Gesicht breit. »Tatsache, du hast recht!«

»Meine Herren, würden Sie uns bitte erklären, was Sie damit meinen?«, fragte Ebertz ungeduldig.

»Also, die hintere Stoßstange war an einer Stelle gebrochen, weil er irgendwann mal gegen was g'fahren oder wo hängen 'blieben ist«, sagte Unger aufgeregt. »Aber der Gerhard ist so ein Geizhals und wollte keine neue kaufen. Also hat er einfach ein Brett hinter die kaputte Stelle g'schraubt.«

»Und Sie sind sich absolut sicher, dass es dieser Lastwagen war und kein anderer?«

»Vollkommen sicher, Herr Kommissar. So fährt sonst keiner in der Gegend rum, was schon ein verdammt großer Zufall wär, das müssen S' zugeben. Und außerdem haben wir den Laster oft genug g'sehen, stimmt's, Albert?« Der Angesprochene nickte.

»Und wo haben Sie ihn gesehen? Und wer ist dieser Gerhard?«

Alle hingen an den Lippen der beiden Handwerker und warteten gespannt auf die Antwort. Unschuldig sahen die beiden die Polizisten an, dann antwortete Schuster: »Na, g'sehn haben wir ihn dort, wo wir mit unserm Meister immer das Holz für die Schreinerei holen. Der Lastwagen g'hört dem Holzhändler Gerhard Moltzer aus Obergubach.«

Max machte große Augen. Er sah zu Ebertz, der ebenfalls dreinblickte, als meinte er, sich verhört zu haben. Schubert hatte bloß die Augenbrauen hochgezogen und eine ausdruckslose Miene aufgesetzt.

»In Ordnung, vielen Dank, Sie haben uns sehr geholfen«, sagte Max gepresst. »Falls wir noch Fragen haben, melden wir uns bei Ihnen.«

Er gab einem Gendarmen ein Zeichen, der die Zeugen hinausbegleitete.

# 9. KAPITEL

Ebertz schlug mit der Faust heftig auf den Tisch, als die vier den Raum verlassen hatten. »Das darf doch nicht wahr sein!«, rief er. »Während ich mit Moltzer in seinem Büro saß, wurde mit seinem Lastwagen eine Mörderbande hierhergekarrt! Und dieser unverschämte Kerl grinst mir noch ins Gesicht und spielt dabei den Unwissenden!« Er sprang auf und ging im Zimmer umher. »Ich wusste gleich, dass bei dem etwas faul ist!«

»Was hat er dir denn erzählt?«, fragte Max.

»Er hat so getan, als hätte er keine Ahnung, weshalb jemand seinen Freund Franz Maul und dessen Sohn umbringen sollte. Dabei hat er mich direkt mit der Nase darauf gestoßen, dass er mehr weiß, als er zugibt.«

»Was meinst du?«

Ebertz holte tief Luft und beruhigte sich ein wenig. »Er hat sich verplappert. Hat immer ›die Täter‹ gesagt. Doch woher wusste er, dass es mehrere waren? Ich habe ihn natürlich danach gefragt, aber er hat sich herausgeredet. Damit, dass nach allem, was man so hört, ein einzelner Täter doch unwahrscheinlich wäre. Aber was sollte man denn so hören? Die Leute wussten doch alle nichts Konkretes, von dem sie hätten erzählen können.« Er schlug sich mit der flachen Hand auf die Stirn. »Ich bin so ein Esel, dass mir das nicht sofort aufgefallen ist!«

»Dass die Verletzungen von unterschiedlichen Waffen stammen, kam erst durch die Obduktion heraus«, sagte Max. »Das war der erste konkrete Hinweis auf mehrere Täter …« Er wollte weiterreden, doch da klopfte es an der Tür, und ein Gendarm steckte seinen Kopf ins Zimmer. »Da sind Reporter draußen, die wollen Fotos machen und mit den Verantwortlichen sprechen.«

»Sie sollen noch einen Moment warten«, sagte Ebertz, bevor er sich an Schubert wandte. »Lassen Sie bitte den Tatort fotografieren und dann die Toten zudecken und unauffällig wegbringen. Wir müssen den Leuten nicht noch mehr Anlass für Gerede geben.«

Der Kommandant nickte Meyer zu, der aus dem Zimmer eilte, um die nötigen Befehle zu erteilen.

»Und noch etwas«, sagte Ebertz. »Lassen Sie bitte einen Arzt kommen, der die Toten untersucht.«

»In Ordnung.« Schubert folgte Meyer nach draußen. Der Gendarm stand immer noch in der Tür. »Was soll ich mit den Reportern machen?«

»Bitten Sie sie nach hinten in den Hof und erzählen Sie ihnen, sie bekommen Exklusivinformationen von den ermittelnden Beamten der Mordkommission«, sagte Max. Der Mann verschwand, zurück blieben die beiden Kriminalbeamten.

»Was hast du sonst noch herausgefunden?«, fragte Max.

»So wie es aussieht, war der verstorbene Altbauer ein Anhänger des Kaiserreichs. Das ist Moltzer übrigens garantiert auch. Nicht nur hing ein Porträt des Kaisers in seinem Büro, zum Abschied hat er mich auch noch als ›Demokratenschwein‹ beschimpft. Ich denke, das waren klare Worte, die sich nur schwer anders interpretieren lassen.«

»Klingt nach einem sehr sympathischen Herrn.«

»Du machst dir keine Vorstellungen.« Ebertz winkte ab. »Was hast du in Nürnberg herausgefunden?«

Max zuckte die Schultern. »Nicht viel. Wie ich schon gesagt habe, gab die Akte des Jungbauern außer einer tadellosen militärischen Karriere nicht viel her.«

»Warum hängen in der Kaserne eigentlich Bilder des Freikorps Ostland herum?« Ebertz zwirbelte an seinem Bart. »Wenn auch zu unserem Glück.«

»Der Leutnant, zu dem mich der wachhabende Unteroffizier gebracht hat, war Verbindungsoffizier der Reichswehr bei dieser Truppe und hatte Bilder davon in seinem Büro hängen«, sagte er. »Darauf ist auch einer der Kommandanten, ein gewisser Hauptmann Berger, zu sehen. Den habe ich auch auf einem Foto in der Akte von Andreas Maul erkannt.«

Ebertz schien verwirrt. »Aber wenn der Jungbauer im Dezember 1918 aus der Armee entlassen wurde, wie kommt dann ein Bild aus seiner Zeit bei einem Freikorps in seine Akte?«

»Ich vermute, dass die Akte inoffiziell weitergeführt wurde.«

»Wie meinst du das?«

»Na ja, die Reichswehr hat zu diesem Zeitpunkt die Freikorps noch aktiv und zum Teil offen mit Geld, Waffen, Ausrüstung oder eben Personal unterstützt. Da waren natürlich auch viele ehemalige Frontsoldaten, die von der staatlichen in die Schwarze Reichswehr wechselten, was häufig einfach nur eine Formalie war. Der Staat beziehungsweise die Armee haben dementsprechend weiter Buch geführt sozusagen, wenn auch im Geheimen.«

»Respekt.« Ebertz nickte anerkennend. »Das war wirklich sehr gute Arbeit.«

Max fuhr sich mit der Hand über den Mund. »Aber mir ist immer noch nicht klar, was ein Freikorps hier draußen quasi im Nirgendwo will. Und vor allem wissen wir immer noch nicht, wo das Motiv liegt, weshalb diese Freischärler erst die beiden Bauern ermorden und dann auch noch eine Gendarmeriestation überfallen.«

»Wie es aussieht, kann uns Gerhard Moltzer dazu etwas erzählen«, sagte Ebertz und machte sich daran, den Raum zu verlassen.

Doch Max hielt ihn am Ärmel fest. »Paul, eines dürfen wir aber auf gar keinen Fall außer Acht lassen«, sagte er bestimmt. »Wenn wir es hier wirklich mit der Schwarzen Reichswehr zu tun haben, und es sieht tatsächlich so aus, dann ist die Lage verdammt heikel. Diese Leute sind extrem gefährlich, und wir müssen uns gut überlegen, wie wir weiter vorgehen.«

Ebertz sah ihn fragend an.

»Der größte Teil dieser Einheiten besteht aus ehemaligen Frontsoldaten. Die wissen genau, wie man kämpft, und haben oft genug ihre Brutalität unter Beweis gestellt.« Er senkte die Stimme. »Ich bin mir nicht sicher, ob die örtliche Gendarmerie alleine der Aufgabe gewachsen ist.«

»Und was schlägst du nun vor?« Ebertz breitete die Arme aus. »Wir können ja wohl schlecht die Armee anfordern und einen Krieg in der Hersbrucker Alb anzetteln.«

»Das nicht gerade«, sagte Max. »Aber wir sollten uns zumindest überlegen, im Notfall die Landespolizei einzubeziehen.« Diese militärisch organisierte Polizeitruppe war deutlich besser ausgebildet und bewaffnet als die Gendarmerie in den ländlichen Gebieten oder die zahlreichen Gemeindepolizeien und verfügte daher über eine große Schlagkraft.

Ebertz strich nachdenklich über seinen Schnauzbart und seufzte. »Wir werden sehen. Hoffen wir, dass es nicht zum Äußersten kommt.« Er überlegte kurz und sagte dann: »Allerdings ermitteln wir nun nicht mehr in einem reinen Mordfall. Du weißt, was das bedeutet?«

Max nickte. »Die Politiker«, sagte er. Doch damit meinte er nicht irgendwelche Stadträte oder Abgeordnete, »Politiker« war hinter vorgehaltener Hand der Spitzname der Beamten der Abteilung V, der sogenannten politischen Abteilung der Bayerischen Polizei. Sie überwachten das politische Leben und verfolgten politisch motivierte Straftaten. Mit dem Angriff auf die Gendarmeriestation stellte das Freikorps nicht nur eine Gefahr für die öffentliche Sicherheit dar, sondern es untergrub auch die staatliche Autorität.

»Ich werde gleich eine Nachricht schicken, dass wir es bei diesem Fall hier möglicherweise mit staatsgefährdenden Motiven zu tun haben«, sagte Ebertz und schrieb eine kurze Notiz auf einen Zettel, den er im Hinausgehen einem Gendarmen überreichte. »Jetzt lass uns mit den Reportern sprechen.« Mit grimmiger Miene fügte er hinzu: »Und dann kümmern wir uns um Moltzer.«

Sie traten nach draußen in den Hinterhof. Unter dem Vordach warteten zwei Gendarmen mit zahlreichen Männern, von denen einige große Fotoapparate umhängen hatten. Ihre Gespräche verstummten, als die beiden Kriminalbeamten auf sie zukamen. Doch bevor ein Schwall an Fragen über sie hereinbrach, hob Ebertz beschwichtigend die Hände und sagte: »Meine Herren, ich bin Kriminalhauptkommissar Ebertz, das ist Kriminalassistent Reinhardt. Wir sind von der Nürnberger Mordkommission und ermitteln in diesen beiden Fällen.«

»Was hat das zu bedeuten, weshalb haben Sie uns herbringen lassen?«, fragte einer der Reporter, ein kleiner Kerl mit dunklen Haaren und einem großen Schreibblock in der Hand.

»Wir möchten Sie bitten, in Ihrer Berichterstattung etwas … umsichtig vorzugehen.«

»Wollen Sie uns etwa einschüchtern?« Unwilliges Gemurre erhob sich.

»Keineswegs«, sagte Ebertz jovial. »Wir bitten lediglich darum, nicht durch besonders blutrünstige und sensationsgierige Berichterstattung unnötig Angst in der Bevölkerung zu schüren.«

»Ach, und weshalb sollten die Bürger nicht besorgt sein und keine Angst haben?«, fragte ein weiterer Reporter, ein groß gewachsener mit hellen Haaren. »Empfinden Sie es als beruhigend oder gar als Normalzustand, wenn man erst zwei Männer auf bestialische Weise ermordet und kurz darauf eine Gendarmeriestation angegriffen wird? Ist denn die Polizei überhaupt noch in der Lage, uns zu schützen?«

Keiner sagte etwas, alle zückten ihre Stifte und blickten gespannt auf Ebertz. Max' sonst so ruhiger und erfahrener Partner wirkte einen Moment lang verunsichert. Doch als er erneut das Wort ergriff, war sein Ton sachlich und gefasst. »Meine Herren, ich bitte Sie. Für die Bevölkerung besteht nicht der geringste Grund zur Sorge.« Den erneut aufkeimenden Protest beruhigte er mit einer Handbewegung. »Was ich Ihnen jetzt erzähle, darf unter gar keinen Umständen gedruckt werden«, sagte er ernst und sah die Männer durchdringend an. »Sollte es dennoch in irgendeiner Art und Weise an die Öffentlichkeit dringen, werde ich persönlich dafür sorgen, dass denjenigen, der seinen Mund nicht gehalten hat, eine empfindliche Haftstrafe erwartet.«

Die Reporter ließen ihre Stifte sinken und hingen gespannt an seinen Lippen, mit eifrigem Nicken versicherten sie, dass sie die Informationen ganz sicher vertraulich behandeln würden.

»Bei den Tätern handelt es sich in beiden Fällen mit allergrößter Wahrscheinlichkeit um Angehörige eines Freikorps«, sagte Ebertz.

Max sah an den Gesichtern der Reporter deutlich, wie sehr sie diese Worte schockierten. »Die Schwarze Reichswehr hier in Hersbruck?«, fragte einer, und dabei flüsterte er fast. Sonst sagte keiner etwas, alle mussten diese Neuigkeit erst einmal verdauen.

»Zwar kennen wir das genaue Motiv für den Doppelmord und den Angriff heute noch nicht, doch es spricht alles dafür, dass es etwas Persönliches ist«, sagte Max. Um weiteren Fragen in diese Richtung vorzubeugen, ergänzte er: »Es gab ja auch heute zahlreiche Zeugen, von denen keiner angegriffen wurde.«

Das schien die Reporter etwas zu beruhigen.

»Was dürfen wir davon verwenden?«

»Ich bitte Sie, die Schwarze Reichswehr zunächst nicht zu erwähnen. Wir wollen unseren Ermittlungsvorsprung nicht verlieren, indem wir sie aufschrecken«, sagte Max. »Schreiben Sie, dass es sich um etwas Persönliches handelt und die Täter wahrscheinlich aus dem engen Umfeld der Opfer stammen.«

»Und der Angriff auf die Gendarmeriestation?«, fragte der kleine Reporter mit den dunklen Haaren. »Wie sollen wir erklären, dass das etwas mit dem Doppelmord auf dem Bauernhof zu tun hat? Das glaubt uns doch kein Mensch!«

»Offiziell hat beides nichts miteinander zu tun. Einige Randalierer, vermutlich wandernde Gauner, haben den Posten angegriffen, um einen ihrer Männer aus dem Gefängnis zu befreien, der von den Gendarmen gestern Abend wegen Trunkenheit aufgegriffen wurde. Dabei kam es zu einer heftigen Auseinandersetzung, im Zuge derer einige der Bande festgesetzt werden konnten. Der Rest ist geflohen und wird bald dingfest gemacht.«

Die Reporter bedachten die beiden Kriminalbeamten mit skeptischen Blicken, während ihre Stifte über die Notizblöcke kratzten. Schließlich fragte einer: »Was können Sie uns im Gegenzug an Exklusivem anbieten?«

Darüber hatte sich Ebertz offenbar schon Gedanken gemacht. »Sobald wir die Verdächtigen festgenommen haben, sind Sie die Ersten, die es erfahren«, sagte er. »Sie bekommen Hintergrundinformationen, die Möglichkeit zu fotografieren und Interviews.«

Das schien den Journalisten zu gefallen, denn ihre Gesichter hellten sich auf, und einige nickten zufrieden. Dann verabschiedeten sich die Ermittler, und die Reporter eilten in ihre Redaktionen oder ins Postamt, um die Informationen per Telefon ihren Chefredakteuren für die Abendausgabe mitzuteilen.

»War das nicht etwas voreilig, ihnen schon jetzt Interviews und Fotografien nach der Festnahme zu versprechen?«, fragte Max seinen Partner. »Immerhin müssen wir erst einmal an die Kerle herankommen. Und dann stellt sich immer noch die Frage, wie wir sie festnehmen wollen.«

»Ich wüsste nicht, was ich ihnen sonst hätte bieten können, dass sie stillhalten«, sagte Ebertz. »Und damit sind sie erst einmal gesättigt und ruhiggestellt.«

Gemeinsam mit Schubert kehrten sie in den Besprechungsraum zurück. »Wie wollen wir jetzt weiter vorgehen?«, fragte der Kommandant die Kriminalbeamten. »Ich muss meine Leute irgendwie beruhigen und ihnen sagen, wie es weitergeht.«

»Wir nehmen uns jetzt erst noch einmal diesen Moltzer vor«, sagte Max.

»Der hat uns richtig an der Nase herumgeführt«, sagte Ebertz. Dass er selbst mit dem Sägewerksbesitzer gesprochen hatte, ohne eine Verbindung herstellen zu können, nagte sichtbar an ihm. Moltzers Punktsieg in der ersten Runde würde er als persönliche Herausforderung sehen, da war Max sich sicher.

Schubert nickte grimmig. Kein Wunder, er befand sich in einer besonders schwierigen Situation: Innerhalb weniger Tage war in seinem Zuständigkeitsbereich nicht nur ein aufsehenerregender Mehrfachmord, sondern auch ein direkter Angriff auf seine Station geschehen, der zwei seiner Leute das Leben gekostet hatte. Die Blicke aller, von seinen eigenen Leuten über die Bürger bis hin zu Stadt- und Gemeindeoberen, richteten sich nun auf ihn, und er musste beweisen, dass er in der Lage war, in seinem Gebiet für Ruhe und Ordnung zu sorgen und die Sicherheit der Bevölkerung zu gewährleisten. Sollte der Fall nicht schnellstmöglich aufgeklärt werden, würde man seine Fähigkeiten als Kommandant öffentlich in Frage stellen, und er würde seinen Posten aufgeben müssen.

»Wir fahren so schnell wie möglich los«, sagte Ebertz. »Lassen Sie uns nur noch einen Moment.«

Schubert nickte, und die Ermittler gingen in das improvisierte Labor, in dem einige Tische aufgestellt worden waren. Die Leichen der beiden Gendarmen und Schürmanns lagen unter großen Laken darauf. Ein junger Gendarm sprang auf, als sie den Raum betraten. Er hatte die Ärmel hochgekrempelt und einen großen Blecheimer in der Hand.

»Ich wollte sie ein wenig sauber machen, sobald der Arzt da war«, sagte er.

»Schon gut, mein Junge«, sagte Ebertz.

Der Gendarm verließ den Raum. Max trat zu Schürmann und schlug das Laken zurück. Ein Kloß stieg in seinen Hals, und seine Knie wurden weich, als er seinem toten Freund ins Gesicht sah. Auch Ebertz war bleich und hatte Tränen in den Augenwinkeln. Mit fremden Leichen zu tun zu haben ist schlimm genug, dachte Max, der im Krieg jahrelang Tag für Tag mit Tod und Elend konfrontiert gewesen war. Doch wenn es jemand ist, den man kennt, ist es noch viel schlimmer. Dann traf es einen tief ins Herz, und es wurde fast unmöglich, den nötigen Abstand zu wahren und nüchtern und objektiv an den Fall heranzugehen.

Alles Blut war aus Schürmanns Gesicht gewichen, und seine Haut schimmerte gelblich und fahl. Er war eiskalt. Das war für Max das eigentlich Gruselige an Toten: Ihnen fehlte jede Wärme des Lebens, was deutlich machte, dass ihr Körper nur noch eine leere Hülle war, die die Seele des Menschen verlassen hatte. Still verabschiedete er sich von seinem toten Kollegen und deckte ihn vorsichtig wieder zu.

Ebertz hielt seine Hände vor dem Bauch, und seine Lippen bewegten sich stumm. Dann verließen sie den Raum. Im Flur trafen sie Schubert, der in der Tür zu der zerstörten Wachstube stand. Mehrere Gendarmen waren dabei, die umgestoßenen Möbel wieder aufzurichten und den Schutt wegzukehren. Zum Schutz vor neugierigen Blicken hatten sie große Tücher vor die eingetretene Eingangstür gehängt und die Fensterläden geschlossen.

Vor dem Gebäude standen bewaffnete Uniformierte, nicht nur, um Unbefugte am Betreten des Gebäudes zu hindern, sondern auch, um zu demonstrieren, dass die Gendarmerie durchaus noch einsatzfähig und auf der Hut war. Die toten Angreifer lagen, ebenfalls mit Tüchern zugedeckt, in einem anderen Besprechungszimmer aufgereiht. Sobald sich ein Arzt die Toten angesehen hatte, würde man sie unauffällig durch den Hinterausgang hinausschaffen und zum Bestatter bringen.

Ebertz legte dem Kommandanten die Hand auf die Schulter. »Lassen Sie uns fahren, Oberwachtmeister.«

# 10. KAPITEL

Akribisch richtete er seine Krawatte und zupfte sein Revers zurecht, bevor er zwar kräftig, aber nicht zu aufdringlich an die schwere Eichentür des Büros von Kriminalrat Hohmann im obersten Stockwerk des Westflügels des Nürnberger Polizeipräsidiums klopfte.

»Herein«, schnarrte es von innen, und Gustav Ritter trat forschen Schrittes ein.

»Ah, gut, dass Sie da sind«, sagte Hohmann zu dem kleinen Beamten mit dem runden Gesicht und dem dunklen Haar. »Setzen Sie sich.«

Ritter nahm in dem Ledersessel vor dem schweren Schreibtisch des Kriminalrats Platz. Alles in diesem Büro war imposant, die Einrichtung, die hölzerne Vertäfelung, die hohen Fenster mit den schweren Vorhängen davor und nicht zuletzt der Mann, der mit gerunzelter Stirn in einer Akte las.

Kriminalrat Hohmann war ein Mann von etwa fünfzig Jahren mit der Statur eines Bären, sein kurz geschorener Bürstenhaarschnitt und der riesige Schnauzbart verliehen ihm eine Ähnlichkeit mit dem preußischen Generalfeldmarschall und Helden der Schlacht von Tannenberg Paul von Hindenburg, gleichzeitig wirkte er wie ein strenger, aber gutmütiger Großvater.

Doch wer diesem Urteil erlag oder den Kriminalrat gar für einen schwerfälligen Provinzpolizisten hielt, machte einen schweren Fehler. Josef Hohmann war nicht umsonst der Leiter der Abteilung V, der politischen Abteilung. Neben der Verfolgung politisch motivierter Straftaten gehörte es auch zu ihren Aufgaben, die noch junge Republik vor Umsturzversuchen oder Angriffen von Links- oder Rechtsradikalen zu schützen. Die Beamten der Abteilung V sahen sich deshalb als eine kleine, ausgewählte Elitetruppe, die zwischen dem Staat und seinen Bürgern und deren erklärten Feinden wie Kommunisten oder

Nationalsozialisten stand. Organisatorisch waren sie zwar in den bayerischen Polizeiapparat eingegliedert, Rechenschaft musste Hohmann, den seine Untergebenen hinter seinem Rücken nur »Opa Sepp« nannten, jedoch nur dem Innenminister gegenüber ablegen.

»Schauen S' das mal an«, sagte er schnarrend in breitem fränkischen Dialekt.

Auch das war Taktik. Während sich viele Beamte in Polizei und Politik ihren Einschlag, so gut es ging, abgewöhnten, um ein möglichst seriöses und weltmännisches Auftreten an den Tag zu legen, pflegte Hohmann bewusst seinen Heimatdialekt. Das machte ihn nicht nur bei seinen eigenen Untergebenen äußerst beliebt, sondern vor allem bei den unteren Dienstgraden der anderen Abteilungen. So konnte es durchaus vorkommen, dass ein Schutzmann der Verkehrspolizei in der Kantine des Präsidiums auf einmal neben Opa Sepp saß, der obendrein nicht nur seinen, sondern auch die Namen seiner Frau und Kinder wusste.

Die Leiter der anderen Abteilungen und Dezernate dagegen vertraten eher den Stand einer deutlichen Trennung zu den unteren Rängen, und manch ein frischgebackener Jungkommissar hatte den Fehler gemacht, Hohmann naserümpfend zu belächeln. Doch genau dieses Verhältnis zu den einfachen Schutzmännern hatte Opa Sepp eine nahezu unerschöpfliche Wissensquelle in sämtlichen Bereichen des Polizeipräsidiums eröffnet. Denn der Kriminalrat hatte außer für die Probleme der kleinen Beamten auch für jedweden Klatsch und Tratsch stets ein offenes Ohr. Weshalb bisweilen ein ehrgeiziger, aber arroganter Kriminalbeamter, der in seinem Dezernat abfällig über Opa Sepp geredet hatte, einen braunen Umschlag mit anzüglichen Briefen an die Schwester seiner Frau fand und daraufhin sehr schnell sehr ruhig wurde.

Hohmann warf Ritter die Akte, in der er gerade noch gelesen hatte, hin. Der blickte hinein und zog die Augenbrauen fragend nach oben. »Ein Doppelmord in der Hersbrucker Alb.« Es war mehr eine Feststellung denn eine Frage.

»Zwei Männer wurden niederg'macht, ein Altbauer und sein Sohn.« Er zeigte auf die Akte. »Das ist der Bericht vom Ebertz ausm Mord. Ein guter Mann«, sagte er.

Ritter las die wenigen Zeilen, die auf dem Blatt Papier standen, und wartete, bis Hohmann weitersprach. »So wie's aussieht, könnt mindestens einer der Toten in staatsfeindliche Umtriebe verwickelt g'wesen sein.« Er setzte sich auf und grinste breit. »Und da kommen wir ins Spiel.«

»Haben wir konkrete Hinweise auf etwas Derartiges?«, fragte Ritter. Auf dem in die Akte gehefteten Notizzettel des diensthabenden Wachtmeisters, der die Meldung aufgenommen hatte, standen nur wenige Stichworte.

Hohmann nickte. »Der Jungbauer war anscheinend Mitglied eines Freikorps. Außerdem haben Mitglieder ebendieses Freikorps die Gendarmeriestation in Hersbruck ang'griffen und mehrere Menschen getötet.« Er schnaufte. »Darunter auch 'nen Kollegen vom Mord.« Ein großer Finger zeigte auf Ritter. »Ich will, dass Sie hinfahr'n und sich die Sache vor Ort anschau'n. Arbeiten S' mit den Kollegen zusammen und unterstützen S' sie. Bringen S' die Sache zu Ende, Sie wissen, was zu tun ist.«

Ritter nickte, die politische Polizei unterstützte regelmäßig die Kollegen der anderen Dezernate. Vor allem in den Bereichen Mord und Wirtschaftskriminalität wurden die Beamten aus Abteilung V häufig hinzugezogen, weil republikfeindliche Motive hinter den Verbrechen steckten. Das konnte vom Totschlagen eines politischen Gegners über Attentatspläne auf einen Funktionär oder Verwaltungsbeamten bis hin zum Finanzieren eines Putschversuchs reichen.

»Fahren S' sofort los«, sagte Hohmann. »Ich möcht so bald wie möglich Ihren ersten Bericht mit 'ner Einschätzung der Lage vor Ort aufm Tisch haben. Falls nötig, greifen wir sofort durch. Haben S' mich verstanden?«

»Jawohl.« Ritter nahm die Akte und erhob sich. Hohmann nickte Richtung Tür und grunzte, sein Zeichen, dass Ritter entlassen war. Als dieser die Türklinke herunterdrückte, drehte er sich noch einmal um und deutete eine leichte Verbeugung in Richtung des Kriminalrats an, doch der war schon in die nächste Akte vertieft und nahm ihn gar nicht mehr wahr.

Ritter folgte einem langen Gang, bis er in seinem Büro ankam, das am Ende eines schmalen Seitenflures lag. Er arbeitete gerne in Ruhe und hatte das Glück gehabt, ein Einzelbüro zu ergattern. Das war zwar deutlich kleiner und enger als die Zwei-Mann-Büros entlang des Hauptganges, dafür war hier auch deutlich weniger los.

»Rufen Sie bitte bei der Gendarmeriestation in Hersbruck an und teilen Sie Hauptkommissar Ebertz mit, dass ich komme«, bat er die Sekretärin, die er sich mit mehreren Kollegen teilte.

Für eine eigene Vorzimmerdame hatte es bisher nicht gereicht, dafür stand Ritter noch zu weit unten im Rang. Doch das war ihm ganz recht, so konnte er in der Masse der einfachen Leute untertauchen und unbemerkt seiner Tätigkeit nachgehen. Rampenlicht und Aufmerksamkeit waren etwas für Staatsanwälte, Politiker oder Detektive im Kino. Im wahren Leben achteten Kriminalbeamte stets darauf, nicht auf Titelseiten oder gar in der Wochenschau aufzutauchen. Denn ordentliche Ermittlungsarbeit war unmöglich, wenn jeder Taschendieb, Zuhälter oder Schränker, wie man Tresorknacker auch nannte, den eigenen Namen und das Gesicht dazu kannte.

Für die Beamten der Abteilung V galt das sogar noch im verstärkten Maß, war ihre Arbeit doch politisch und gesellschaftlich deutlich heikler und teilweise auch gefährlicher als die der Dezernats-Ermittler. So kam es durchaus vor, dass selbst Reichswehr- oder Polizeiangehörige in ihrem Fokus standen, also Leute, die sich im Notfall auch mit Waffengewalt zu wehren verstanden und die nicht selten über einen gewissen Einfluss verfügten.

Ritter öffnete die obere rechte Schublade seines Schreibtischs und nahm die darin liegende Pistole, eine kleinkalibrige Mauser Modell 1910, heraus. Er schätzte diese handliche und zuverlässige Waffe sehr, die ihm bereits in vielen Einsätzen treue Dienste geleistet hatte. Zwar war sie mit ihrem geringen Kaliber von 6,35 Millimeter den dienstlich gelieferten Revolvern und Pistolen in Durchschlagskraft und Reichweite zum Teil deutlich unterlegen, der große Vorteil der Mauser 1910 war dafür ihre kompakte Form. So konnte sie viel einfacher verborgen getragen werden und war dadurch die ideale Waffe für verdeckt oder unauffällig operierende Ermittler.

Er überprüfte das Magazin und steckte die Pistole anschließend in sein Schulterhalfter. Dann packte er seine Aktentasche, griff nach Mantel und Hut, verließ sein Büro und machte sich auf den Weg zur Fahrbereitschaft im Hinterhof des Präsidiums.

Ebertz und Max stiegen in ihren Wagen und fuhren erneut in das kleine Dörfchen Obergubach, Schubert und Meyer folgten in einem Wagen der Gendarmerie. Mit hektischem Knacken kämpften die Scheibenwischer gegen den Regen an, der unverändert stark gegen die Scheiben klatschte. Der Wind zerrte so heftig am Wagen, dass Max das Lenkrad festhalten musste, damit es ihm nicht aus der Hand gerissen wurde und sie im Straßengraben landeten. Während sie sich die verschlungene Strecke durch die Schluchten und Wälder des Pegnitztals entlangkämpften, sprachen sie kein Wort miteinander. Kein Lebewesen zeigte sich, kein Reh rannte über eine Wiese, und nicht einmal eine Amsel flog über die Straße von einem Busch oder Baum zum nächsten. Fast schien es, als trauere selbst die Natur um die vielen Toten der vergangenen Tage.

Als sie in Obergubach ankamen, hielten sie, wie bei ihren vorherigen Besuchen auch, auf dem Dorfplatz vor dem Wirtshaus. Nur einige wenige Einwohner waren zu sehen. Sie gingen ihren Geschäften nach, der Anblick der Polizisten erregte keinerlei Aufmerksamkeit mehr, stattdessen nahmen sie ihre Anwesenheit mit demonstrativer Gleichgültigkeit zur Kenntnis. Man konnte es kaum glauben, dass gerade einmal vor ein paar Tagen ein grausamer Doppelmord den kleinen Ort erschüttert hatte. Doch das Leben musste weitergehen, das Vieh versorgt und die Felder vorbereitet werden. Die Toten waren offenbar tatsächlich kein wirklicher Teil der Dorfgemeinschaft gewesen.

»Was haben Sie mit Moltzer vor, wenn wir bei ihm sind?«, fragte Schubert, als sie ausgestiegen waren.

»Wir bringen ihn zum Reden«, sagte Ebertz grimmig. »Jetzt kann er uns nicht mehr an der Nase herumführen, wir haben eine Zeugenaussage, die ihn eindeutig mit den Tätern in Verbindung bringt. Damit droht ihm Zuchthaus und vielleicht sogar der Galgen, wegen Beihilfe zum Mord. Ein findiger Staatsanwalt kann ihm wahrscheinlich auch Verschwörung und noch einiges mehr vorwerfen.«

»Und so bringen wir ihn dann auch dazu, uns die Täter zu liefern«, sagte Max.

Ebertz nickte. »Und anschließend führen wir sie ihrer gerechten Strafe zu.«

Sie folgten der Straße, die Ebertz wenige Stunden zuvor schon einmal entlanggegangen war. Nach einigen hundert Metern gelangten sie ans Ende des Dorfes, wo das Sägewerk Gerhard Moltzers lag. Sie hielten sich, so gut es ging, nahe an den Gebäuden, damit sie der Sägewerksbesitzer nicht schon von Weitem durch das Fenster seines Büros sehen und flüchten konnte.

Ebertz zeigte ihnen den Weg durch das Holzlager ins Gebäude, und so leise wie möglich schlichen sie durch die langen Reihen von aufgestapelten Brettern auf den Lärm der großen Sägeblätter zu.

Ein geöffnetes Tor gab den Blick auf den Hof frei. Max zog Ebertz am Ärmel und zeigte auf den Lastwagen, der davor geparkt stand. Sie erkannten deutlich die von den Zeugen beschriebene improvisierte Reparatur unter der Ladefläche.

Mehrere Arbeiter waren gerade dabei, große, von Ästen befreite Buchenstämme durch den dampfbetriebenen Sägeautomaten zu schieben. Sie schienen die Polizisten, die sich unauffällig im Raum verteilten und so die Fluchtwege verstellten, gar nicht wahrzunehmen. Max wartete, bis alle in Position waren, dann tippte er einem der Männer von hinten auf die

Schulter. Erschreckt fuhr der herum. Auch die anderen Arbeiter wurden nun auf die Polizisten aufmerksam. Mit Gesten forderten diese die Männer über den Lärm hinweg auf, die Werkzeuge beiseitezulegen und sich nebeneinander an eine Wand zu stellen, die Maschinen jedoch nicht abzuschalten. Moltzer sollte keinen Verdacht schöpfen.

»Wo ist er?«, fragte Max einen der Männer.

»Wer?«, stellte der sich dumm.

»Verarsch mich nicht, sonst kriegst du richtig Ärger, Freundchen!«

Die Drohung zeigte Wirkung. Verängstigt deutete der Arbeiter nach oben auf das Büro. Während die Gendarmen die Arbeiter im Blick behielten, stiegen Max und Ebertz die Treppe hinauf und betraten den schmuddeligen Aufenthaltsraum. Dann klopften sie an Moltzers Bürotür.

»Herein«, kam die knappe Antwort.

Sie öffneten die Tür und traten in das Büro. Der Sägewerksbesitzer war noch fetter, als Max ihn sich vorgestellt hatte. Hinter seinem Schreibtisch, der mit Papieren und anderen, undefinierbaren Sachen überhäuft war, sah er aus wie ein Walross. Mit unübersehbarem Erstaunen starrte er sie an. Dann bekamen seine tief liegenden Schweinsäuglein einen boshaften Ausdruck, worauf er sich erhob und um den Tisch herumwatschelte.

»Was wollen Sie noch hier?«, fragte er mit unnatürlich hoher Stimme. »Verschwinden Sie aus meinem Büro und machen Sie lieber Ihre Ar–«

Weiter kam er nicht, weil Max ihn am Kragen seines speckigen Hemdes packte.

»Hilfe! Polizeigewalt«, schrie Moltzer. »Lassen Sie mich gefälligst los! Ich habe nichts getan!«

»Halt bloß dein Maul«, zischte ihm Max drohend ins Ohr. Ein beißender Gestank nach Schweiß und Knoblauch stieg ihm in die Nase, doch immerhin wurden die Proteste des Sägewerksbesitzers deutlich leiser.

»Was wollen Sie von mir?«, fragte er noch einmal unsicher.

Ebertz trat vor den Schreibtisch und stützte sich mit beiden Händen darauf. »Erinnern Sie sich an unser Gespräch heute Morgen?«

Moltzer nickte.

»Da haben Sie mir nur Scheiße erzählt«, sagte Ebertz in einem Tonfall, als würde er sich eine Tasse Tee bestellen.

Max sah überrascht zu seinem Kollegen. Solche Worte hatte er noch nie aus Ebertz' Mund gehört, besonders nicht vor Zeugen. Moltzer versuchte, etwas zu sagen, doch Ebertz brachte ihn mit einer Handbewegung zum Schweigen.

»Ihr Lastwagen wurde für den Überfall auf die Gendarmeriestation in Hersbruck verwendet. Drei Beamte wurden dabei getötet.«

Moltzers Augen weiteten sich vor Entsetzen, Schweiß rann ihm den Nacken hinab. Er öffnete den Mund, um etwas zu sagen, doch er brachte kein Wort heraus.

»Wir können problemlos beweisen, dass Sie mit dem Freikorps, oder was auch immer sich da draußen herumtreibt, unter einer Decke stecken.« Ebertz beugte sich drohend vor. »Entweder Sie kooperieren mit uns und erzählen alles, was Sie wissen, oder ich sorge persönlich dafür, dass Sie wegen Beihilfe zum Mord und Verschwörung an den Galgen wandern!«

»Das hab ich nicht g'wusst! Davon haben die mir nichts g'sagt!«, rief Moltzer. »Ich werd Ihnen alles erzähl'n, was ich weiß!«

Ebertz setzte sich auf den Stuhl vor dem Schreibtisch, schlug die Beine übereinander und zückte seinen Notizblock. Eine Zeit lang las er darin herum und sagte kein Wort. Moltzer drehte sich fragend zu Max, doch der starrte ihm nur ausdruckslos entgegen.

»Wie war Ihre Beziehung zu dem verstorbenen Franz Maul und dessen Sohn Andreas?«, fragte Ebertz schließlich ruhig und ohne den Blick zu heben.

»Wie ich Ihnen heute Morgen schon erzählt habe ...« Ein vernichtender Blick des Kommissars ließ den Sägewerksbesitzer noch einmal von vorne anfangen. Er leckte sich nervös über die Lippen und begann dann stockend zu erzählen: »Wir war'n gut befreundet, der Franz und ich, wir kannten uns schon viele Jahre lang.«

»Was wissen Sie über seinen Tod?«

Moltzer schüttelte den Kopf und wischte sich den Schweiß von der Stirn. »Was genau vorg'fall'n ist, weiß ich nicht, das müssen S' mir glaub'n«, sagte er mit bebender Stimme. »Aber was ich weiß, ist, dass der Hauptmann die beiden als Verräter bezeichnet hat.«

Ebertz und Max tauschten einen Blick.

»Erzählen Sie uns etwas über den Hauptmann.« Ebertz wedelte mit der Hand. »Wer ist er, wo finden wir ihn und so weiter.«

»Aber Sie müssen mich beschützen!« Mit Angst in den Augen sah Moltzer zwischen ihnen hin und her. »Wenn der rausfindet, dass ich mit Ihnen g'sprochen hab, dann bin ich so gut wie tot.«

»Kommt ganz darauf an. Wenn Sie uns nicht wirklich helfen, erzählen wir jedem Reporter, den wir treffen, wie dankbar wir Ihnen sind für die enge und gute Zusammenarbeit, und zwar egal, ob er es wissen will oder nicht«, sagte Ebertz kalt. »Was glauben Sie, wie lange es dauert, bis der Hauptmann davon erfährt?«

Moltzer entgleisten die Gesichtszüge, und Panik machte sich auf seinem Gesicht breit. Sein Mund öffnete und schloss sich, wodurch er Max an einen Karpfen erinnerte. Er schlug dem fülligen Mann mit voller Kraft auf die Schulter, sodass dieser zusammenzuckte. »Reden Sie, und wir werden die Sache beenden. Sie haben dann nichts mehr zu befürchten.«

»Geben Sie mir Ihr Ehrenwort?«, fragte Moltzer.

Ebertz nickte stumm und bedeutete ihm mit einer Handbewegung, zu beginnen.

»H-Hauptmann Berger heißt er, e-ein ehemaliger Frontoffizier«, sagte Moltzer stotternd. Der Schweiß lief ihm jetzt in Strömen über das Gesicht. »Der kommandierte ein Freikorps im Oberschlesischen Aufstand, das, bei dem auch der Andreas Maul war.«

»Das wissen wir bereits«, sagte Ebertz, woraufhin ihn Moltzer mit großen Augen anglotzte.

»Aber, woher ...?«

»Spielt keine Rolle«, sagte Max. »Wie viele Männer hat Berger, und wo finden wir sie?«

»Die hausen oben in der Schwedenschanze, haben sich da irgendwo ein Lager auf'baut«, sprudelte es aus Moltzer heraus. »Ich weiß aber nicht genau, wo, war selber nie dort, und den Hauptmann hab ich auch bloß ein paarmal 'troffen.« Er fuhr sich mit der Hand über den Hals. »Ein unangenehmer Kerl, richtig kalt ist's mir bei dem den Buckel runterg'laufen, der hatte irgend so was an sich ...« Dann beeilte er sich hinzuzufügen: »Der Franz und der Andreas hatten hauptsächlich mit ihm zu tun.«

»Weshalb versteckt sich ein Freikorps im hintersten Pegnitztal?«

»Nun ja ...« Moltzer kaute nervös auf seiner Lippe.

»Raus mit der Sprache!«, herrschte Max ihn an.

»Ist ja schon gut«, sagte Moltzer. »Also, ang'fangen hat alles, als der Andreas ausm Krieg z'rück'kommen ist, das war so im Herbst '19. Der ist nämlich, direkt nachdem er aus Frankreich z'rück'kommen ist, mit 'nem Freikorps nach Oberschlesien 'gangen. Na ja, und da hat er eben erzählt, wie s' erst an der Front und dann auch noch in Oberschlesien verraten worden sind, und zwar von den ganzen Kriegsgewinnlern, den Juden, den Kommunisten und den Demokraten. Ungeschlagen stand unsre Armee in Frankreich noch im Feld, und gegen die Polacken, die unsre Landsleute haben ungestraft massakrieren dürfen, durften wir uns auch nicht mal wehren, können S' sich das vorstellen?«

Max packte ihn am Kragen. »Wir sind nicht hier, um eine politische Diskussion zu führen, Moltzer«, sagte er. »Bleib beim Thema!«

»Schon gut, schon gut.« Der Sägewerksbesitzer hob beschwichtigend die Hände.

»Also, wie ging es weiter?«, fragte Ebertz barsch.

»Spät in der Nacht war's einmal, da sind der Franz und der Andreas dann zu mir 'kommen und haben mir erzählt, dass es da einen gibt, der unsre Heimat nicht einfach so aufgeben und lieber weiterkämpfen will, also dass sie eben g'säubert wird von ...«

»... Kriegsgewinnlern, Juden, Kommunisten und Demokraten«, sagte Max. Moltzer nickte mit gesenktem Blick. »Und weshalb kamen sie ausgerechnet zu Ihnen?«

Erst druckste Moltzer ein wenig herum, doch dann fuhr er fort: »Na ja, also wir haben uns oft unterhalten, der Franz und ich, und wir waren eben beide der Überzeugung, dass uns der Versailler Vertrag ganz schön demütigt. Das waren ja auch wirklich schlimme Zeiten damals, das Geld war nichts mehr wert, und kaum einer ist über die Runden 'kommen!«

Er senkte die Stimme und blickte auf den Boden. »Wir wollten eben, dass es wieder so wird wie früher. Unterm Kaiser waren wir 'ne stolze Nation, da hat unser Wort noch was 'golten in der Welt. Und auf einmal sind alle auf uns rum'trampelt.«

»Und wie ging es dann weiter?«

»Na ja, am Anfang kam's mir eher vor wie 'ne fixe Idee, wir haben erst mal bloß drüber g'sprochen, wer wie helfen kann. Ich hab g'meint, dass ich Holz fürn Lagerbau, Geld und ab und zu auch mal meinen Lastwagen zur Verfügung stellen kann, wenn Nachschub 'bracht werden soll oder so was. Der Franz und der Andreas wollten ihren Hof als Nachschublager nutzen, die hatten da ja so gut wie nie Besuch, dafür war's also ideal.«

Er schluckte schwer. »Und eines Abends dann, so vor 'nem Jahr war's ungefähr, da hat's plötzlich bei mir an die Tür 'klopft. Ich hab aufg'macht, und da sind der Franz, der Andreas und ein Mann in Uniform g'standen, das war der Hauptmann Berger. Und dann haben s' g'meint, dass es jetzt so weit wär, also dass das Freikorps an'kommen wär.«

»Wissen Sie, wie die Männer hierhergekommen sind und wie viele es waren?«

Moltzer zuckte die Schultern. »Nicht genau. Ich hab nur

einmal was mit'kriegt, dass die in Zivil und in kleinen Gruppen oder einzeln mit der Bahn oder zu Fuß g'reist sind und sich hier in Obergubach im Wald 'troffen haben, sodass es halt keiner mit 'kriegt. Die ganze Gruppe auf einem Haufen hab ich nie g'sehen, aber der Andreas hat mal von ungefähr zwei Dutzend Männern g'sprochen.«

»Als die drei bei Ihnen vor der Tür standen, wie ging es dann konkret weiter?«

Der Sägewerksbesitzer leckte sich mit seiner fleischigen Zunge über die trockenen Lippen. »Sie haben eben g'meint, dass jetzt die nationale Revolution kurz bevorstehen würd. Das hat der Hauptmann g'sagt. Ich hab ihn nicht sonderlich g'mocht, ein arroganter Kerl, der sich für was Besseres g'halten hat. Dann wollten s' gleich meinen Lastwagen und etwas Bauholz haben, um sich noch mehr Unterstände und so was bauen zu können.«

»Und das haben Sie ihnen gegeben?«

Moltzer nickte. »Ja, sie haben sich 'ne Ladung Bretter, Bohlen und Pfähle ausm Lager aufg'laden und sind dann fortg'fahren. Später haben s' den Lastwagen z'rück'bracht und wieder aufn Hof g'stellt. So ging's eigentlich immer: Sie sind 'kommen, haben den Laster g'liehen und ihn später wieder hing'stellt, wenn sie erledigt hatten, was sie wollten.« Er faltete die Hände. »Sie müssen mir glauben, ich hab wirklich nichts von dem Angriff auf die Gendarmeriestation g'wusst! Das hätt ich doch nie zug'lassen!«

»Was haben Sie denn gedacht, was eine schwer bewaffnete Gruppe Paramilitärs vorhat, wenn sie sich Ihren Wagen ausleihen?«, fragte Max.

Moltzer sagte nichts und saß mit hängenden Schultern da.

»Sie sagten vorhin, Sie würden Geld zur Verfügung stellen«, sagte Ebertz in ruhigerem Ton. »Wie viel ist da geflossen?«

Der übergewichtige Mann rutschte nervös auf seinem Stuhl hin und her. »Nun ja, wissen Sie, da war ich etwas voreilig, als ich das versprochen hab.«

»Sie haben ihnen also kein Geld gegeben?«

»Nein. Ich muss ja auch von was leben.«

Max lehnte sich an die Wand. »Was haben Sie sich eigentlich erhofft, was passiert? Haben Sie ernsthaft geglaubt, die paar Männer, die sich hier im Wald verstecken, marschieren eines Tages in Paradeformation nach Berlin und holen den Kaiser aus seinem Exil zurück?«

Moltzer vermied es, ihn anzusehen. »Ich weiß es nicht. Vielleicht so was in der Art, ja.« Er hob trotzig den Blick. »Die Roten haben's in München ja auch g'schafft, 'ne Räterepublik zu errichten. Warum sollt's dann nicht auch möglich sein, die alte Ordnung wiederherzustellen?«

»Sie taten also die ganze Zeit nichts, außer Ihren Lastwagen bei Bedarf herzuleihen, habe ich das richtig verstanden?«, fragte Max.

Moltzer nickte.

»Sie haben doch bestimmt auch hin und wieder mit Franz Maul oder seinem Sohn über die Sache gesprochen, oder? Paramilitärs im Wald hinter dem eigenen Haus sind ja jetzt nicht unbedingt etwas, das einfach so wieder verschwindet, wenn man sich nicht darum kümmert.«

»Ja, wir haben uns regelmäßig 'troffen. Entweder im Wirtshaus oder der Franz und der Andreas kamen zu mir rüber, wenn's dunkel war. Am Anfang waren s' noch sehr begeistert und haben viel davon g'red't, dass es bald losgehen würd. Aber irgendwann kamen s' immer seltener her, und wenn, dann nur kurz. Sie haben dann auch gar nicht mehr so viel g'red't. Das letzte Mal, dass ich den Franz hier g'sehen hab, das war ein paar Tage vor sei'm Tod, da war er schon total verängstigt.«

»Haben Sie ihn gefragt, was los war?«

»Selbstverständlich! Er hat g'sagt, dass sie einen furchtbaren Fehler g'macht haben. Ich habe ihn g'fragt, was er damit meint, doch da hat er nichts mehr drauf g'sagt. Irgendwann ist er dann 'gangen. Danach hab ich ihn bloß noch einmal im Wirtshaus g'sehen, das war kurz vor dem Mord. Aber das wissen S' ja schon.«

Max beugte sich vor. »Kommen wir noch einmal auf Ihren Lastwagen zurück: Haben Sie nie mitbekommen oder sich Gedanken darüber gemacht, was diese Männer damit anstellen?«

Der Sägewerksbesitzer grunzte. »Nein. Sie haben immer nur g'sagt, dass sie Nachschub holen wollen. Ich hab aber auch nicht weiter nachg'fragt.«

»Haben Sie einmal in einem Gespräch oder durch eine Bemerkung mitbekommen, wo das Lager der Männer ist? Die Schwedenschanze ist ja so groß und verzweigt, dass man sich ohne Karte darin nicht zurechtfindet.«

Moltzer schüttelte den Kopf. »Tut mir leid, davon weiß ich gar nichts. Hab mich dafür auch nicht weiter interessiert. Wie g'sagt, mir war der Hauptmann von Anfang an äußerst unsympathisch, und ich glaub, das beruht auf Gegenseitigkeit. Da wollt ich Ärger ausm Weg gehen und hab mich rausg'halten.«

»Sie haben vorhin erzählt, dass Franz und Andreas Maul ihren Hof als Nachschublager nutzen wollten. Was kann man sich darunter vorstellen? Haben sie in Ihrer Scheune Kisten aufgestapelt? Was für Sachen waren das, und wo hatten sie die her?«

»Was die genau g'macht haben, weiß ich nicht. Ich kann Ihnen nur sagen, dass es vor allem Nahrungsmittel waren und auch Munition. Aber wo die das Zeug g'lagert haben ...« Er zuckte die Schultern. »Ich hab auch nicht nachg'fragt, weil mir die Sache irgendwann viel zu heiß g'worden ist.«

»Was meinen Sie damit?«

Moltzer rieb sich übers Kinn. »Nun ja, wie ich vorhin schon g'sagt hab, nach 'nem halben Jahr oder so, da war der Franz auf einmal ziemlich seltsam. Der war auf einmal unruhig und nervös und schien vor irgendwas Angst zu haben. Eines Abends hab ich ihn dann im Wirtshaus mal auf die Seite g'nommen und g'fragt, was denn bitte mit ihm los ist.«

Ebertz beugte sich vor. »Was hat er Ihnen erzählt?«

Wieder ein Kopfschütteln. »Nur das, was ich Ihnen vorhin schon erzählt hab: dass sie einen furchtbaren Fehler g'macht hätten. Mehr konnt ich aus ihm nicht rauskriegen. Sosehr ich's auch versucht hab, der hat total dichtg'macht.«

»Weshalb wurde es Ihnen zu heiß? Hatten Sie während dieser Zeit noch ein Treffen mit Hauptmann Berger?«

»Ja, einmal hab ich ihn noch aufm Hof vom Franz 'troffen. Wollt den abends b'suchen, und als ich an'kommen bin, waren er, der Andreas und der Berger gerade im Wohnzimmer.«

»Worum ging es bei diesem Treffen?«

»Die haben schnell aufg'hört zu reden, als ich rein'kommen bin. Schien aber was Ernstes g'wesen zu sein, weil der Hauptmann 'nen total roten Kopf g'habt und bitterbös 'kuckt hat. Der hat mir dann auch noch g'sagt, wenn ich sie nicht bald so unterstützen würd, wie ich's versprochen hab, dann würd ich bald mein blaues Wunder erleben. Und dann ist er durch den Stall abg'rauscht.«

»Wie ging es dann weiter? Haben Sie die beiden gefragt, was los war?«

»Selbstverständlich! Die haben mir aber rein gar nichts sagen wollen. Wir sind dann noch kurz zusammeng'sessen, aber die Stimmung war eh schon total am Arsch. Ich bin dann also relativ bald wieder 'gangen, hab mir ja auch ganz schöne Sorgen wegen dem Hauptmann g'macht, dass der mir etwas antut.«

»Weshalb?«

»Na ja, so wie er's g'sagt hat, dass ich mein blaues Wunder erleben würd, das klang schon sehr ernst.«

»Und was hat er damit gemeint, Sie sollten ihn so unterstützen, wie Sie es versprochen hätten?«

Moltzer verdrehte nervös seinen Rücken und stotterte herum. »N-na ja, was ich Ihnen vorhin schon erzählt hab, das Geld und so …«

»Das Sie nicht hatten«, sagte Ebertz.

»Woher bekamen die Mauls überhaupt die vielen Lebensmittel und die Munition?«, fragte Max. »Es fällt doch auf, wenn zwei Männer in den Dorfladen spazieren und Unmengen davon kaufen.«

»Das haben s' immer bei verschiedenen Läden in unterschiedlichen Orten 'kauft, eben so, dass es nicht auffällt. Einmal sind s' hierhin 'gangen, beim nächsten Mal dann woanders hin.« Er tippte sich ans Auge. »Das war ziemlich clever, keiner hat etwas g'merkt.«

»Und wie haben sie den Nachschub in die Hügel geschafft?«

Der Sägewerksbesitzer zuckte die Schultern. »Das weiß ich nicht, mit mir hat da nie einer drüber g'sprochen.«

Ebertz nickte und erhob sich. »In Ordnung, wir gehen jetzt wieder. Und Sie halten sich zu unserer Verfügung, haben Sie verstanden?«

Moltzer nickte eifrig.

»Wenn Sie verschwinden oder jemandem von unserem kleinen Gespräch hier erzählen, dann ...«, Ebertz fuhr sich mit dem Zeigefinger in einer schnittartigen Bewegung über den Hals, »... wartet der Galgen auf Sie.«

Ohne eine Antwort abzuwarten, stürmte er hinaus. Max folgte ihm und warf in der Tür dem schwitzenden Sägewerksbesitzer noch einen vernichtenden Blick zu. Dann verließ er das Büro. Als er sich umdrehte, konnte er sich angesichts des sich windenden Moltzer ein Grinsen nicht verkneifen. Das Schwein hat noch nicht genug geschwitzt für das, was er getan hat, sagte er sich.

Unten in der Werkshalle warteten bereits Meyer und Schubert ungeduldig auf sie. Ebertz bedeutete ihnen, zu folgen, und gemeinsam verließen sie das Sägewerk wieder auf demselben Weg, den sie gekommen waren.

Als sie draußen auf der Straße standen, berichteten sie den Gendarmen, was sie in dem Gespräch mit Gerhard Moltzer herausgefunden hatten. Schubert und Meyer folgten ihren Ausführungen mit entsetzten Blicken.

»Dann befindet sich tatsächlich seit einem Jahr eine paramilitärische Truppe mitten unter uns, und niemand hat etwas gemerkt?« Schubert konnte es nicht glauben, doch Ebertz nickte.

»Es war gut geplant, und sie haben jede Vorsichtsmaßnahme

eingehalten«, sagte er. »Der Mord und der Angriff auf Ihre Station geschahen nicht einfach aus Willkür oder einer Laune heraus, beide Vorkommnisse haben etwas zu bedeuten. Denn so einfach oder leichtfertig wagt man sich nicht aus seiner Deckung heraus, wenn man so eine gute Position hat.«

»Aber was könnte denn der Grund dafür sein?«, fragte Meyer.

»Das wissen wir noch nicht«, sagte Ebertz. »Auch Moltzer wusste dazu nichts. Und in diesem Fall glaube ich ihm tatsächlich.«

»Wie geht es denn nun weiter?« Schubert blickte skeptisch. »Wir können ja nicht die komplette Schwedenschanze Stück für Stück absuchen. Das würde Wochen dauern, und wahrscheinlich würden wir uns heillos verirren. Das war ja das letzte Mal schon reines Glück, dass niemand verloren ging, und da haben wir nur einen vergleichsweise kleinen Teil des Grabensystems abgesucht. Außerdem haben wir auch gar nicht so viele Männer dafür, um flächendeckend vorzugehen.«

Ebertz überlegte. »Wir sollten uns noch einmal auf dem Bauernhof umsehen und nach dem Lager suchen, von dem Moltzer erzählt hat. Vielleicht bringt uns das weiter.«

»Damit sollten wir bis morgen warten«, sagte Max angesichts der fortschreitenden Dämmerung. »Es wird bald dunkel, und ohne ordentliches Licht sehen wir zum einen kaum etwas, und zum anderen ist es keine Frage, ob, sondern nur wann sich jemand verläuft. Unsere Chancen bei Tageslicht stehen da viel besser. Außerdem brauchen wir mehr Leute.«

Schubert nickte. »Sie haben recht. In der Dunkelheit etwas zu suchen, von dem wir nicht wissen, wo es ist und vor allem, was es genau ist, ergibt keinen Sinn. Kehren wir nach Hersbruck zurück und fangen morgen früh mit der Suche an.«

Sie nahmen den Vorschlag des Kommandanten an und kehrten zu ihrem Auto auf dem Dorfplatz zurück.

»Wie wollen wir wegen des Freikorps weiter vorgehen?«, fragte Schubert, der im Wagen der Ermittler Platz genommen hatte, als sie nach Hersbruck fuhren. Die Dunkelheit hatte sich schnell über das Pegnitztal gesenkt, und der Wald und die Felsschluchten auf beiden Seiten der Straße ließen nur einen schmalen dunkelgrauen Streifen Himmel zwischen ihren tiefschwarzen Silhouetten frei.

»Warten wir die Durchsuchung des Hofes ab«, antwortete Ebertz. »Vielleicht finden wir dabei noch irgendeinen Hinweis, wo sie sich aufhalten. Ansonsten …«

»… müssen wir Verstärkung anfordern und das Grabensystem tatsächlich Stück für Stück mit Hunden durchsuchen«, sagte Schubert. »Das kann Wochen dauern, bis wir da durch sind. Wie Sie wissen, gibt es keine genauen Karten der Schwedenschanze, das wird ein Marsch ins Blaue hinein.«

»Sollte es so weit kommen, fordern wir wirklich eine Kompanie der Landespolizei an«, sagte Max zu Ebertz. »Immerhin verfügen die über schweres Gerät, Karabiner, Maschinenpistolen und sogar Handgranaten.«

Er wusste, dass ein Blutbad nahezu unvermeidlich wäre, sollte es zu einer direkten Auseinandersetzung mit dem Freikorps kommen. In diesem Fall würden sie auf die Schlagkraft der kasernierten Landespolizei dringend angewiesen sein. Doch im Moment sah es alles andere als gut aus, die Freischärler in absehbarer Zeit überhaupt zu finden.

Den Rest der Strecke verbrachten sie schweigend, in Gedanken die Situation in ihrer Gänze erfassend: Die höchstwahrscheinlich bis an die Zähne bewaffneten Reste eines paramilitärischen Freikorps, dessen Angehörige zu allem bereit waren und sich in einem riesigen labyrinthartigen Grabensystem versteckt und womöglich auch verschanzt hatten, und dem gegenüber standen sie, ein kleines Häuflein schwach bewaffneter und kampfunerfahrener Landgendarmen und zwei Kriminalbeamte der Mordkommission.

Max seufzte, der Vorteil schien momentan nicht gerade auf ihrer Seite zu liegen.

# 11. KAPITEL

Vor der Gendarmeriestation war keine Menschenseele mehr zu sehen, als sie mit ihren Wagen am Gebäude vorbeifuhren und in den Hinterhof einbogen. Die schaulustigen Hersbrucker hatten gemerkt, dass es für sie nichts weiter zu sehen gab, und waren gegangen. Dennoch standen weiterhin zwei mit Gewehren bewaffnete Gendarmen als Posten vor dem Eingang. Die Fensterläden waren geschlossen, und einige provisorische Bretter ersetzten nun die zerstörte Tür. Licht schien zwischen den schmalen Spalten heraus und warf schwache Streifen auf die Straße.

Sie betraten den Posten durch den Hintereingang, wo ebenfalls bewaffnete Gendarmen Wache hielten. Schuberts Männer hatten im Innenbereich ganze Arbeit geleistet, kaum etwas erinnerte noch an den Überfall. Die zerstörten Möbel aus der Wachstube waren entfernt worden, und alles sah wieder fast so aus wie zuvor. Nur einige Einschusslöcher und die zerstörte Tür erinnerten an die schrecklichen Vorkommnisse wenige Stunden zuvor.

Im Wachraum waren einige Gendarmen damit beschäftigt, Papiere und Unterlagen zu ordnen und zu sortieren. Sie drehten die Köpfe, als sie in den Raum traten.

»Wir haben alle Akten durchg'sehen, Herr Kommandant«, meldete einer der Uniformierten. »Soweit wir's schon beurteilen können, fehlt nichts, es wurde während des Überfalls nur alles durcheinanderg'worfen.«

»Danke, Friedrich«, sagte Schubert. »Wie sieht es in den Büros aus?«

»Wir sind noch nicht ganz fertig, aber so wie's ausschaut, haben s' die Büros nicht betreten.«

»In Ordnung, machen Sie weiter.«

»Jawohl.« Er wollte weggehen, drehte sich dann jedoch noch einmal um. »Bevor ich's vergess: Dr. Riebmann hat ang'rufen, er ist mit der Leichenschau fertig.« Er beugte sich zu Schubert. »Und noch was«, raunte er ihm zu. »Da ist noch ein Herr aus Nürnberg ausm Präsidium 'kommen. Er wartet in Ihrem Büro auf Sie und die Herren Kommissare.«

Schubert nickte, und der Gendarm ging und widmete sich wieder den Akten- und Papierstapeln auf den Schreibtischen.

Sie stiegen die Treppe ins erste Obergeschoss hinauf und gingen ins Büro des Kommandanten. Ein kleiner Mann mit dunklem Haar saß hinter dem Schreibtisch und las gerade in einer Akte. Als sie in den Raum traten, blickte er auf und kam ihnen entgegen. »Guten Abend, ich bin Oberkommissar Ritter von der Abteilung V«, sagte er und schüttelte jedem die Hand. »Ich bin hier, um Sie zu unterstützen.«

»Ah, sehr schön, dass Sie so schnell herkommen konnten«, sagte Ebertz und stellte sich ebenfalls vor. Sie erklärten Ritter alles, was bisher geschehen war, von der ersten Tatortbegehung über die Verhöre und die Obduktionsergebnisse bis hin zu dem Angriff auf die Gendarmeriestation, Schürmanns Tod und dem letzten Gespräch mit dem Sägewerksbesitzer Gerhard Moltzer.

Als er alles gehört hatte, blies Ritter hörbar Luft zwischen seinen Zähnen hindurch. »Das ist ganz schön starker Tobak«, sagte er und runzelte die Stirn. Dann klatschte er in die Hände, bevor er fortfuhr: »Wenn das Freikorps schon derart verzweifelt und aggressiv vorgeht, dann ist es allerhöchste Zeit zu handeln. Wir müssen diese Leute stoppen!«

Max erklärte Ritter ihren Plan, am nächsten Tag noch einmal den Hof der Familie Maul nach weiteren Hinweisen auf die Tätigkeiten des Freikorps sowie das geheime Nachschublager zu durchsuchen.

Ritter nickte zufrieden. »Das klingt vernünftig.«

»Es ist schon dunkel und spät. Heute können wir nicht mehr viel unternehmen«, sagte Ebertz. »Außer uns die Ergebnisse der Obduktionen von dem Angriff auf die Station hier anzuhören.«

Jetzt nickte Schubert. »Die Praxis des Doktors ist nicht weit von hier.«

Während sein Stellvertreter Meyer auf Befehl des Kommandanten in der Station blieb, um die verbleibenden Aufräumarbeiten zu überwachen, verließ er gemeinsam mit Max, Ebertz und Ritter das Gebäude wieder durch den Hinterausgang und trat auf die Straße hinaus. Sie gingen zum Marktplatz, bogen nach rechts ab, am Rathaus vorbei, und klopften, als sie den Unteren Marktplatz erreicht hatten, an die Tür der Arztpraxis.

Nach kurzer Zeit hörten sie Schritte, kurz darauf wurde von innen ein Riegel weggeschoben. Dann öffnete sich die Tür, und vor ihnen stand der Arzt, der eine weiße Schürze und dunkle Ärmelstulpen trug. Mit seiner langen, hageren Gestalt war Dr. Riebmann das genaue Gegenteil des Polizeiarztes Seißler, dachte Max.

»Uns wurde berichtet, Sie hätten Informationen für uns, Doktor«, sagte Schubert.

Riebmann nickte langsam und bat sie herein. Er führte die Polizisten durch einen schmalen Flur und an der ins obere Stockwerk – vermutlich zur Privatwohnung des Mediziners – führenden Treppe vorbei durch eine schmale Tür in den weitläufigen hinteren Teil des Gebäudes, einen eingeschossigen Flachdachanbau mit großen Fensterscheiben. Allem Anschein nach war der Arzt Hobbygärtner, denn überall standen auf Tischen und dem Boden Töpfe und Formen mit verschiedensten Blumen und Obstsorten herum. In der Mitte des Raumes waren mehrere Tische freigeräumt worden, auf denen die mit Tüchern bedeckten Toten lagen. Angesichts der zahlreichen Pflanzen um sie herum wirkte die improvisierte Leichenhalle skurril.

Riebmann blieb neben den ersten Körpern stehen und sah die Ermittler aus müden Augen an, dann begann er ohne Umschweife mit etwas schleppender Stimme zu sprechen: »Wie nicht anders zu erwarten, sind die Todesursachen Ihrer Kollegen schwere Hieb- und Schussverletzungen. Der Herr Kommissar von der Kriminalpolizei wurde mehrfach in die Brust geschossen, die Kugeln trafen dabei sein Herz und die Lunge. Das Kaliber ist neun Millimeter Parabellum. Ich vermute deshalb, dass es sich bei der Tatwaffe um eine Militärpistole handelt, Modell Luger P08.«

Er zeigte auf die anderen Tücher. »Bei den beiden Gendarmen wurde massive Gewalt gegen Kopf und Oberkörper angewandt. Ich habe sich teilweise überlappende Abdrücke gefunden, die sich Gewehrkolben und Pistolengriffen zuordnen lassen, und zwar derjenigen Waffen, die bei den Toten gefunden wurden. Ihnen beiden wurde der Schädel eingeschlagen.«

»Können Sie uns etwas zu den toten Angreifern erzählen, Doktor?«, fragte Ebertz, hörbar mit einem Kloß im Hals.

Riebmann räusperte sich und wandte sich den anderen Körpern zu. »Auch sie weisen entweder Schuss- oder Schlagverletzungen auf. Dreien der Männer wurde in Kopf oder Brust geschossen, den anderen beiden wurde der Schädel zertrümmert. Sowohl die Kugeln als auch die Spuren an den Knochen der anderen Angreifer stimmen mit der Waffe Ihres Kollegen überein.« Ein erneutes Räuspern. »Er hat ihnen einen gnadenlosen Kampf geliefert und sich teuer verkauft.«

Max schnürte es die Kehle zu, und er musste sich beherrschen, dass ihm nicht die Tränen in die Augen schossen. »Was wissen Sie sonst noch über die Angreifer?«, fragte er mit gepresster Stimme. »Sie tragen zerrissene und schmutzige Kleidung und machen insgesamt einen heruntergekommenen Eindruck. Wie war ihre körperliche Verfassung?«

»Da sprechen Sie einen interessanten Punkt an, Herr Kommissar«, sagte Riebmann und zog die Tücher von den Körpern der toten Freischärler zurück. »Wer die Männer waren und wie sie hießen, wissen wir nicht, es gab keinerlei Papiere, anhand derer sie hätten identifiziert werden können. Aber ich kann mit ziemlicher Sicherheit sagen, dass alle Soldaten waren oder zumindest militärisch ausgebildet wurden.«

»Woran erkennen Sie das?«, fragte Ebertz staunend.

»Sie alle waren körperlich recht gut in Form, die Muskulatur der Männer lässt auf eine harte körperliche Tätigkeit schließen. An den älteren fanden sich einige Narben, die klar von Schusswaffen oder Hieb- und Stichwaffen wie Bajonetten, Dolchen oder kleinen Äxten stammen, vor allem am Oberkörper und den Armen. Das deutet darauf hin, dass sie im Krieg gekämpft haben. Bei den jüngeren fehlen diese Zeichen des Kampfes zwar, aber alle gemeinsam haben Schwielen an den Füßen oder sogar beginnende Plattfüße. Das weist darauf hin, dass sie sehr viel in unbequemem Schuhwerk gelaufen oder marschiert sind.«

Max nickte, er erinnerte sich noch mit Schrecken an die schweren, genagelten Schaftstiefel, im Soldatenjargon »Knobelbecher« genannt. Ob in glühender Sommerhitze oder eisiger Winterkälte waren sie in diesen klobigen Stiefeln kilometerweit marschiert, bis ihnen die Füße bluteten. Weil sie nicht gefüttert waren, stand im Sommer der Schweiß darin, und im Winter erfroren nicht selten Zehen oder gar ganze Füße. Jeder an der Front, der ein Paar ordentliche und weiche Stiefel aus hochwertigem Leder von zu Hause mitbrachte oder geschickt bekam, wurde beneidet, und oft kam es vor, dass diese Stiefel nach dem Tod oder einer Verwundung des Trägers den Besitzer wechselten.

»Ihre Kleidung bestand aus Teilen abgetragener Uniformen und ziviler Sachen«, sagte Riebmann. »Hinweise auf den Hersteller oder die Besitzer fehlen jedoch auch hier.« Er deutete auf einen der Toten. »Wenn die Abzeichen auf der Jacke stimmen, hatte dieser Mann den Dienstgrad eines Obergefreiten inne. Der Rest waren einfache Soldaten.« Er trat zu den anderen Leichen. »Alarmierend ist jedoch der Gesundheitszustand dieser Männer.«

»Inwiefern?«, fragte Ebertz. »Sie sehen etwas dünn aus, aber ansonsten wirken sie fit.«

Riebmann nickte. »Sie alle haben in den letzten Wochen oder vielleicht Monaten nicht ausreichend oder gar üppig zu essen bekommen. Wie sie sich genau ernährt haben, muss jedoch durch eine Autopsie festgestellt werden. Aber das meine ich nicht.« Er winkte ihnen, näher zu kommen, öffnete einem der Toten mit einem Spatel den Mund und zog die Lippen zurück. »Die Verfärbungen an den Zähnen weisen auf eine nicht ausreichende Mundhygiene hin«, sagte er. »Aufschlussreicher für uns ist jedoch, dass diese Männer allesamt unter Zahnfleischbluten gelitten haben.«

Dann deutete er auf einige kleine rote Punkte am Arm des Toten. »Zahnfleischbluten, einige lockere Zähne und diese Pünktchen unter der Hautoberfläche sind deutliche Anzeichen eines Vitamin-C-Mangels.«

»Was schließen Sie daraus?«

»Man kann dem Militär durchaus vorwerfen, dass es seine Leute nicht sonderlich hochwertig verpflegt, doch es achtet peinlich genau darauf, dass die Soldaten gesund genug sind, um kämpfen zu können.« Er deutete wieder auf die Leichen vor ihm. »Diese Männer aber haben seit längerer Zeit unter Hunger und schlechter Verpflegung gelitten.« Nacheinander sah er sie an. »Das ist leider alles, was ich Ihnen zum momentanen Zeitpunkt sagen kann.«

Sie dankten dem Arzt und verabschiedeten sich. Auf dem Weg zurück zur Gendarmeriestation sagte Max düster: »Alles, was wir erfahren, untermauert die These, dass sich in der Schwedenschanze hinter dem Hof der Bauern Maul tatsächlich ein Freikorps festgesetzt hat.«

»Und alles deutet zudem darauf hin, dass die Mordopfer die Männer unterstützt und versorgt haben«, sagte Ebertz. »Wobei diese Unterstützung ja allem Anschein nach bereits vor einiger Zeit reduziert oder sogar ganz eingestellt worden ist. Dafür spricht ja auch der schlechte körperliche Zustand der toten Freischärler.«

»Das Motiv könnte somit Rache sein«, sagte Ritter. »Zumindest für den Mord an den beiden Bauern. Was der Hintergrund für den Angriff auf die Gendarmeriestation ist, wird dadurch meiner Meinung nach allerdings nicht erklärt.«

Ebertz nickte zustimmend und wandte sich an Schubert: »Ich würde morgen gerne, so früh es geht, nach Obergubach fahren, um nach Hinweisen auf das Nachschublager und auch das Lager des Freikorps in der Schwedenschanze zu suchen.«

»In Ordnung«, sagte der Kommandant. »Ich stelle eine Abteilung zusammen, die bei der Suche hilft.«

Als sie die Station erreichten, wurden sie bereits erwartet. »Der Ortsvorsteher aus Obergubach hat vom Pfarramt der Gemeinde aus ang'rufen«, rief der Gendarm Friedrich, als sie zur Tür hineintraten, und kam ihnen mit einem Zettel in der Hand entgegen. »Morgen früh ist die Beerdigung der beiden ermordeten Bauern, nur falls Sie dran teilnehmen wollen.«

Schubert sah sie der Reihe nach fragend an.

»Häufig zieht es Mörder auf die Trauerfeiern und Beerdigungen ihrer Opfer«, sagte Max. »Manchmal aus Scham und Reue, manchmal auch, um sich am Leid der Angehörigen zu ergötzen. Vielleicht haben wir hier ja auch Glück.«

Ritter stand stumm da, Ebertz nickte wieder zustimmend. »Schaden kann es jedenfalls nicht«, sagte er. »Während wir auf dem Friedhof sind, kann ja trotzdem die Suche nach dem Nachschublager auf dem Hof schon einmal starten.«

Als sie wieder die Wachstube betraten, roch es nach frischem Kaffee, den die Gendarmen auf dem kleinen Ofen aufgesetzt hatten. Schubert bot ihnen eine Tasse an, doch Ebertz lehnte dankend ab. »Es ist schon spät, und wir haben noch eine lange Heimfahrt, dafür eine kurze Nacht vor uns, wenn wir morgen früh schon wieder hier sein wollen.«

»Wenn Sie wollen, dann bleiben Sie doch über Nacht hier«, sagte der Kommandant. »Wir haben im Obergeschoss einen Schlafraum, den momentan keiner von uns nutzt, da können Sie übernachten.«

Ebertz sah sie fragend an, erst Ritter, der lakonisch die Schultern zuckte, dann Max.

»Ich würde aber gerne zu Hause Bescheid sagen, dass ich heute auswärts übernachte«, sagte der.

»Selbstverständlich, kein Problem. Sie können jederzeit unser Telefon benutzen.« Der Kommandant führte ihn und Ebertz in ein kleines Büro gleich neben der Wachstube, wo der Apparat stand. Nur Ritter, der keine Familie hatte, blieb zurück.

Max hielt den Hörer ans Ohr und ließ sich von der Vermittlung mit seinem Anschluss verbinden. »Hallo?«, rief Pauline nach dem vierten Klingeln fröhlich in die Leitung. Er erklärte ihr kurz die Umstände und dass er erst am folgenden Tag nach Hause kommen würde. Sie war zwar enttäuscht, doch sie wusste, dass es sein Beruf erforderte und er nichts dagegen machen konnte. »Ich liebe dich«, flüsterte Max ins Telefon, wünschte Pauline eine gute Nacht und unterbrach die Verbindung. Dann gab er den Hörer an Ebertz weiter, der mit seiner Frau Gisela sprechen wollte.

Als sie zu Ende telefoniert hatten, verabschiedete sich Schubert mit dem Versprechen, für den nächsten Tag gleich ab frühmorgens erneut einen Suchtrupp zusammenzustellen. Ein Gendarm führte sie in den ersten Stock, wo sie einen länglichen Raum betraten. Feldbetten standen an den Wänden, und an einem Ende gab es sogar ein kleines Badezimmer.

Erschöpft ließ sich Max angezogen auf eines der Betten fallen, das quietschend gegen die plötzliche Belastung protestierte. Einen Moment lag er einfach nur da und starrte an die Decke, ein dumpfes Pochen zog sich langsam von seinem Nacken durch seinen Kopf bis zur Stirn. Er schloss die Augen und sah die Toten vor sich, all das Blut und den Schmutz. Auch hatte er den Eindruck, dass es in dem Schlafsaal plötzlich nach Verwesung roch. Abrupt öffnete er die Augen und setzte sich auf. Mit beiden Händen rieb er sich die Schläfen, er war vollkommen übermüdet. Ritter lag schon in einem Bett, und auch Ebertz war gerade im Begriff, seinen Anzug fein säuberlich auf einen Schemel zu legen.

Max erhob sich, zog den noch feuchten Mantel aus und hängte ihn an einen Kleiderständer in der Ecke. Er stellte seine Schuhe zum Trocknen vor einen kleinen Kanonenofen und legte seinen Anzug ebenfalls auf einen Schemel. Dann knipste er das Licht aus und kroch unter die Decke. Er hörte noch, wie sich Ebertz und Ritter leise unterhielten, dann fiel er in einen tiefen, traumlosen Schlaf.

# 12. KAPITEL

Max erwachte am nächsten Morgen, noch bevor es ganz hell wurde. Durch den Vorhang vor dem kleinen Fenster fiel das erste fahle Licht des Tages in den Schlafraum. Er hatte schlecht geschlafen und war immer wieder aus Alpträumen hochgeschreckt. Darin war nicht Schürmann unten in seinem Labor gewesen, als der Posten angegriffen wurde, sondern er. Verzweifelt hatte er Welle um Welle der Angreifer abgewehrt, doch war jedes Mal von den Massen an Feinden überrannt worden. Es hatte sich furchtbar echt angefühlt, als sich ihre Kugeln in seinen Körper gebohrt hatten. Max richtete sich auf und wartete einen Moment, bis sich die letzten Fetzen des Traums aus seinen Gedanken verzogen hatten.

Ebertz schnarchte noch friedlich vor sich hin, und auch Ritter lag mit geschlossenen Augen in seinem Bett. Max stand auf und streckte seine schmerzenden Gelenke und seinen Rücken. Dann ging er leise zum Fenster, hob den Vorhang ein wenig zur Seite und spähte hinaus. So früh am Morgen lag die Straße still und verlassen da, nur vereinzelt waren Handwerker oder Angestellte auf dem Weg zur Arbeit. Nebel waberte zwischen den Häusern und ließ die weiter entfernt stehenden Gebäude als unscharfe Silhouetten im Dunst versinken. Nässe lag auf der Fensterscheibe, und leises Tröpfeln kündigte bereits wieder Regen an.

Es nimmt einfach kein Ende, dachte er, seufzte und gab sich der Hoffnung hin, dass sich das Wetter irgendwann wieder einmal ändern *musste*. Er schlich zu seinem Bett zurück und zog sich leise an, anschließend ging er ins Bad, um sich zu waschen und die Zähne zu putzen. Das kalte Wasser schickte einen Schauer Adrenalin durch seinen Körper und brachte auch seinen Geist so richtig auf Touren. Zwar tat ihm immer noch alles weh, doch nun war er richtig wach. Er trat in den Schlafraum zurück und schloss die Tür hinter sich etwas lauter als nötig, um Ebertz und Ritter aufzuwecken. Er grinste, als die beiden ihn schlaftrunken anblinzelten, und ging nach unten in die Wachstube.

Der diensthabende Gendarm bot ihm einen Kaffee an, doch Max lehnte dankend ab und fragte stattdessen nach einem Tee. Kaffee hatte er noch nie wirklich gemocht, seiner Meinung nach roch er deutlich besser, als er schmeckte. Einer der Männer füllte Wasser in einen Kessel und setzte ihn auf den Ofen.

Max ging in den Besprechungsraum, wo er sich auf einen Stuhl sinken ließ. Kaum hatte er sich hingesetzt, betrat Schubert den Raum. Der Kommandant sah furchtbar aus, er war leichenblass und hatte schwarze Ringe unter den Augen. Wahrscheinlich hatte er die ganze Nacht kein Auge zugetan, vermutete Max.

»Haben Sie eine Abteilung zusammengestellt?«, fragte er.

Schubert nickte und sah auf die Uhr, die an der Wand hing. Es war kurz nach sechs. »Sie müssten jeden Augenblick hier auftauchen«, sagte er und trank einen Schluck aus der Tasse Kaffee, die er sich mitgebracht hatte.

Auch Ebertz und Ritter waren inzwischen aufgestanden und gesellten sich zu ihnen. Ein Gendarm trat ein und brachte Max seine Tasse Tee. »Ich schlage vor, wir fahren zuerst auf den Friedhof und sehen, ob wir bei der Beerdigung noch etwas herausfinden können, und anschließend weiter auf den Hof«, sagte Ebertz.

»Nur ein kleiner Hinweis«, sagte Schubert. »Obergubach selbst ist zu klein, um einen Friedhof zu haben. Der und die Kirche der Gemeinde, zu der der Ort gehört, befinden sich zwei Dörfer weiter.«

Ebertz zuckte die Schultern. »Das sollte kein Problem darstellen, oder? Dann fahren wir erst dorthin und danach nach Obergubach weiter.«

»Nein, kein Problem«, sagte Schubert. »Es ist nur ein Umweg von vielleicht einer halben Stunde.«

Max und Ritter nickten zustimmend. Da drangen Stimmen

von draußen durch das Fenster herein. Das musste der Suchtrupp sein, der sich im Hinterhof zusammenfand, vermutete Max. Nachdem sie besprochen hatten, wie sie vorgehen wollten, wickelten sie sich in ihre Mäntel ein und verließen das Gebäude durch den Hinterausgang.

Unter dem Vordach standen sechs Uniformierte, die rauchten und sich leise unterhielten. Max blickte in die Gesichter der Männer. Sie alle sahen erschöpft und angespannt aus, die Geschehnisse der vergangenen Tage hatten sie sichtbar mitgenommen. Nachdem Ebertz ihnen den Plan für diesen Tag kurz erklärt hatte, bestiegen sie die Wagen und fuhren nacheinander los, im ersten Max, Ebertz, Ritter und Schubert, im zweiten die Gendarmen. Auf menschenleeren Straßen bahnten sich die Polizeifahrzeuge ihren Weg durch den Nebel ins Pegnitztal hinein.

Die Kirchenglocke schlug zwölfmal, als der Trauergottesdienst begann. Unter empörtem Kreischen stoben zahlreiche Krähen beim ersten Läuten vom Turm auf. Max legte abseits des Kiesweges, der zwischen den Gräbern hindurch zur Kirche führte, den Kopf in den Nacken und beobachtete die Vögel, wie sie davonflogen. Währenddessen strömten zahlreiche Menschen an den Polizisten vorbei in die kleine Kirche.

»Anscheinend ist ganz Obergubach gekommen«, raunte er Ebertz zu, der neben ihm an der Mauer lehnte. Dann fügte er mit einem Blick auf die vielen Menschen hinzu: »Und die umliegenden Dörfer auch.« Ebertz brummte und wickelte den Mantel fester um seine Schultern.

»Wenn man bedenkt, dass angeblich niemand wirklich viel Kontakt mit den Toten hatte oder sie gut kannte, scheinen sehr viele Leute sehr traurig zu sein«, sagte Ritter trocken.

»Mischen wir uns doch unter das Volk und sehen mal, ob wir etwas herausfinden können«, sagte Ebertz und klatschte in die Hände.

Sie trennten sich und ließen sich mit dem Strom in die Kirche treiben. Die Bänke waren bis auf den letzten Platz besetzt, und selbst an den Seiten und im Eingangsbereich drängten sich die Menschen. Sogar die Empore war voll besetzt. Max drängelte sich durch die Menge nach vorne und erntete dafür mehrere abfällige Kommentare und sogar ein paar Stöße in den Rücken. Er ignorierte das alles und schob sich weiter vor, bis er seitlich des Altars neben dem Eingang zur Sakristei stand.

In der Menge erkannte er Ritter, der es irgendwie geschafft hatte, sich auf die Empore hinaufzukämpfen. Doch von Ebertz fehlte jede Spur. Er ist zu klein, dachte Max und konnte sich ein Grinsen nicht verkneifen. Einige Frauen in schwarzen Kleidern neben ihm mussten es gesehen haben, denn sie warfen ihm böse Blicke zu. Schnell machte er ein betroffenes Gesicht in der Hoffnung, nicht noch mehr Unmut auf sich zu ziehen.

Er ließ seinen Blick weiter durch die Kirche schweifen und wurde bald fündig. Er erkannte neben dem Ortsvorsteher Lampert auch den Briefträger Schöner, der die Leichen gefunden hatte, und einige andere Bewohner Obergubachs. Doch die meisten Anwesenden waren ihm vollkommen unbekannt. Als der Pfarrer, gefolgt von zwei Ministranten und begleitet von lauter Orgelmusik, aus der Sakristei heraustrat und zum Altar schritt, verstummten das Gemurmel und die leisen Gespräche, und alles erhob sich. Der Trauergottesdienst begann mit einem gemeinsamen Gebet für die Toten, bevor der Pfarrer mit seiner Predigt anfing.

Ob hier drin wirklich jeder so unschuldig und traurig ist, wie sie alle schauen?, fragte sich Max, während er die betroffenen Gesichter der Gottesdienstbesucher betrachtete. Vielleicht sitzen hier ja auch ein oder mehrere Mörder unter uns. Bei dem Gedanken spannten sich Geist und Körper, und seine Hand tastete unauffällig nach der Pistole, die normalerweise in einem Schulterholster unter seinem Mantel verborgen war. Doch sie hatten vor dem Betreten der Kirche ihre Waffen abgelegt, und so griff er ins Leere.

Es war ein schöner Gottesdienst gewesen, fand Max, als er sich eine Dreiviertelstunde später mit der Menge nach draußen treiben ließ. Der Pfarrer hatte viel von Seelenheil und Vergebung der Sünden gesprochen, und Max fragte sich, ob es dafür einen konkreten Anlass gegeben hatte, von dem sie bislang nichts wussten.

»Habt ihr irgendwas bemerkt?«, fragte Ebertz, als sie später alle wieder ihre Waffen aus dem Auto geholt hatten und nun neben dem Eingang an der Friedhofsmauer zusammenstanden. »Hat sich jemand seltsam benommen?«

»Es war eine ganz normale Beerdigung«, sagte Ritter. »Alles ist so abgelaufen, wie es sich gehört. Mir ist dabei nichts Ungewöhnliches aufgefallen, allerdings habe ich hier auch noch kaum einen Überblick.«

Auch Max verneinte die Frage.

»Also gut. Ich werde mit dem Pfarrer sprechen, vielleicht kann er mir etwas über die beiden Toten erzählen«, sagte Ebertz. »Als Seelsorger kennt er bestimmt alle Mitglieder seiner Gemeinde sehr gut und weiß etwas über ihre Geheimnisse. Seht ihr euch doch bitte noch einmal die Trauergäste an. Vielleicht ist ja jemand hier, der nicht hier sein sollte – oder es fehlt jemand, den man erwarten würde.«

Während sich Ebertz durch die herausströmenden Menschen zurück in die Kirche kämpfte, verließen Max und Ritter das Gelände und überquerten die kleine Dorfstraße, wo Schubert mit mehreren Gendarmen neben den geparkten Automobilen wartete.

»Ich bin ein durchaus gottesfürchtiger Mann, aber der Herrgott mag's mir nachsehen, dass es mir da drin heute deutlich zu voll war«, sagte er zur Begrüßung. »Wie war es? Konnten Sie noch etwas in Erfahrung bringen?«

Max schüttelte den Kopf. Er sah sich zwischen den aus der Kirche strömenden Leuten um, konnte allerdings auch hier nichts Verdächtiges entdecken. Doch dann zupfte Ritter an seinem Ärmel.

»Drehen Sie sich jetzt nicht um und verhalten Sie sich ganz normal«, raunte er ihm zu. »Aber ich glaube, wir werden beobachtet.«

Max' ganzer Körper spannte sich an, und seine Nackenhaare stellten sich auf. »Wo? Von wem?«, flüsterte er zurück und gab sich dabei Mühe, so gleichgültig wie möglich in der Gegend herumzublicken.

Ritter drehte sich um und legte die Arme auf das Dach des Gendarmeriewagens. »Die Friedhofsmauer entlang, an der Kreuzung zur nächsten Straße, etwa fünfzig Meter entfernt. Ein ziemlich heruntergekommener Kerl steht hinter dem Busch und sieht die ganze Zeit zu uns herüber.«

Max nickte. »Haben Sie es mitbekommen?«, fragte er Schubert, der sich mit dem unschuldigsten Gesicht, zu dem er fähig war, gelangweilt eine Zigarette anzündete. »Ja«, presste er zwischen den Zähnen hindurch. »Wenn wir geradeaus gehen und dann hinter der Kirche links abbiegen, können wir ihn in seinem Rücken packen.«

»Ziemlich riskant«, sagte Ritter und kickte einen Stein quer über die Straße, wofür er böse Blicke von einigen der älteren Kirchenbesucher erntete. »Er hat eine gute Position und nur eine Straße im Rücken, durch die er schnell die Flucht antreten kann, sobald er merkt, dass wir ihn entdeckt haben.«

»Ganz abgesehen davon wird er kaum da stehen bleiben, wenn wir hier alle gleichzeitig weggehen«, sagte Max. »Wir müssen uns schon aufteilen. Mein Vorschlag: Ihr beide bleibt hier und beschäftigt ihn. Gebt ihm etwas zu sehen, was ihn ablenkt. Ich versuche, von hinten an ihn heranzukommen.«

Er wartete keine Antwort ab, sondern schlenderte, die Hände in den Manteltaschen vergraben, auf den Vikar zu, der gerade aus der Kirche kam.

»Ah, kann ich Sie noch einen Moment sprechen?«, rief er laut und zog den überraschten Mann am Ärmel zurück in Richtung Kirche. Aus den Augenwinkeln heraus sah er, wie Ritter, Schubert und die beiden Gendarmen sich auf der Straße verteilten und einige der Passanten in Gespräche verwickelten. Gut so, dachte er. Jetzt hat der Späher genug damit zu tun, euch alle im Blick zu behalten.

»Was wollen Sie denn von mir wissen?«, fragte der Vikar verwirrt, als sie die Eingangstür erreicht hatten. »Und wer sind Sie überhaupt?«

»Ach, nichts, ich habe mich getäuscht«, murmelte Max, als er sicher war, dass ihn der Späher nicht mehr sehen konnte. »Haben Sie trotzdem vielen Dank.«

Kies knirschte unter seinen Füßen, als er mit schnellen Schritten auf der anderen Seite der Kirche über den Friedhof lief. Eng an die Friedhofsmauer gepresst, schlich er zwischen den nun weniger werdenden Gottesdienstbesuchern die Gasse entlang, wobei er jeden Vorsprung und jeden überhängenden Busch, so gut es ging, als Deckung nutzte. Kurz darauf entdeckte er weniger als zehn Meter vor sich eine Gestalt, die sich in einen Strauch drückte und gespannt in die andere Richtung sah.

Max verlangsamte seine Schritte und gab sich größte Mühe, nicht das geringste Geräusch zu machen. Das Herz schlug ihm bis zum Hals, und er atmete flach durch den Mund. Langsam tasteten seine Finger nach der Luger unter seiner linken Achsel. Nun war er nur noch fünf Meter von dem Mann entfernt. Er erkannte abgetragene und derbe Arbeitskleidung und eine speckige Mütze über seinen ungewaschenen Haaren. Er zog die Luger aus dem Holster, atmete tief ein und hielt die Luft an. Dann sprang er die letzten beiden Schritte vorwärts, packte den Mann am Kragen und riss ihn zu Boden.

»Polizei, Sie sind festgenommen!«, schrie er und drückte dem Mann gleichzeitig den Pistolenlauf ins Genick. Das war das Zeichen für Ritter, Schubert und die Gendarmen. Als sie seinen Ruf hörten, eilten sie zu ihm.

Der Späher versuchte, sich zu befreien, doch Max packte ihn noch fester am Kragen und rammte ihm das Knie in den Rücken. »Hör sofort auf zu zappeln, oder ich schieß dir ins

Bein«, drohte er und entsicherte seine Pistole. Als der Mann das vertraute metallische Klicken hörte, ließ sein Widerstand nach, und er blieb ruhig auf dem Bauch liegen.

Max erhob sich und zog den Mann unsanft auf die Füße.

Auch Ebertz kam nun angelaufen. »Schön die Hände oben lassen«, rief er. »Ritter, durchsuchen Sie ihn.«

»Was wollt ihr denn von mir?«, fragte der Späher näselnd. »Ich bin nur ein braver Bürger, der sich eine Kirche angesehen hat.«

»Tu uns allen einen Gefallen und lass die Spielchen sein, Junge«, sagte Ebertz barsch. »Wir wissen, wer du bist und was du hier machst. Also, heraus mit der Sprache: Wo finden wir Berger?«

»Ich hab keine Ahnung, wovon ihr redet.« Der Mann grinste feist und entblößte dabei eine Reihe ungepflegter gelber Zähne.

»In seinen Taschen hat er nichts außer einer Packung Zigaretten und einer Schachtel Streichhölzer«, sagte Ritter.

»Wo versteckt ihr euch?« Max packte den Mann am Kragen. »Wo ist euer Lager?«

»Was fürn Lager denn?«, fragte der andere.

»Es spielt keine Rolle, wer an dem Überfall auf die Gendarmeriestation tatsächlich beteiligt war«, sagte Ebertz ruhig und steckte seine Waffe ein. »Ihr werdet alle gemeinsam angeklagt und auch gemeinsam wegen Verschwörung, Mord und anderer Verbrechen hingerichtet werden. Wenn du uns hilfst, verspreche ich dir, dass ich mich für dich einsetze, damit deine Strafe in Zuchthaus umgewandelt wird.«

Der Mann streckte den Kopf nach vorne, bis er ganz nah vor Ebertz' Gesicht war. »Leck mich am Arsch, du Drecksau!«, presste er heraus und spuckte dem Ermittler mitten ins Gesicht. Schubert und Ritter ließen empörte Laute hören.

»Jetzt reicht es«, knurrte Max, packte den Mann und zog ihn die Straße entlang zu ihrem Wagen.

»Wo bringt ihr mich hin? Ich habe nichts getan!« Max ignorierte den Protest, legte dem Mann wortlos Handschellen an und stieß ihn auf die Rücksitzbank. Dann setzte er sich hinters Steuer und wartete, bis Ebertz und Ritter ebenfalls eingestiegen waren, bevor er das Gas voll durchtrat und der Wagen mit quietschenden Reifen losfuhr. Im Rückspiegel sah er, dass Schubert und die Gendarmen ihnen in dem zweiten Wagen folgten.

»Ey, was soll'n das?«, fragte der Gefesselte. »Dazu seid ihr gar nicht berechtigt. Lasst mich gefälligst sofort wieder frei, ihr habt gar keine Beweise oder so was.«

Doch niemand ging darauf ein. Stattdessen fragte Max, als er den Wagen aus dem Dorf herauslenkte: »Du bist also Kämpfer, ein Soldat, ja?«

»Aber klar«, grinste der Mann. »Ich bin nicht so 'n Schwächling wie ihr.«

Max nickte grimmig. »Gut, dann behandeln wir dich auch so.«

Das schien den Mann zu beunruhigen. »Was meinst'n damit?«, fragte er und blickte nervös zwischen ihnen hin und her. »He, ich rede mit dir!«

Max brachte den Wagen mitten auf der Straße zum Stehen. Um sie herum lagen nur weite Wiesen und Felder. Er stieg aus, ging um das Auto herum und zerrte den gefesselten Freischärler heraus, der heftig protestierte. »Spinnst du, was soll der Mist?«, fragte er. »Schon mal was von der Haager Landkriegsordnung gehört? Ihr müsst mich anständig behandeln!«

Max schubste ihn das Bankett hinab in ein Feld. »Los, geh weiter!«, befahl er ihm.

Der Mann wollte erneut protestieren, doch Max versetzte ihm eine so kräftige Ohrfeige, dass er in den Dreck fiel. Dann packte er ihn an den Haaren und zog ihn auf den Knien mehrere Meter weiter.

»Tut doch was, helft mir!«, schrie der Mann panisch an Ebertz und Ritter gewandt. »Der Typ ist vollkommen durchgeknallt!« Doch die beiden Beamten standen nur breitbeinig auf der Straße und sahen ihnen zu. Auch Schubert und die

Gendarmen beobachteten die Szenerie neben ihrem Wagen stehend.

»Die Haager Landkriegsordnung besagt, dass Kombattanten eine Uniform tragen oder zumindest deutlich gekennzeichnet sind sowie ihre Waffen nicht versteckt tragen dürfen«, sagte Max laut.

»W-was?« Die Stimme des Mannes überschlug sich.

»Tun sie das nicht, sind sie nicht als Kombattanten anzusehen und stehen somit auch nicht unter dem Schutz der Haager Landkriegsordnung. Demzufolge sind diese Personen an Ort und Stelle standrechtlich zu erschießen.« Er zog seine Luger und spannte den Hahn.

»Spinnst du? Das kannst du doch nicht machen!«, kreischte der andere und versuchte verzweifelt, auf die Füße zu kommen. Doch Max packte ihn an der Schulter, zwang ihn wieder auf die Knie und hielt ihm den Pistolenlauf an die Stirn.

»D-das kannst du echt nicht machen!« Tränen liefen dem Mann über die Wangen, und ein dunkler Fleck auf seiner Hose verriet, dass er sich eingenässt hatte. »Du bist Polizist!«

»Du wolltest wie ein Soldat behandelt werden«, sagte Max ruhig. »Ich bin Unteroffizier Reinhardt, 21. Bayerisches Infanterie-Regiment, ausgezeichnet mit dem Eisernen Kreuz zweiter und erster Klasse.«

Der andere brachte kein Wort mehr über die Lippen. »B-bitte nicht«, schluchzte er.

»Das ist deine letzte Chance«, bot ihm Max einen Ausweg. »Rede mit uns, und du kommst hier lebend raus.«

Das zeigte Wirkung. »Ja, ja, ich rede!«, rief der Mann und richtete sich auf. »Ich erzähle euch alles! Was wollt ihr wissen? Soll ich euch sagen, wo unser Lager ist? Oder wann wir den Nachschub vom Hof holen?«

»Immer mit der Ruhe«, sagte Max, steckte seine Pistole ein und half dem Mann auf die Beine. Dann führte er ihn zur Straße zurück und setzte ihn wieder in den Wagen.

»Meine Güte, ich dachte für einen Moment wirklich, du

bringst ihn um«, flüsterte Ebertz, darauf achtend, dass der Gefangene weder seine Worte hören noch sein Gesicht sehen konnte.

»Ich auch«, sagte Max leise. »Ich dachte das auch.«

Er hatte sich beinahe selbst nicht mehr erkannt, waren solche Methoden doch so gar nicht seine Art. Es muss eine klare Grenze geben zwischen denen und uns, war seine Devise, und deshalb halten wir uns an die Regeln, auch wenn die das nicht tun. Gut und Böse mussten im Gleichgewicht bleiben, damit die Welt nicht aus den Fugen geriet. Doch wenn die Guten selbst zu den Bösen wurden, dann ging alles vor die Hunde. Und wo zog man die Grenze, wie weit man gehen durfte? Waren ein paar Ohrfeigen oder Kinnhaken in Ordnung, um einen mutmaßlichen Entführer zu einem Geständnis zu bringen und das Opfer rechtzeitig zu finden? Oder konnte man einen angeblichen Kindermörder gleich erledigen, um so der Justiz ein aufwendiges Verfahren und dem Steuerzahler Geld zu sparen? Nein, es musste Regeln geben. Denn ansonsten wurden sie selbst zu denen, die sie jagten.

»Ist das Ihre übliche Vorgehensweise bei der Mordkommission?«, fragte Ritter prompt mit einem leicht zynischen Unterton.

Max ignorierte die Frage und wandte sich an den gefangenen Freischärler: »Es wird jetzt Zeit zu reden.«

Der Mann sah sie mit großen geröteten Augen an und holte tief Luft.

# 13. KAPITEL

Als sie in Obergubach ankamen, war es bereits früher Nachmittag. Zwar hatte der Tag den Nebel der Nacht verdrängt, doch zeigte er nun nur sein allzu bekanntes graues Gesicht. Sie fuhren auf den Marktplatz und hielten wie die vorherigen Male vor dem Gasthaus. Den Gefangenen hatten sie mit dem Wagen der Gendarmerie nach Hersbruck geschickt, wo er nun schon in einer Zelle im Untergeschoss der Gendarmeriestation sitzen müsste. Zwei Uniformierte waren mit ihm gefahren, sie hatten zusätzlich den Auftrag, sofort nach ihrer Ankunft telefonisch Verstärkung durch die Landespolizei anzufordern. Der Rest hatte sich in den Wagen der Kriminalpolizei gequetscht. Einer nach dem anderen kletterten sie nun aus dem für sie viel zu engen Auto und streckten ihre Glieder.

»Was für eine Fahrt!«, stöhnte Schubert und drückte seinen Rücken durch.

»Meine Herren, ich möchte, dass Sie sich auf das Äußerste gefasst machen«, wandte sich Ebertz an die versammelte Mannschaft. »Sie wissen, dass wir es mit extrem gefährlichen Leuten zu tun haben, die keine Sekunde zögern, von der Waffe Gebrauch zu machen. Wer sich dafür nicht bereit fühlt, sagt bitte jetzt Bescheid, später wird es dazu keine Gelegenheit mehr geben.«

Er sah jedem Einzelnen ins Gesicht, doch überall sah er nur grimmige Entschlossenheit. Die Gendarmen hatten den Angriff auf ihre Station längst nicht vergessen und wollten sich für den Tod ihrer Kameraden rächen.

»Also gut.« Ebertz klatschte mal wieder in die Hände, dann wandte er sich an Schubert. »Was haben wir an Waffen?«

Der Kommandant schob seine Mütze in den Nacken und kratzte sich an der Schläfe. »Jeder Mann hat eine Pistole, und dann haben wir aus unserer Waffenkammer sechs Mauser-Gewehre Modell 1888. Wir sind leider nicht so gut und modern ausgerüstet wie die Landespolizei.«

»Sechs veraltete Gewehre für neun Leute«, seufzte Max. »Aber es hilft nichts, das muss genügen.«

Sie folgten dem Weg neben dem Gasthaus und gingen nacheinander den Knüppeldamm entlang in Richtung des Bauernhofes der Familie Maul. Der Ort sieht noch bedrohlicher aus als bei unserem ersten *Besuch* hier, dachte Max, als er das flache Gebäude erblickte, über dem der dichte Wald thronte. In diesem Wald hat wahrlich der Teufel Unterschlupf gefunden, dachte er. Der Name Drudenholz, den die Einheimischen diesem Forst gegeben hatten, konnte gar nicht treffender sein. Und wer weiß, was da oben in den Hügeln noch alles auf uns wartet? Ein Schauer lief ihm über den Rücken, während er über das nasse, rutschige Holz balancierte.

Als sie den Hof erreichten, teilten sie sich in mehrere Gruppen auf. Zuerst wollten sie das auf dem Hof befindliche Nachschublager finden und ausheben und anschließend den Rest der Freischärler festsetzen. Eine Gruppe nahm sich den Geräteschuppen vor, eine zweite den Stall, und die letzte Gruppe, bestehend aus Max, Ebertz und Ritter, durchsuchte das Hauptgebäude von unten bis oben.

Max drückte den Türgriff nach unten und öffnete die Tür zum Wohnhaus. Erneut schlug ihnen ein modriger Geruch entgegen. Wissend, dass es in den Zimmern keinen Strom gab, hatten sie Taschenlampen eingepackt; nun, beim Betreten des Gebäudes, wanderten die Lichtkegel über die zahlreichen Kruzifixe und verblassten Fotografien an den Wänden des kleinen Vorraumes. Immer noch hing ein starker Verwesungsgeruch in der Luft, wenn auch längst nicht mehr so stark wie wenige Tage zuvor.

Sie besprachen ihr weiteres Vorgehen und entschieden sich dazu, sich noch einmal aufzuteilen: Max würde den Vorraum genauer unter die Lupe nehmen, Ebertz in der Wohnstube anfangen und Ritter damit beginnen, den hinteren Bereich des

Hauses zu durchsuchen. Wenn sie mit den vorderen Zimmern fertig waren, würden sie anschließend zu ihm stoßen.

Erneut leuchtete Max die Wände mit den zahllosen Bildern und Kreuzen ab. Ein Schauer lief ihm über den Rücken, er kam sich vor wie in einer Gruft. Der geschnitzte Spruch über der Tür – »Gott segne dieses Haus« – wirkte auf ihn wie der pure Hohn. Mit einem Streichholz zündete er eine Petroleumlampe an, die er von einem Tisch im Wohnbereich mitgenommen hatte. Flackerndes Licht erhellte den Raum und warf tanzende Schatten an die Wände, sobald er sich drehte.

Ein Blick an die Decke zeigte ihm, dass hier keine ausklappbare Leiter ins obere Stockwerk führte, der Putz war alt und unbeschädigt. Auch die Dielen des Fußbodens wiesen keinerlei Besonderheit auf, in ihren Ritzen hatte sich nur reichlich Schmutz und Staub festgesetzt. Nachdem er jeden Zentimeter so genau wie möglich untersucht hatte, kehrte er ins Wohnzimmer zurück, wo Ebertz hinter Bildern nach Schlüsseln oder Papieren suchte.

»Das Gebäude ist nicht unterkellert, aber einen Dachboden gibt es«, sagte Max. »Im Stall führt eine Leiter nach oben, wenn ich mich recht erinnere. Ich sehe mir das einmal an.«

Ebertz blickte kurz auf und nickte. Dann widmete er sich wieder seiner Suche. Max verließ den Wohnbereich durch die Küche und ging den schmalen Durchgang in Richtung Stall entlang. Lautes Rütteln und Quietschen verkündete, dass Ritter versuchte, den Schrank in einem der Schlafzimmer zu verrücken. Er selbst trat durch die niedrige Holztür in den Stall. Auf der rechten Seite führte eine schmale Leiter ins obere Geschoss.

»War schon jemand oben?«, fragte Max die Gendarmen, die gerade dabei waren, den Boden Stück für Stück abzusuchen, doch die Männer schüttelten die Köpfe. Mehrere Augenpaare sahen ihm nach, als er die Sprossen nach oben kletterte. Dann widmeten sich die Kühe wieder ihrem Futter, das ihnen benachbarte Landwirte oder die Gendarmen in den Stall geharkt hatten.

Er schob sich durch die enge Öffnung und stemmte sich mit den Händen auf den einfachen Holzboden. Nach der wohligen Wärme des Stalls wurde es ihm hier oben regelrecht kalt, er konnte sogar seinen Atem sehen, obwohl es so dämmerig war. Nur durch einige kleine Milchglasfenster, auf denen sich eine dicke Schicht aus Staub und Schmutz festgesetzt hatte, fiel fahles Licht herein.

Max schaltete seine Taschenlampe ein und leuchtete durch das Zwielicht. Der Dachboden war vom Stall bis zum Wohngebäude als durchgängiger Raum gebaut worden, sodass man problemlos von einem Ende des Gebäudes zum anderen gelangen konnte. Mit eingezogenem Kopf schlängelte er sich an Dachsparren vorbei. Hin und wieder entdeckte er neben alten, verrosteten Werkzeugen und Gartengeräten einige alte Koffer oder Kisten. Doch diese enthielten entweder nur modrig riechende Kleidungsstücke oder waren leer.

Mit der Hand wischte er den Schmutz von einem der kleinen Fenster und blickte hinaus. Er befand sich in der Ecke, wo Stall- und Wohngebäude in einem rechten Winkel zusammenstießen, sodass es von oben betrachtet wie der Buchstabe L aussah. Von hier aus hatte er einen guten Ausblick über den gesamten Hof. Weil das Grundstück leicht erhöht lag, erkannte er sogar den Dorfplatz. Er beobachtete, wie im Geräteschuppen die Gendarmen mühsam einen schweren Pflug beiseitehievten, um zu sehen, ob sich darunter etwas verbarg. Ritter hörte er im Erdgeschoss ein Bett verschieben.

Er ging weiter ans andere Ende, bis er über dem Eingangsbereich stand. Auch hier war ein Fenster. Wieder blickte er hinaus, diesmal auf den Stall. Doch das Tor war geschlossen, und es zeigte sich weder Mensch noch Tier. Und auch hier fand er außer Schmutz und alten Spinnweben nichts. So wandte er sich wieder um und ging zurück.

Plötzlich blieb er wie angewurzelt stehen. Es war so offensichtlich gewesen, dass er es übersehen hatte, obwohl er es direkt vor seinen Augen gehabt hatte!

Mit eingezogenem Kopf hastete er zurück, darauf bedacht, sich nicht den Kopf an den Sparren anzuschlagen, bis er wieder über dem Eingangsbereich stand. Fast musste er laut lachen, als er aus dem Fenster blickte. Klar sah er auf der Scheibe vor sich die schmierigen Wischspuren. Jemand war vor nicht allzu langer Zeit hier oben gewesen und hatte aus genau diesem Fenster geblickt! So wie Max musste er die Schicht aus Schmutz und Staub von der Scheibe wischen, um etwas zu sehen.

Er leuchtete mit der Taschenlampe alles in der näheren Umgebung ab und entdeckte schließlich etwas auf dem Boden direkt unter dem Fenster. Max ging in die Knie und betrachtete das Häuflein genauer. Es war Zigarettenasche. Noch relativ frisch, stellte er fest. Sie hat sich noch nicht mit dem anderen Schmutz oder Staub hier oben vermischt. Jemand hatte also hier oben gestanden, hatte geraucht und aus dem Fenster gesehen. Er erhob sich und spähte noch einmal durch die Milchglasscheibe. Doch sosehr er sich auch verdrehte und seinen Kopf in die Ecken presste, außer dem Stall und dem Geräteschuppen sah er nur Felder und einige Häuser im Dorf. Akribisch leuchtete er mit der Taschenlampe noch einmal jeden Zentimeter des Dachbodens ab und prüfte jedes der kleinen Fenster auf ähnliche Spuren, doch fand er weiter keine Hinweise, dass sich in jüngster Vergangenheit noch irgendwo anders jemand aufgehalten hatte. Also kletterte er wieder hinab in den Stall.

Die Gendarmen hatten anscheinend inzwischen den Boden und die Wände abgesucht und waren gerade dabei, mit langen Mistgabeln das Heu umzudrehen. Er kehrte zurück in den Wohnbereich, wo Ebertz damit beschäftigt war, den Fußboden zu untersuchen. Der Kommissar blickte auf, als Max den Raum betrat.

»Hast du etwas gefunden?«

»Wie man's nimmt.« Er zeigte mit dem Finger nach oben. »Über dem Eingangsbereich liegt relativ frische Zigarettenasche, und der Dreck ist von der Fensterscheibe gewischt.

Jemand hat da vor nicht allzu langer Zeit gestanden und hinausgesehen.«

Ebertz zog fragend die Augenbrauen hoch.

»Ich habe es ausprobiert, man sieht den Geräteschuppen, den Stall und ansonsten nur ein paar Felder. Die Aussicht ist also nicht gerade berauschend, deswegen vermute ich eher, dass jemand oder etwas gezielt beobachtet wurde.«

»Im ganzen Haus habe ich weder einen Aschenbecher noch Tabak oder sonst einen Hinweis auf einen Raucher in der Familie gefunden«, sagte Ritter, der in der Zwischenzeit ebenfalls in das Wohnzimmer getreten war und Max' Bericht gelauscht hatte. »Es dürfte daher keiner der beiden Bauern, sondern wahrscheinlich eher einer der Freischärler gewesen sein.«

»Anders kann es fast nicht sein«, sagte Max. Er überlegte einen Augenblick. »Vielleicht stand dort oben ja ein Posten, der das Bringen oder Abholen von Verpflegung und Munition überwacht hat? Immerhin kann man genau den Bereich überblicken, von wo aus sich jemand aus dem Dorf nähern könnte.«

»Hmm, wenn man bedenkt, wo dieser mutmaßliche Posten ist, muss man auch überlegen, wo sich das Nachschublager befindet, damit man von dort oben im Ernstfall jemanden schnell warnen kann, falls sich irgendjemand nähern sollte«, warf Ebertz ein.

Da kam Max eine Idee. »Wenn man einen zweiten Mann an der Leiter stehen hat, kann man ziemlich leicht jemanden im Stall warnen!«

»Dann sollten wir dort noch einmal genauer nachsehen. Ein anderer Ort ergäbe meiner Meinung nach ohnehin keinen Sinn, das Wohngebäude ist viel zu eng und unpraktisch, und im offenen Geräteschuppen ist man auf dem sprichwörtlichen Präsentierteller.«

Sie verließen den Wohnbereich und gingen in den Stall. Die Gendarmen dort hatten nun auch das Heu durchsucht und machten schwer atmend eine Pause. Schweiß glänzte auf ihren Gesichtern. »Wir haben die Wände, den Boden und das Heu durchsucht«, sagte einer von ihnen. »Wir haben auch in jedes Fass und jede Kiste g'schaut. Aber g'funden haben wir bisher nichts.«

Da kamen die Gendarmen, die den Geräteschuppen untersucht hatten, durch das Tor herein. Der Nieselregen hatte ihre Uniformen durchweicht. Sie schüttelten das Wasser ab und berichteten: »Nichts. Der Boden ist nichts als festg'tretener Lehm und hart wie Stein, da hat garantiert keiner was vergraben! Ansonsten gibt's da nur noch die Maschinen, und auch in denen ist nichts versteckt.«

Max sah sich im Stall um. Irgendwo musste das verdammte Zeug doch stecken! Der Boden bestand auch hier aus festgestampftem Lehm. Hier würde niemand etwas so vergraben können, dass es nicht auffiele. Auch die Wände schieden als mögliches Versteck aus, von den einfachen Mauersteinen bröckelte teilweise schon der sichtbar alte Putz ab. Doch dann fiel sein Blick auf die eine Stelle, an der die Gendarmen noch nicht gesucht hatten. Er lächelte. Das Versteck war genial! So einfach und fast schon offensichtlich, dass niemand es bemerkte. Er zeigte mit dem Finger darauf: »Hat jemand unter den Kühen nachgesehen?«

Alle sahen ihn mit großen Augen an, als hätte er den Verstand verloren. Max kletterte über das Geländer und drängte die Tiere, die protestierend muhten, zur Seite. Mit dem Schuh fegte er Schmutz und Stroh beiseite und klopfte den Boden ab. Schließlich stieß er auf etwas, das hohl klang. Mit einer Schaufel kratzte Max den Dreck und festgeklebtes Stroh weg. Zum Vorschein kam eine hölzerne Falltür. Triumphierend blickte er zu Ebertz und Ritter, bevor er kräftig an dem Metallring zog und die Klappe öffnete.

Eine schmale Leiter führte in eine dunkle Kammer hinab. Max leuchtete mit der Taschenlampe in die Finsternis und erkannte mehrere große Holzkisten, die aufgestapelt an der Wand neben der Leiter standen.

Vorsichtig kletterte er die Sprossen hinunter und ließ seinen

Blick schweifen. Die Kammer war relativ groß – er schätzte sie auf etwa drei Meter breit und sechs Meter lang – und gerade so hoch, dass er gebückt darin stehen konnte. Die Kisten und kleinen Fässer verdeckten die Wände des länglichen Raums. Max zog sein Taschenmesser heraus und hebelte den Deckel einer der Kisten auf. Sie war mit Konserven gefüllt. Eine andere enthielt Pappboxen mit Munitionsstreifen für Mauser-Gewehre, wie sie auch die Reichswehr verwendete.

»Meine Güte, damit könnte man ja eine ganze Armee versorgen!«

Ritter und Ebertz waren inzwischen ebenfalls herabgestiegen.

»Wie hält das alles, dass es nicht zusammenbricht?«, fragte Ebertz staunend. »Das ist ja direkt unter den Tieren.«

»Sie haben die Wände mit Ziegelsteinen verstärkt und die Decke mit dicken Holzbohlen und Pfählen abgestützt.« In Ritters Stimme schwang Anerkennung mit. »Das ist wirklich raffiniert gebaut!«

»Mich interessiert, wo sie das ganze Zeug hier genau herhaben«, sagte Max.

»Lasst uns noch einmal im Wohnhaus gezielt nach Quittungen und Belegen suchen«, sagte Ebertz. »Dann bringen wir diese Sachen hier weg.«

Sie kletterten wieder nach oben und schlossen die Falltür, damit keines der Tiere hineinfiel. Dann kehrten sie in den Wohnbereich des Gebäudes zurück.

Max durchsuchte einen Sekretär, der im Wohnzimmer an einer Wand stand. Darin lagen haufenweise alte Briefe und Rechnungen über landwirtschaftliche Werkzeuge und Futter für die Tiere. Während er die Stapel durchging, überkam ihn plötzlich eine seltsame Unruhe. Er spähte aus dem Fenster, sah jedoch nur den Geräteschuppen und den Stall. Kein Mensch weit und breit. Nur der Regen nieselte unaufhörlich herab.

»Stimmt etwas nicht?« Ritter war neben ihn getreten und blickte ebenfalls hinaus. »Ich sehe rein gar nichts.«

»Ich habe so ein Gefühl«, murmelte Max und sah die beiden an. »Es ist so weit, sie kommen.«

Ebertz' Augen weiteten sich. Er nestelte seine Taschenuhr hervor und warf einen Blick darauf. »Du hast recht.« Er ging ebenfalls zum Fenster und spähte nervös hinaus. »Wir sollten uns vorbereiten.«

Der Späher, den sie festgenommen hatten, hatte geredet wie ein Wasserfall. Er hatte ihnen erzählt, dass heute weiterer Nachschub vom Hof in ihr Lager in dem Grabensystem gebracht werden sollte. Man wollte es ausnutzen, dass nahezu alle Einwohner Obergubachs bei der Beerdigung sein würden und somit kaum die Gefahr bestand, von jemandem beobachtet zu werden. Deshalb hatte man auch ihn ausgesandt, er hatte den Auftrag, die Kriminalbeamten im Auge zu behalten, damit sie nicht überraschenderweise auftauchten, während die Aktion in vollem Gange wäre. Er hatte ihnen auch die genaue Uhrzeit genannt, wann der Trupp Freischärler eintreffen würde, lediglich den Standort des Lagers hatte der Späher nicht gekannt, weswegen sie selbst danach hatten suchen müssen.

Zwar hatten sie auch überlegt, sich von den Männern dorthin führen zu lassen, doch dann hätten die sich womöglich in dem Gebäude verschanzt und damit jede Chance vereitelt, die Soldaten zu überwältigen, da sie denen zahlenmäßig unterlegen waren. Stattdessen verteilten sie sich nun strategisch auf dem Gelände und in den Zimmern und hielten sich versteckt, um die Freischärler auf offenem Gelände, wo diese kaum eine Deckung finden würden, in Empfang zu nehmen.

Max verließ den Wohnraum, ging durch das Eingangszimmer und trat hinaus auf den Hof. Irgendetwas Seltsames lag in der Luft und drückte ihm auf die Brust. Er spürte Gefahr, ohne sie jedoch greifen zu können. Während er seinen Blick über den Hof schweifen ließ, tasteten seine Finger instinktiv nach der Luger in seinem Schulterholster. Er hörte hinter sich ein Geräusch, im nächsten Moment trat Schubert aus der Tür. Der Gendarm sah ihn an.

»Alles in Ordnung?«, fragte er. »Der Gefangene hat uns doch genau gesagt, wann und aus welcher Richtung sie kommen werden. Oder hat er uns angelogen?«

»Ich weiß es nicht«, sagte Max. »Irgendetwas stimmt nicht.«

Schubert zog die Augenbrauen hoch. »Was meinen Sie?«

Mit einer Geste bedeutete ihm Max zu schweigen. Er war sich sicher, neben dem Geräteschuppen eine Bewegung gesehen zu haben. Doch durch den Dunst und den Nieselregen konnte er nichts erkennen, das Grau hing wie ein Schleier vor seinen Augen.

Max zog die Luger aus dem Holster und entsicherte sie. Mit geschärften Sinnen ging er ein paar Schritte auf den Hof und hinterließ dabei tiefe Spuren im Matsch. Eiskaltes Wasser lief ihm in die Schuhe. Kein Laut war zu hören und kein Lebewesen zu sehen. Ein mulmiges Gefühl machte sich in seinem Magen breit und kroch hinauf bis in seine Kehle. Es fühlte sich an wie die absolute Stille vor einem Angriff. Kein Lüftchen regte sich, bevor dann urplötzlich mit aller Gewalt ein tosender Sturm aus Granaten, Kugeln und Artilleriegeschossen über einen hereinbrach. Vorsichtig ging Max auf den Stall zu, den Geräteschuppen immer im Auge behaltend. Mit seiner freien Hand stemmte er das schwere Stalltor auf und blieb in der Öffnung stehen, bereit, jederzeit in Deckung zu springen. Hinter den Fenstern machten sich die Gendarmen auf den ihnen zugewiesenen Posten für den aller Wahrscheinlichkeit nach unausweichlichen Kampf bereit.

»Ist alles in Ordnung, Herr Kommissar?«, fragte einer der Uniformierten, der im Stall in Stellung gegangen war und nun zu ihm heraustrat.

Er wollte ihm gerade antworten, doch bevor er ein Wort sagen konnte, krachte ein Schuss, und der Uniformierte fiel, in die Brust getroffen, in den Matsch.

»Scharfschütze!«, schrie Max und versuchte blitzschnell herauszufinden, von wo der Schuss gekommen war. Verdammt!, dachte er, sie haben einen Mann vorgeschickt, der sich unbemerkt an uns herangeschlichen hat. Obwohl sie rechtzeitig auf dem Hof gewesen waren, dass der Haupttrupp der Freischärler sie nicht gesehen hatte, waren sie dennoch aufgeflogen.

»Bleiben Sie hier!«, rief Max aus der Deckung des Stalltores einem weiteren Gendarmen zu, doch es war zu spät. Der Mann wollte seinem Kameraden helfen, nicht gewahr, dass der bereits tot war, und lief aus dem Stall heraus. Doch nach drei Schritten sackte er mit einem Schmerzensschrei zu Boden. Eine Kugel hatte ihn ins Bein getroffen.

Schubert und zwei seiner Männer kamen mit gezogenen Waffen durch den Verbindungsgang aus dem Wohnbereich in den Stall gelaufen.

»Wir müssen ihm helfen!«, rief einer der Uniformierten und wollte ebenfalls loslaufen, doch Schubert packte ihn am Kragen und hielt ihn fest.

»Das ist eine bewährte Taktik«, rief Max über den Lärm hinweg. »Er will uns rauslocken.«

In Flandern hatte er so etwas häufig gesehen: Scharfschützen schossen Soldaten an, die Tote oder Verwundete aus dem Niemandsland zwischen den Linien bergen wollten. Von ihren Schreien angelockt, versuchten immer mehr Männer, ihnen zu helfen. Doch auch diese wurden zu Zielen des Schützen.

»Von wo aus schießt er?«, rief ihm Schubert zu.

Angestrengt spähte Max aus seiner Deckung hervor, um sich einen Überblick zu verschaffen. »Es muss der Geräteschuppen sein. Nur dort hat er Deckung und kann sowohl uns im Stall als auch den Wohnbereich unter Beschuss nehmen.«

»Was machen wir nun?«

»Wir müssen ihn ausschalten! Spätestens seit die Schießerei angefangen hat, weiß auch der Rest der Freischärler, dass wir hier sind. Es dürfte also nicht mehr lange dauern, bis weitere Männer hierherkommen.«

Er versuchte fieberhaft, einen Ausweg aus dieser Situation zu finden. Sie waren festgenagelt, mit ihren wenigen Waffen und im Kampf unerfahrenen Leuten würden sie einem entschlossenen Angriff nicht standhalten können. Er spähte erneut hinaus und erkannte mehrere Gestalten, die hinter Pflügen und anderen landwirtschaftlichen Gerätschaften in Deckung gegangen waren und mit Gewehren auf die Polizisten schossen. Der Rest des Trupps war also schon eingetroffen.

Nun war es höchste Zeit zu handeln! Er drehte sich um und rannte durch den schmalen, dunklen Verbindungsgang zwischen Stall und Wohnhaus. Entsetzte Gesichter und weit aufgerissene Augen fuhren zu ihm herum, als er durch die Tür platzte. Ein Gendarm richtete instinktiv seine Pistole auf ihn, doch Max gelang es in letzter Sekunde, den Lauf beiseitezuschlagen, bevor sich ein Schuss löste und in die Decke fuhr. Putz rieselte auf sie herab, und für einen kurzen Moment waren sie taub von dem lauten Knall.

»Geh ins Schlafzimmer und behalte die Rückseite im Auge«, schrie Max den Gendarmen etwas lauter als notwendig an. In seinen Ohren klingelte es immer noch von dem Schuss.

»Und ihr anderen geht in Deckung! Die können euch durch die Fenster ganz einfach abschießen, wenn ihr weiter so exponiert dasteht.«

Angst und Stress in den Gesichtern der Männer. Max konnte es ihnen nicht verdenken, keiner von ihnen hatte militärische Erfahrung. Er spähte durch ein Fenster hinaus und sah, wie Schubert und die beiden Gendarmen im Stall immer wieder aus ihrer Deckung hervorschnellten und das Feuer erwiderten.

»Wie viele sind es?«, rief ihm Ritter zu.

»Ich tippe auf drei oder vier Mann am Geräteschuppen«, sagte er. »Viel konnte ich von der Seite nicht erkennen.«

»Wie kommen Sie ausgerechnet auf drei oder vier?«

Ein Schuss krachte über Ritters Kopf in die Decke und ließ Putzstaub und Mauerstücke auf sie regnen. Max zog den Kopf tief zwischen die Schultern.

»Stoßtruppen.«

»Was?« Ritter sah ihn verständnislos an.

»Haltet die Köpfe unten und schießt gezielt zurück«, rief Max den Gendarmen zu. Er zog Ritter am Arm in Richtung des Zwischengangs.

»Max, wo geht ihr hin?«, rief ihm Ebertz nach.

»Vertrau mir!«, war die einzige Antwort.

Gebückt stürzten sie in eines der Schlafzimmer, wo der schreckhafte Gendarm hinter einem Fenster kauerte und hinausspähte. Bei jedem Schuss zuckte er zusammen, Schweiß rann in Strömen über sein Gesicht.

»Haben Sie etwas gesehen?«, fragte ihn Max.

Der Mann schüttelte nervös den Kopf. »N-nein, Herr Kommissar«, sagte er. »Nichts.«

Max klopfte ihm auf die Schulter. »Sie decken uns den Rücken, das machen Sie sehr gut. Machen Sie weiter und sagen Sie Bescheid, wenn Sie etwas sehen, in Ordnung? Sie sind unsere Augen nach hinten.«

Er wusste, wie wichtig ein ruhiges, motivierendes Wort in solch einer Situation war. Und tatsächlich huschte ein Hauch von Stolz über das Gesicht des Gendarmen, und er umklammerte seine Pistole fester. »Jawohl, Herr Kommissar.«

Sie verließen den Raum und gingen in den Stall. Die Kühe schrien aufgeregt und stampften in ihrem Gehege nervös hin und her.

»Was machen Sie denn hier?«, rief Schubert den beiden Männern zu, spähte zum Tor hinaus und schoss mehrmals auf die Freischärler beim Geräteschuppen.

»Wir warten.«

»Bitte was?« Schubert glaubte offenbar, dass Max den Verstand verloren hatte. »Worauf warten Sie denn bitte in dieser Situation? Auf Ihren sicheren Tod?«

»Vertrauen Sie mir!«, rief Max. Gebückt, um den Schützen draußen kein Ziel zu bieten, huschten er und Ritter rasch am geöffneten Tor vorbei zur seitlich gelegenen Tür.

Anschließend flüsterte er Ritter ins Ohr: »Wenn ich ›jetzt‹ sage, schießen Sie einfach drauflos, haben Sie verstanden?« Der andere nickte sichtlich nervös und blickte bange drein, als sich die Tür langsam ein kleines Stück öffnete. Max' Atem kam stoßweise, und er hielt seine Pistole so fest, dass seine Knöchel weiß hervortraten. Er wartete noch einen Augenblick, dann trat er mit voller Wucht gegen die Tür, die ganz aufsprang. Mit verdutzten Gesichtern standen vier Männer vor ihnen, die gerade im Begriff waren, den Stall zu betreten. Alle waren mit langen Gewehren bewaffnet und hatten Bajonette aufgepflanzt.

»Jetzt!«, schrie Max und schoss den Männern gezielt mehrmals in Brust und Kopf. Auch Ritter drückte den Abzug seiner Pistole immer und immer wieder, bis der Hammer ins Leere klickte. Max lud ein neues Magazin in seine Pistole und kniete sich über die Toten. Die Männer trugen Uniformstücke ohne Abzeichen, schwere Stiefel und Munitionskoppel. Er nahm eines der Koppel, schwang es sich über die Schulter und hob eines der Gewehre auf.

»Können Sie damit umgehen?«, fragte er Ritter.

Der schüttelte den Kopf. »Ich war immer ein verdammt schlechter Schütze mit dem Gewehr«, sagte er und hob seine Pistole. »Ich bleibe lieber hierbei.«

»In Ordnung.« Max wollte an ihm vorbeigehen, doch Ritter hielt ihn am Arm fest.

»Woher wussten Sie, dass diese Männer hier entlangkommen würden?«

Max überprüfte die Kammer seines Gewehrs und stellte fest, dass es geladen war. »Diese Taktik stammt von den Stoßtruppen aus dem Weltkrieg. Ein Trupp hält den Gegner mit gezieltem Feuer nieder, ein anderer flankiert und schaltet ihn aus.« Er deutete auf die Toten. »Das war der Trupp, der uns flankieren sollte. Im Krieg waren wir äußerst erfolgreich mit dieser Taktik.«

»Und was machen wir jetzt?«

Max trat durch die Tür nach draußen und spähte um die Hausecke herum zum Geräteschuppen. Zwar war der Winkel nicht optimal, doch immer wenn einer der Männer auf das

Bauernhaus schoss, musste er sich aus seiner Deckung hinter dem großen Metallpflug hervorwagen und gab so selbst ein Ziel ab.

»Wir schießen zurück«, sagte er mit fester Stimme. Dann kniete er sich hin, setzte den Ellenbogen als Zielhilfe auf sein Bein und legte das Gewehr an. Über das Visier erkannte er den Turnus, in dem die Freikorps-Soldaten schossen, den sie in ihrer Ausbildung gelernt hatten. Er stemmte den Kolben fest an seine Schulter und zielte genau. Das Gewehr war ihm vertraut, er roch das behandelte Nussbaumholz und das Waffenöl, mit dem gleichen Mauser-Modell hatte er viele Jahre im Krieg gekämpft. Dann schnellte der Schütze wieder aus seiner Deckung hoch und mit seinem Kopf direkt in Max' Visier. Er drückte ab.

Mit einem heftigen Rückstoß und einem lauten Knall stemmte sich das Gewehr gegen seinen Oberkörper. Über die Visierung sah er, wie der Kopf des Mannes in einer roten Wolke zur Seite gerissen wurde und er umkippte. Seine Kameraden schrien entsetzt auf und sahen sich verwirrt um, woher der Schuss gekommen war. Einer deutete auf die Ecke des Stalls und rief den anderen etwas zu. Max legte erneut an, zielte und schoss. Vor dem Mann riss es ein großes Stück Holz aus dem Pflug, sodass er sich erschreckt in Deckung bückte.

»Haben Sie gesehen, wohin ich geschossen habe?«

Ritter nickte.

»Immer wenn einer den Kopf herausstreckt, schießen Sie auf ihn«, wies ihn Max an. »Behalten Sie einfach die Stelle im Visier, das hält sie unten.«

»Und was machen Sie?«, fragte Ritter, während er seine Schussposition einnahm.

Max lud sein Gewehr nach und steckte sich die Pistole in den Gürtel. »Ich greife sie an.«

Noch bevor Ritter etwas erwidern konnte, lief er gebückt aus dem Stall in Richtung Wohnhaus und schwenkte nach einigen Metern nach links in Richtung Geräteschuppen. Das

Schussfeld der Angreifer war hier durch einen großen Traktor in der nördlichen Ecke des Schuppens eingeengt, sodass er sich genau in ihrem toten Winkel befand. Zumindest hoffte er das.

Die Schützen wurden nun ihrerseits aus zwei Richtungen unter Feuer genommen. Die Gendarmen und Ebertz schossen mit allem, was sie hatten, aus dem Wohngebäude, als sie ihn laufen sahen, und Ritter zwang sie mit gezielten Schüssen, in Deckung zu bleiben. Max' Herz schlug ihm bis zum Hals, als er mit eingezogenem Kopf und aufgepflanztem Bajonett durch den knöcheltiefen Matsch auf den Geräteschuppen zurannte. Seltsamerweise, und für ihn erschreckend, fühlte er sich in dieser Situation irgendwie gut.

Während ihm die Nässe ins Gesicht klatschte, verschwamm der vor ihm liegende Bauernhof und wurde zu einer von Granattrichtern und toten Bäumen überzogenen Mondlandschaft. Sein Atem kam rasselnd, und er hatte den Eindruck, die Strecke im Flug überwunden zu haben, als er seinen Rücken an die Haube des Traktors presste. Per Handzeichen bedeutete er Ritter, das Feuer einzustellen. Zwei, drei kurze Atemzüge, dann sprang er seitlich an dem Traktor vorbei ins Innere des Geräteschuppens. Doch zu seiner Überraschung war dort niemand mehr. Nur der Tote, dem Max in den Kopf geschossen hatte, lag mit verdrehten Gliedern hinter dem Pflug.

Einen Moment blickte er verwirrt um sich, doch dann sah er drei Gestalten über das freie Feld in Richtung Dorf rennen. Wie automatisch sank er auf ein Knie und legte das Gewehr an. Mit dem Lauf folgte er den Männern, die vor den ersten Häusern einen Haken schlugen, um den Bauernhof großräumig zu umgehen und ein ganzes Stück davon entfernt wieder im Wald zu verschwinden. Hinter sich hörte er, wie Ritter und Ebertz nach ihm riefen. Er fixierte den Lauf auf einen der Flüchtenden, ließ ihn noch einige Meter rennen, dann drückte er ab. Der Mann stieß einen lauten Schrei aus, stürzte und überschlug sich mehrere Male. Mit einem hellen Klicken sprang die Hülse aus der Kammer, als Max nachlud. Er legte erneut an, zielte auf den nächsten Freischärler und schoss. Diesmal ging der Schuss jedoch vorbei und ließ stattdessen eine Fontäne aus Erde und Matsch aufsteigen.

»Was ist los?«, fragte Schubert, der zu ihm herübergelaufen kam.

»Sie flüchten«, sagte Max, ohne den Blick von den Männern zu lassen. »Einen habe ich erwischt.« Er legte an, zielte und schoss. Das Bein eines Angreifers wurde im vollen Lauf zur Seite gerissen. Er schrie, als er fiel und auf dem nassen Boden einige Meter weit schleuderte. Sein Vordermann hörte es, blieb stehen und lief zurück, um dem Verletzten zu helfen. Aus der Hüfte feuerte er ungezielt in ihre Richtung, während sich sein Kamerad auf seine Schultern stützte und sie sich in Richtung Waldrand zurückzogen.

Mittlerweile kamen auch Ebertz und Ritter angelaufen. »Was ist los?«

Er deutete auf die Flüchtenden. »Sie ziehen sich in den Wald zurück. Einen habe ich erwischt, einer ist verwundet. Wir sollten ihnen folgen, und zwar sofort!«

»Wir sind zu wenige!«, sagte Schubert und hielt Max an der Schulter fest. »Und wir haben Verluste, einer meiner Männer ist tot und ein anderer verwundet. Wer weiß, ob die da drin nicht schon längst auf uns warten? Die Schüsse haben sie ganz bestimmt gehört.«

»Wir haben genau jetzt die Möglichkeit, diesen Spuk ein für alle Mal zu beenden!«, rief Max, während er Schuberts Hand wegwischte. »Noch einmal wird es eine solche Gelegenheit nicht geben. Wenn wir jetzt nicht dranbleiben, formiert sich die Bande neu, und wir werden noch größere Verluste erleiden. Im schlimmsten Fall setzen sie sich ab, und wir kriegen sie nie mehr zu greifen!«

»Ich werde meine Männer ganz gewiss nicht in ein Schlachthaus führen! Was ist denn, wenn die da drin tatsächlich schon auf uns warten? Die sind doch auch nicht blöd und wissen ganz genau, was die Schießerei hier zu bedeuten hat.«

Ebertz versuchte sie zu beruhigen, doch noch während sie diskutierten, verschwanden die beiden Flüchtenden im Wald. »Was schlagen Sie denn dann vor?«

Schubert setzte ein entschlossenes Gesicht auf. »Meine Männer bleiben hier!« Er lud sein Gewehr durch. »Aber ich komme mit!«

Ritter trat neben ihn. »Ich ebenfalls!«

»Wir kümmern uns um die Verwundeten und kommen dann so schnell wie möglich nach, um euch den Rücken zu decken«, sagte Ebertz, und an Schubert gewandt: »Keine Angst, Kommandant, ich passe auf Ihre Leute auf.«

Mit langen Schritten liefen Max, Ritter und Schubert auf die Stelle zu, wo die beiden Freischärler im Wald verschwunden waren. Weil einer der beiden verwundet war, würde ihr Vorsprung nicht lange halten. Nach einem kurzen Sprint erreichten sie die ersten Baumkronen. Ähnlich wie hinter dem Bauernhof ging es auch hier steil nach oben auf den Hügelkamm. Sie kletterten zwischen großen Wurzeln und Felsen hinauf und fanden sich auf einer mit Laub bedeckten Anhöhe wieder.

Majestätisch rauschten die Kronen der Eichen hoch über ihnen, als sie sich mit schussbereiten Waffen aufmachten, tiefer in das Gelände vorzustoßen. Max ging voran, schräg hinter ihm folgte Schubert, und Ritter bildete die Nachhut. Nach wenigen Metern öffnete sich vor ihnen ein breiter Graben, ganz so, wie sie es auch bei ihrem ersten Besuch in der Schwedenschanze erlebt hatten. Auf den gelbbraunen Blättern unter ihren Füßen zeichnete sich eine schwache Blutspur ab. Aufmerksam ihre Umgebung im Auge behaltend, ob sich nicht auf einmal ein hinter einem Busch oder einem Baum versteckter Schütze auf sie stürzen würde, folgten sie den Tropfen tiefer in das Grabensystem hinein.

# 14. KAPITEL

»Dort drüben liegt der Verletzte«, rief Ebertz dem Arzt zu, der aus Obergubach herbeigeeilt war. Er führte ihn ins Bauernhaus, wo sie den angeschossenen Gendarmen auf einen Tisch und ihm ein Kissen unter den Kopf gelegt hatten, die Wunde hatten sie notdürftig verbunden. Während sich der Mediziner an seine Arbeit machte, trat Ebertz wieder nach draußen. Der tote Gendarm lag mit einer Decke zugedeckt im Stall. Neben ihm lagen die erschossenen Freischärler aufgereiht. Ebertz hoffte, die Situation würde nicht weiter eskalieren und in einem noch größeren Blutbad enden.

»Herr Kommissar?« Einer der Gendarmen riss ihn aus seinen Gedanken.

»Was gibt es?«

»Wir wollen nicht hier rumstehen und nur warten, während sich die anderen Herren Kommissare und der Kommandant in Gefahr befinden.« Ebertz betrachtete den jungen Mann, der nervös vor ihm stand, ein Armeekoppel mit gefüllten Patronentaschen um die Hüfte und ein schweres Gewehr geschultert, das er einem der toten Angreifer abgenommen hatte. Es war der Gendarm, der in der Wohnstube versehentlich auf Reinhardt gezielt hatte. Drei andere Uniformierte standen hinter ihm und murmelten zustimmend. Der Ermittler deutete auf das Gewehr. »Können Sie damit denn überhaupt umgehen?«

Der junge Mann reckte herausfordernd sein Kinn hervor. »Wir sind alle aufm Land aufg'wachsen und mit der Jagd groß g'worden, Herr Kommissar. Selbstverständlich können wir schießen!«

»Auch auf Menschen?« Ebertz sah einem nach dem anderen tief in die Augen.

Verlegen wandten sie den Blick ab und murrten unwillig. »Es geht um unsere Kameraden!«, sagte einer von ihnen.

Ebertz seufzte. »In Ordnung, wir folgen ihnen schon jetzt.«

Ein triumphierendes Leuchten machte sich in den Gesichtern der Männer vor ihm breit. Ebertz kontrollierte seine Pistole und steckte sie in das Holster unter seiner Achsel zurück. Er war in den letzten Jahren mehr und mehr aus der Form gekommen und konnte nicht mit den Jüngeren mithalten. Bei dem Schusswechsel mit den Freikorps-Soldaten hatte er zudem die Zeichen des Alters ganz deutlich zu spüren bekommen. Der Rücken war etwas steif, und seine Augen ließen auch nach. Aber er konnte und wollte die Gendarmen nicht alleine in ihr Verderben laufen lassen. Zudem brauchten Reinhardt, Ritter und Schubert dringend ihre Hilfe. Bis die Verstärkung aus Nürnberg endlich eintraf, war es vielleicht schon zu spät!

»Ein Mann bleibt hier, assistiert dem Arzt, wenn es notwendig sein sollte, und wartet auf die Verstärkung.«

Hektisch luden sie ihre Gewehre, steckten Munition ein und bereiteten sich auf den Abmarsch vor. Wenige Minuten später hetzten sie zu der Stelle, wo die anderen zwischen den Bäumen verschwunden waren. Sie nahmen den gleichen Weg und folgten den Blutspuren, die sich dunkel auf dem toten Laub abzeichneten. Ebertz ging mit gezogener Pistole voran, die Gendarmen folgten ihm mit aufgepflanzten Bajonetten. Keiner der Männer sagte ein Wort, es war totenstill. Vorsichtig setzten sie einen Fuß vor den anderen und sahen sich aufmerksam um, um nicht in einen Hinterhalt zu geraten.

Max kniete nieder und tastete nach einem Blutstropfen. »Wir sind ganz nahe, es ist noch warm«, flüsterte er, während er die zähe Flüssigkeit zwischen den Fingern verrieb. Schubert deutete mit dem Kinn auf einen toten Baum, der etwa dreißig Meter vor ihnen umgestürzt neben einer großen Eiche lag. Sträucher hatten den Stamm umwuchert und bildeten so eine natürliche Barriere über den Weg. An die Seiten des breiter werdenden Grabens gedrückt, schlichen die drei Männer langsam mit angelegten Waffen auf den Baum zu. Nervös umklammerte Max sein Gewehr, spürte Holz und Metall in seiner Hand. Obwohl es kalt war, glänzte sein Gesicht vor Schweiß. Der Graben verschwamm vor seinen Augen zu einem Tunnel, alles außen herum wurde unscharf. Der tote Baum schien sie wie ein Sog anzuziehen. Auch Schubert auf der anderen Seite des Weges setzte, dicht gefolgt von Ritter, schwerfällig einen Fuß vor den anderen. Sein Gesicht war vor Anspannung verzerrt.

Plötzlich krachte ein Schuss, und eine Kugel schlug wenige Zentimeter neben Max in die Grabenwand. Er spürte den heißen Wind auf seiner Haut, als das Geschoss an seinem Ohr vorbeisauste und Erdbrocken in sein Gesicht schleuderte. Instinktiv sank er auf ein Knie und presste den Gewehrkolben an seine Wange. Hinter dem Baumstamm sah er einen Gewehrlauf aus dem Gestrüpp ragen und drückte den Abzug.

»In dem Gestrüpp!«, schrie er. »Schubert, los!«

Blitzschnell lud er eine Patrone nach der anderen in die Kammer und schoss auf die Stelle, um den Gegner niederzuhalten, während Schubert vorrückte. Als seine Waffe leer war, fing Schubert an, auf dieselbe Stelle zu schießen. Max drückte einen neuen Streifen in sein Gewehr und stürmte mit blankem Bajonett vor. Nach wenigen großen Schritten war er an der Barrikade, schlug mit seinem Gewehr den Lauf des anderen beiseite und sprang über den Baumstamm. Die anderen waren wenige Meter hinter ihm.

Vor Max lag ein Mann in schmutziger Kleidung, die an zahlreichen Stellen geflickt worden war. Unter mehreren Lagen Schmutz und Schlamm erkannte er eine alte Uniformjacke mit einem Eisernen Kreuz an der linken Brustseite. Die Hose des Mannes war an der Stelle, wo ihn Max angeschossen hatte, mit Blut durchtränkt. »Bringt es hinter euch«, krächzte er schwach und starrte ihn aus blutunterlaufenen Augen müde an. »Erledigt mich!«

Max zog ihm das Gewehr aus den kraftlosen Händen und betrachtete die Wunde im Bein. Dann nahm er den Gürtel des Mannes, wickelte ihn um den Oberschenkel und zog ihn fest zu. Mit schmerzverzerrtem Gesicht blickte der Soldat sie an. »Warst du das?« Er zeigte auf sein Bein. Max nickte.

»Guter Schuss«, sagte er und grinste sarkastisch. »Hast lange genug geübt, was?«

»Drei Jahre Flandern, 21. Bayerische Infanterie.«

Der Verletzte stöhnte, als er ein Päckchen Zigaretten aus seiner Jacke zog und ein Sturmfeuerzeug hervornestelte. Max half ihm, die Zigarette anzuzünden, und er inhalierte tief.

»Das Einundzwanzigste, sagst du«, nickte er anerkennend. »Gute Jungs. Haben oft Seite an Seite gekämpft, als ich noch beim Vierzehnten war. Es war immer gut zu wissen, wenn Löwen neben einem gekämpft haben.« Er deutete auf sein Koppelschloss mit dem eingestanzten Löwen als Wappen der Bayerischen Armee.

»Wo sind die anderen?«, fragte Max.

Der Soldat sah sie müde an und inhalierte tief den Rauch seiner Zigarette. Dann sagte er: »Scheiß drauf, es ist eh vorbei. Und die haben mich einfach hier liegen gelassen.«

»Wo finden wir Hauptmann Berger?«, fragte Max und erntete ein anerkennendes Lächeln.

»Du kennst den Hauptmann? Respekt, Kamerad. Ihr von der Polente habt mehr drauf, als wir gedacht haben.« Er deutete den Graben hinunter. »Immer geradeaus und an der Zwillingseiche nach links. Dann kommt ihr direkt zu unserem Lager.«

»Wie viele seid ihr noch?«

Der Soldat schüttelte den Kopf und lächelte müde. »Das musst du selbst rausfinden, Kamerad.«

Max drückte ihm die Schulter. »Halte durch, Kamerad. Hilfe ist unterwegs.«

Er nahm das Gewehr des Soldaten, entfernte Schloss und Abzug und band ein Taschentuch daran. Dann rammte er es mit dem Lauf voran vor dem umgestürzten Stamm in die Erde als Zeichen für Ebertz und die nachfolgenden Gendarmen, dass hier jemand lag.

Schubert sah ihn fragend an und deutete mit dem Kinn auf

den Verwundeten. Max zuckte die Schultern. »Ist so ein Soldaten-Ding«, sagte er leise. »Außerdem kommt man mit Freundlichkeit häufig weiter als mit anderen Mitteln.«

Gemeinsam folgten sie dem Graben, bis sie auf einen kleinen Platz kamen, an dem sich der Weg teilte. In der Mitte der Gabelung stand, wie es der Freischärler beschrieben hatte, eine grotesk gewachsene Eiche: Der gedrungene Stamm mündete in zwei dünnere Stämme, die sich einander entgegengewandt in den Himmel streckten und ihre Kronen hoch über ihren Köpfen zu einem großen Dach aus Ästen und Blättern vereinten.

Sie wandten sich nach links und folgten dem Graben immer tiefer in das System hinein. Vorher brachten sie jedoch an der Gabelung einen Hinweis in Form von Ästen an, damit Ebertz wusste, in welche Richtung sie gegangen waren. Vorsichtig darauf bedacht, dass ihre Schritte von niemandem gehört würden, achteten sie darauf, nicht auf herumliegende trockene Zweige oder Laub zu treten. So arbeiteten sie sich langsam Meter für Meter den Graben entlang, dabei ließen sie ihre Blicke immer wieder über den oberen Rand, Büsche und Bäume streifen, um einen plötzlichen Angriff oder Hinterhalt rechtzeitig zu erkennen.

Max wusste nicht, wie lange sie gegangen waren, als der Weg vor ihnen eine starke Biegung machte, die in einer tiefen und offenen Lichtung mündete. Überall waren Kisten gestapelt, die mit Zeltbahnen und Decken notdürftig gegen Kälte und Nässe geschützt waren. Sie spähten weiter um die Ecke und erkannten, dass in die Seitenwände zahlreiche Öffnungen gegraben waren. Max vermutete, dass sie zu Unterständen führten, in denen die Freischärler hausten. In der Mitte des Platzes befand sich ein aus Brettern gebauter und mit Sandsäcken verstärkter Unterstand, über den ein Tarnnetz gespannt war. An den Wänden und vor dem Unterstand in der Mitte hingen mehrere Reichskriegsflaggen in den kaiserlichen Farben. Die Anlage erinnerte ihn an die ausgebauten Schützengrabensysteme des Stellungskrieges. Keine Menschenseele war zu sehen, und doch wussten sie, dass sich der Rest des Freikorps hierhin zurückgezogen hatte.

»Wie gehen wir vor?« Schuberts Stimme war nicht mehr als ein leiser Hauch. Er atmete flach durch den Mund, um möglichst wenig Geräusche zu machen und sie nicht zu verraten. Auch Ritter hatte sich gegen die Grabenwand gepresst und machte den Eindruck, dass er sich am liebsten hineingraben würde.

Max deutete auf die Öffnungen in den Wänden. »Das sind wahrscheinlich alles Unterstände, in denen die Soldaten leben«, flüsterte er zurück. »Wie viele es tatsächlich sind, lässt sich schwer sagen, aber sie haben in den letzten Tagen einige Männer verloren und dürften ziemlich dezimiert sein.«

»Und was sagt uns das jetzt?«, fragte Ritter. »Wie gehen wir denn nun vor?«

Max deutete auf den Kistenstapel, der ihnen am nächsten stand.

»Da drin sind Handgranaten. Wir schleichen uns dorthin, schnappen uns jeder ein paar und räuchern sie in ihren Löchern aus.«

Schubert blickte ihn entgeistert an. »Laut dem, was Moltzer Ihnen erzählt hat, dürften es noch um die zwanzig Mann sein, die da drin auf uns warten – und wir sind gerade einmal zu dritt!«

»Das Entscheidende ist, dass wir das Überraschungsmoment auf unserer Seite haben. Auch wenn sie die Schießerei mitbekommen haben, wissen sie nicht, dass wir jetzt hier sind. So haben wir die Möglichkeit, sie zu überrumpeln. Sobald sie aber formiert sind, haben wir keine Chance gegen sie.«

Schubert blickte zuerst Ritter und dann Max skeptisch an und seufzte schließlich: »In Ordnung. Dann los!«

Geduckt schlichen sie auf Zehenspitzen zu dem Kistenstapel. Totenstille herrschte um sie herum, sodass sie es aus Angst, entdeckt zu werden, nicht einmal wagten, zu laut zu atmen. Kein Lüftchen regte sich, und kein Tier war zu sehen oder zu hören, nicht einmal eine Krähe oder Amsel trieb sich im Laub oder in den Baumkronen herum.

Während Schubert gemeinsam mit Ritter die Umgebung im Auge behielt, öffnete Max, so vorsichtig und leise es ging, mit dem Bajonett seines Gewehrs den Deckel der obersten Kiste. Wie er erwartet hatte, lagen säuberlich aufgereiht zahlreiche Stielhandgranaten in mehreren Schichten darin. Er gab Ritter einige, der einen Teil davon einsteckte und den Rest an Schubert weiterreichte. Auch er selbst steckte sich mehrere in den Gürtel.

Ritter wusste, wie damit umzugehen war. Er war gegen Ende des Krieges eingezogen worden, doch bevor es an die Front ging, war der Waffenstillstand gekommen. So hatte er zwar des Kaisers Rock getragen, war jedoch von den Grauen des Krieges verschont geblieben. Schubert dagegen hatte noch nie eine Granate in den Händen gehalten. Reinhardt erklärte ihm kurz, wie sie funktionierten: Erst die Schutzkapsel am unteren Ende des Stiels abschrauben, dann die Zündschnur abziehen und werfen. Gerade als er damit fertig war, trat aus einer der Öffnungen in der lehmigen Grabenwand ein Mann in einer schäbigen Uniform, zündete sich eine Zigarette an und schlenderte langsam in ihre Richtung.

»Da vorne ist etwas«, flüsterte einer der Gendarmen aufgeregt. Mit schussbereiten Gewehren waren sie dem Graben mehrere hundert Meter tief in die Schwedenschanze hinein gefolgt. Nun sahen sie vor sich in einiger Entfernung einen umgestürzten Baumstamm, der mit Büschen überwuchert war. Davor steckte, mit dem Lauf nach unten, ein Gewehr im Boden, an das ein Taschentuch geknotet war. Langsam bewegte sich die Gruppe vorwärts, Ebertz ging mit gezogener Pistole in der Mitte. Einer der Gendarmen legte nervös sein Gewehr an und wollte feuern, doch der Kommissar hielt ihn davon ab und drückte den Lauf des Gewehrs nach unten.

Sie waren nur wenige Schritte von dem Baumstamm entfernt, als sie plötzlich ein schmerzerfülltes Stöhnen hörten.

Tabakqualm zog ihnen entgegen. Entschlossen machte Ebertz mehrere energische Schritte vorwärts und spähte mit gezückter Waffe über den Baum. Ein Mann in abgerissener Kleidung und einer alten Uniformjacke mit einem Orden an der Brust lag vor ihnen auf der Erde und rauchte eine Zigarette. Der Boden unter seinem blutenden Bein war dunkel verfärbt.

»Ich ergebe mich«, krächzte der Verwundete mit bleichem Gesicht. Ebertz winkte zwei Gendarmen. »Baut eine Trage und bringt den Mann, so schnell es geht, zu einem Arzt.«

Die Uniformierten wollten protestieren, doch Ebertz gebot ihnen Einhalt. Dann wandte er sich wieder an den Verletzten.

»Was ist mit Ihnen geschehen?«

Der andere lächelte müde. »Haben Sie das nicht mitbekommen? Ihr Kollege hat mich angeschossen.« Er nickte mit dem Kopf in die Richtung, aus der sie gekommen waren. »Unten auf dem Feld.«

»Wissen Sie, wo meine Kollegen hin sind?«

Der Mann zeigte den Graben weiter entlang. »Dem Weg gefolgt und an der Stelle, wo sich der Graben gabelt, nach links. Zu unserem Lager.«

»Wie groß ist ihr Vorsprung?«

»Weiß ich nicht. Ein paar Minuten?« Er lächelte schwach. »Lag hier, hab die Bäume angesehen und ein paar Zigaretten geraucht. Dann sind Sie gekommen.«

Ebertz gab den Männern ein Zeichen. »Los jetzt!«

Während zwei Gendarmen dem Verletzten halfen, folgte der Rest Ebertz den Graben entlang. Nach einiger Zeit, Ebertz wusste nicht genau, wie lange sie gegangen waren, tat sich der Weg vor ihnen zu einer kleinen Gabelung auf, über der eine riesige Eiche mit zwei Stämmen thronte.

»Herr Kommissar, sehen Sie doch!«, rief einer der Uniformierten und deutete auf einige Zweige am Fuß des Baumes, die zu einem Pfeil angeordnet waren. »Was bedeutet das?«

»Ich denke, das ist ein Hinweis unserer Kollegen, dass wir ihnen in diese Richtung folgen sollen«, sagte Ebertz.

»Und wenn das eine Falle ist?«

»Das werden wir dann früh genug herausfinden«, sagte der Kommissar mehr zu sich selbst, umfasste grimmig den Griff seiner Pistole fester und bedeutete den Gendarmen, ihm in den Graben, in den der Pfeil zeigte, zu folgen.

Der Mann stand nur wenige Schritte von ihnen entfernt. Max wagte kaum zu atmen. Auch Schubert presste sich an die Kisten. Schweiß stand auf seinem Gesicht, seine Knöchel waren weiß, so fest umklammerte er das Gewehr. Von Ritter fehlte jede Spur, wahrscheinlich kauerte er ebenfalls hinter irgendeinem Stapel. Vorsichtig löste Max das Bajonett vom Lauf und achtete dabei akribisch darauf, selbst das kleinste Geräusch zu vermeiden. Mit Handzeichen signalisierte er Schubert seinen Plan: Er würde sich um den Stapel herumschleichen, während der Gendarm den Mann anlocken sollte. Dann würde ihn Max von hinten ausschalten.

Zwar schüttelte Schubert heftig den Kopf – offenbar hielt er diese Idee für geradezu wahnsinnig –, doch Max ignorierte ihn und kroch los. Inständig hoffte er, dass Ritter nichts unternehmen und sich ruhig verhalten würde, damit der Freischärler nicht gewarnt wurde und seine Kameraden zur Verstärkung rufen konnte. Als er um die Ecke gebogen war, zerbrach Schubert einen trockenen Zweig, der am Boden lag. Obwohl es nur ein winziges Ästchen war, klang es in Max' Ohren wie das Tosen eines Felssturzes. Schon rechnete er damit, dass der Lärm die gesamte Truppe alarmiert hatte und diese nun kampfbereit aus ihren Löchern stürmte. Doch nichts geschah. Nur der Raucher horchte kurz auf, tat sonst jedoch nichts weiter. Ein zweiter Zweig knackte. Max pochte das Herz bis zum Hals. Er hoffte, der Mann würde so unvorsichtig sein und alleine nachsehen, woher das Geräusch kam. Falls er Verstärkung rief, waren sie aufgeschmissen.

Doch der Soldat trat tatsächlich seine Zigarette aus und ging langsam um den Kistenstapel herum. Mit einem großen Satz war Max hinter ihm, legte ihm die Hand auf Mund und Nase und zog den Kopf des Mannes nach links. Dann stach er mit dem Bajonett in die entblößte Halsschlagader und ließ den zuckenden Körper vorsichtig zu Boden sinken. Das Ganze hatte nur Sekunden gedauert. Der andere hatte nicht einmal Gelegenheit gehabt, seine Waffe zu heben.

Schubert sah Max halb respektvoll und halb entsetzt an. Erst jetzt bemerkte der, dass sein Gesicht und sein rechter Arm bis zur Schulter mit dem Blut des Mannes besudelt waren.

»Und jetzt?«, fragte Ritter, der hinter einem weiteren Kistenstapel hervorkam und beim Anblick des Toten heftig schlucken musste.

Max hielt eine Handgranate hoch. »Es wird Zeit, etwas lauter anzuklopfen. Wir werfen die hier in die Löcher und räuchern sie aus. Den Rest nehmen wir fest.«

»Wollen wir nicht doch auf die anderen warten? Wir sind nur zu dritt und wissen nicht einmal genau, mit wie vielen wir es zu tun haben.«

Max spähte über den Stapel. Er deutete auf die Löcher in den Wänden. »Auf jeder Seite sind fünf Unterstände. Wahrscheinlich hausen in jedem drei bis vier Männer, wenn überhaupt.«

»Woher wollen Sie das wissen?«

»Sehen Sie sich die Abstände dazwischen an. Hinter jedem Eingang liegt eine Kammer. Die müssten bedeutend größer sein, um mehr Platz als für drei, allerhöchstens vier Leute zu schaffen. Und dann lägen die Eingänge weiter auseinander.«

»Das passt zu dem, was der Späher gesagt hat.«

»Allerdings hatten sie schon hohe Verluste. Alleine beim Angriff auf den Posten haben sie fünf Mann verloren und heute noch einmal sieben an Toten, Gefangenen und Verletzten.«

»Dann dürften von den ursprünglichen zwei Dutzend vielleicht noch fünf bis sieben übrig sein.«

Max nickte und deutete auf den Holzverschlag im Zentrum. »Ich schätze, dass dort die Offiziere leben. Insgesamt stehen uns wohl noch maximal zehn Mann gegenüber.«

Schubert schluckte. »Trotz all ihrer Verluste, wie wollen wir es denn mit zehn Mann aufnehmen?«

»Wie ich schon ein paarmal gesagt habe: Wir überrumpeln sie. Sie leben hier wie die Tiere und haben viele ihrer Kameraden verloren. Seit sie die Toten und Verletzten gesehen haben, wissen sie, dass sie am Ende sind. Ihre Moral ist komplett im Keller. Sie werden gar nicht in der Lage sein, bis zum Äußersten Widerstand zu leisten.«

»Und was, wenn doch? Dann war es das für uns!«

»Vertrauen Sie mir, Schubert!« Er legte ihm die Hand auf die Schulter. »Ich war selbst Soldat und weiß, in was für einer Lage sich diese Männer befinden und wie sie ticken. Sie können mir glauben, ich habe das oft im Krieg gesehen, wie schnell desillusionierte Truppen zusammenbrechen!«

Die Skepsis wich jedoch nicht aus Schuberts Blick. Er sah zu Ritter, wohl um ein wenig Unterstützung zu erhalten, doch der zuckte nur die Schultern.

»Wir sind jetzt hier und haben sowieso keine andere Wahl mehr.«

Schubert seufzte leise und nickte schließlich. »In Ordnung. Wir machen es so, wie Sie sagen. Was soll ich tun?«

Max schickte ihn auf die eine und Ritter auf die andere Seite des Platzes, wo sie jeweils hinter einem weiteren Kistenstapel in Deckung gingen. Von diesen Positionen aus konnten sie einen Großteil des Platzes unter Kreuzfeuer nehmen und Gegner so effizient ausschalten. Ihre Stellung war zwar nicht ideal, aber etwas Besseres gab es nicht. Auch hatte der Plan einige weitere Schwachstellen, dessen war sich Max voll und ganz bewusst. So war er sich über die schlechte Moral der Freischärler gar nicht so sicher, wie er den anderen gegenüber behauptet hatte. Sollten sie ihnen ein ernsthaftes Gefecht liefern, steckten sie übel in der Klemme. In diesem Fall konnte ihnen nur noch rasche Verstärkung helfen.

Er hoffte, dass Ebertz bald auftauchen würde. Sorgsam legte er mehrere Handgranaten und Munitionsstreifen vor sich, sodass er sie sofort greifbar hatte. Dann gab er Schubert und Ritter ein Zeichen, und sie warfen gleichzeitig jeder eine Handgranate vor eine der Öffnungen und gingen in Deckung. Mit ohrenbetäubendem Lärm explodierten die Granaten, rissen Löcher in die Erde und ließen Steine, Holzsplitter und Erdbrocken durch die Luft fliegen. Der Boden erbebte kurz, und scharfer Rauch zog Max ins Gesicht. Dann stolperten und fielen schmutzige und zerlumpte Gestalten aus den Löchern. Befehle wurden geschrien, und die Männer liefen durcheinander.

Max stemmte seine Füße fest gegen den Boden und legte sein Gewehr an. Er konnte seinen eigenen Herzschlag förmlich hören, als er tief Luft holte und laut rief: »Waffen fallen lassen, hier ist die Polizei, Sie sind alle festgenommen!«

Ebertz spürte ein leichtes Beben und hörte einige dumpfe Explosionen.

»Herr Kommissar, haben Sie das gehört?«, fragte einer der Gendarmen nervös.

Ebertz nickte. »Das war kaum zu überhören. Offenbar ist es nicht mehr weit.«

Jetzt drangen Schreie an ihre Ohren. Immer wieder peitschten Schüsse dazwischen. Ebertz befürchtete das Schlimmste und beschleunigte seine Schritte. Die Gendarmen fingen ebenfalls an zu laufen, dabei behielten sie weiter den Grabenrand, Bäume und Sträucher im Blick.

Langsam wurden die Stimmen lauter, Ebertz vernahm militärische Kommandos, konnte jedoch nicht verstehen, was genau gerufen wurde. Ihre Schuhe knallten dumpf auf dem getrockneten Lehmboden und wirbelten raschelnd Laub auf. Jede Vorsicht hatten sie fallen gelassen und stürmten auf die vor ihnen stattfindende Schießerei zu, um ihren Kollegen beizustehen.

Eine Kugel schlug vor Max in eine Holzkiste und durchbohrte sie. Bei ihrem Austritt riss sie große Holzsplitter heraus, die durch die Luft wirbelten und in die Grabenwand hinter ihm klatschten. Er legte an, zielte und schoss dem ihm am nächsten stehenden Mann ins Bein. Schreiend ließ der sein Gewehr fallen und ging zu Boden. Mit schmerzverzerrtem Gesicht hielt er sich die Stelle, wo ihn das Projektil getroffen hatte. Helles Blut sickerte durch seine Finger. Max machte zwei Versuche der Soldaten zunichte, ihren verletzten Kameraden zu retten, und zwang sie mit ein paar gezielten Schüssen, in Deckung zu bleiben – es war die gleiche Taktik, die die Freischärler bei ihrem Angriff auf dem Hof auch angewandt hatten. Er wusste aus eigener Erfahrung, was es für eine Wirkung auf jemanden hatte, wenn ein Freund verwundet war und man ihm nicht helfen konnte. Die Schmerzensschreie taten ihr Übriges.

»Waffen fallen lassen!«, schrie er erneut und bemühte sich, den Lärm zu übertönen. »Sie sind alle festgenommen!«

Mit dumpfem Pochen landete eine Handgranate neben ihm. Blitzschnell griff er danach und warf sie zurück. Mit einem lauten Knall explodierte sie und ließ Holzsplitter, Dreck und Steine auf sie herabregnen.

»Ihr habt keine Chance, hier herauszukommen!«, rief er. »Das Spiel ist vorbei! Ergebt euch, bevor noch Schlimmeres passiert!«

»Was soll denn noch Schlimmeres passieren?«, rief ein Soldat zurück und schoss mit seiner Pistole auf ihn. Die Schüsse waren jedoch halbherzig und schlugen mehrere Meter neben Max in die Erde ein.

Jetzt habe ich sie!, dachte er. Sie beginnen zu zweifeln und werden unsicher. »Wenn ich ein gutes Wort für euch einlege, entgeht ihr vielleicht dem Galgen.«

Von der anderen Seite war hektisches Geflüster zu vernehmen.

»Hier gibt niemand einfach so auf!«, erklang auf einmal eine kräftige, autoritäre Stimme. Max spähte über die Kiste. An dem Holzverschlag in der Mitte des Platzes erkannte er einen groß gewachsenen Mann mit dunklen Haaren und schmalem Oberlippenbart, der eine Luger in der Faust hielt. Der Kommandant des Freikorps, den er auf Fotografien sowohl in der Akte des Jungbauern als auch an der Wand des diensthabenden Offiziers im Archiv des Regiments in Nürnberg gesehen hatte.

»Geben Sie auf, Hauptmann!«, rief er Berger zu. »Sie sind Soldat und Offizier und wissen, wann es Zweck hat zu kämpfen und wann man die Waffen strecken sollte! Wollen Sie auch Ihre übrigen Männer in einen sinnlosen Tod schicken?«

»Der Tod für Heimat und Vaterland ist niemals sinnlos, sondern ehrenvoll!«, schrie Berger zurück. »Ihr Demokraten habt unsere Heimat an die Bolschewiken und die Juden verraten, und wenn wir im Kampf dafür untergehen, dann ist es zur Ehre Deutschlands!«

Max glaubte, ein leichtes Zittern in der Stimme des Hauptmanns zu erkennen, dessen Worte einstudiert und wenig überzeugend klangen. »Ich war ebenfalls Soldat!«, rief er. »Ihr alle hier wisst ebenso gut wie ich, dass der Tod fürs Vaterland weder glorreich noch süß ist, sondern schmutzig, qualvoll und dreckig«, wandte sich Max wieder an die Soldaten. »Wir alle haben das Elend in den Schützengräben gesehen. Wollt ihr denn, dass das nie endet?« Er überlegte kurz und fuhr dann fort: »Wie lange lebt ihr hier denn schon wie Tiere im Dreck, ohne anständiges Essen und ohne eure Familien? Macht diesem Wahnsinn doch endlich ein Ende!«

»Halt dein verlogenes Maul, du Bolschewik!«, schrie einer der Freischärler, und eine Salve an Schüssen ging auf sie nieder. »Wenn ihr mich haben wollt, dann müsst ihr mich schon holen!«

Verdammt! dachte Max. Es würde doch schwieriger werden, als er erwartet hatte. Da nahm er eine Bewegung in dem Graben hinter sich wahr, und plötzlich sprangen Ebertz und mehrere Gendarmen auf den Platz und nahmen die Freischärler unter Beschuss.

»Gott sei Dank seid ihr da!«, rief ihm Max über den Lärm hinweg zu.

»Irgendjemand muss euch ja aus diesem Mist hier herausboxen«, sagte Ebertz mit grimmiger Miene.

Max verschaffte sich einen Überblick, emsig darauf bedacht, den Schützen kein Ziel abzugeben. Immer wieder schnellten Gendarmen und Freischärler aus ihren Deckungen hoch und jagten Schüsse auf die Gegenseite. Er erkannte Schubert, der Befehle rief, und Ritter, der sich auf der rechten Seite des Platzes unbemerkt von den Freischärlern immer weiter nach vorne schlich.

Max packte Ebertz am Arm. »Ritter will Berger schnappen, wir müssen ihm Deckung geben!« Er wandte sich an die Gendarmen: »Haltet sie in Schach, schießt gezielt auf ihre Positionen!« Aus dem Augenwinkel sah er, dass sich in der Mitte des Platzes etwas hinter dem Holzverschlag bewegte. Berger war in einen Grabengang auf der anderen Seite des Platzes geflohen! Max sah zu Ritter, der den Rückzug des Hauptmanns ebenfalls bemerkt hatte.

»Hinterher, folgen Sie ihm!«, schrie er über den Lärm hinweg und deutete in die Richtung, in die Berger verschwunden war.

Ritters Hände zitterten, als er das Magazin seiner Waffe überprüfte, es zurücksteckte und mit einem Klicken eine Patrone in die Kammer lud.

# 15. KAPITEL

Reinhardt und mehrere Gendarmen hatten in Erdlöchern und hinter Kistenstapeln Deckung gesucht und schossen in Richtung der Freikorps-Soldaten. Von der Gegenseite hörte Ritter knappe Befehle, als diese das Feuer erwiderten. Er lugte um die Kiste herum. Mit einigen Sätzen konnte er von Deckung zu Deckung huschen und mit ein wenig Glück den Gegner am rechten Rand umgehen und in dessen Rücken gelangen, um den Hauptmann zu verfolgen. War er erst einmal an den Männern vor ihnen vorbei, konnte er nur hoffen, dass sich keine weiteren Soldaten in den Gängen verbargen. Alleine und nur mit einer kleinkalibrigen Pistole bewaffnet hätte er nicht die geringste Chance gegen sie.

Ritter atmete zweimal hörbar durch, nahm dann all seinen Mut zusammen und lief gebückt los.

Es kam ihm wie in Zeitlupe vor, als er an den Kistenstapeln vorbeirannte. Um sich herum hörte er die Fetzen von Schreien und nahm hektische Bewegungen aus den Augenwinkeln wahr, Dreckfontänen und Holzsplitter stoben dort auf, wo Kugeln einschlugen. Er sprang hinter eine weitere Kiste und befand sich auf einmal Auge in Auge mit einem der Freischärler, der ihn mit offenem Mund und aufgerissenen Augen überrascht anstarrte. Der Mann versuchte noch, seine Waffe herumzureißen, doch Ritter schoss ihm zweimal in die Brust.

Entsetzt sah er, dass ein weiterer Mann ihn entdeckt hatte und mit einem Aufschrei zu ihm herumfuhr. Mit zitternden Knien sprintete er los, ohne auf seine Umgebung zu achten, er fokussierte sich ganz auf den Graben, in dem der Hauptmann verschwunden war. Der Soldat sprang auf, um ihm zu folgen, doch weiter als einen Schritt kam er nicht, dann streckte ihn ein gezielter Schuss nieder. Nur noch ein paar Meter, dann habe ich es geschafft!, dachte Ritter.

Pfeifend sauste eine weitere Kugel an seinem Ohr vorbei, und er hechtete in den Graben in Deckung. Bäuchlings schlug er auf den harten Lehmboden. Instinktiv achtete er darauf, seine Waffe oben zu halten, so wie sie es ihm in der Grundausbildung beim Militär beigebracht hatten. Sein Atem kam rasselnd, und seine Muskeln schmerzten, doch er rappelte sich wieder auf, ignorierte das Stechen im rechten Knie und stürmte mit erhobener Waffe voran. Als er tiefer in die Schwedenschanze vordrang, wurden die Schüsse und Schreie hinter ihm langsam leiser.

»Berger!«, schrie er. »Geben Sie auf, es ist vorbei!« Er drückte sich an die Grabenwand, stets einen Blick auch nach oben gerichtet, darauf achtend, ob nicht doch ein Bewaffneter am Grabenrand auftauchte. Nach einer scharfen Biegung sah er vor sich einen weiteren kleinen Platz, auf dem ein Unterstand errichtet worden war. Hinter einem hölzernen Tisch stand Hauptmann Berger, in der Hand hielt er einen schweren Armeerevolver.

»Lassen Sie die Waffe fallen!«, rief Ritter. »Ihr Kampf ist vorbei, Hauptmann!«

»Unser Kampf ist erst vorbei, wenn wir gesiegt haben oder tot sind!«, rief Berger.

Ritters Kehle war staubtrocken, und kalter Schweiß rann ihm übers Gesicht. Nervös blickte er hinter sich, von wo noch immer Schüsse und Schreie tönten. Sollten sich die Freischärler den Graben entlang zurückziehen, würden sie direkt in seinem Rücken auftauchen, was seinen unweigerlichen Tod zur Folge hätte. Seine einzige Chance war, Berger zu überwältigen und ihnen so den Kopf und – so hoffte er – auch den Kampfeswillen zu nehmen.

»Berger!«, rief er. »Seien Sie doch vernünftig! Sie haben keine Chance, hier herauszukommen!« Nervös leckte Ritter sich über die trockenen Lippen und fuhr dann fort: »Verschwenden Sie nicht noch mehr Leben und geben Sie Ihren Männern den Befehl, aufzugeben.«

Der Hauptmann lachte verächtlich auf. »Welchen Unterschied macht das?«, rief er. »Wir waren von dem Moment an dem Tode geweiht, als man uns erst verleugnete und anschließend auch noch verriet.«

Ritter wollte sich nicht auf eine lange und politische Diskussion einlassen, deswegen entgegnete er nur kurz: »Das spielt doch alles keine Rolle mehr, Berger. Wir sind, wo wir sind, und können nur versuchen, aus der Situation das Beste zu machen.« Er versuchte an Bergers Verantwortungsbewusstsein als Kommandeur zu appellieren: »Stoppen Sie das Töten, Hauptmann! Bei Ihrer Offiziersehre, das sind Sie Ihren Männern schuldig, sie nicht für nichts und wieder nichts sterben zu lassen!«

»Es gibt kein Zurück, das wissen Sie genauso gut wie ich!«, schrie Berger. »Keiner von uns wird das überleben!« Er spannte den Hahn seiner Waffe. »Wir haben für unser Land gekämpft, haben für unser Land geblutet, gelitten und sind für unser Land gestorben. Wir haben für euch gekämpft, haben für euch geblutet, gelitten und sind für euch gestorben. WIR haben die Drecksarbeit gemacht, während ihr euch in euren piekfeinen Anzügen in euren schicken Büros gegenseitig stolz auf die Schultern klopfen konntet und euch gratuliert habt, wie viel IHR doch für unser Land leistet. Und als ihr uns nicht mehr gebraucht habt, habt ihr uns einfach fallen gelassen wie heiße Kartoffeln.«

Er schnaubte und fügte bitter hinzu: »Und auf einmal waren wir Ausgestoßene, Vogelfreie, die niemand mehr wollte. Wir sind wie Schatten aus einem Alptraum, der euch auch nach dem Erwachen noch einen kalten Schauer über den Rücken jagt, unsere gebrochenen Körper und Geister und unsere zerschmetterten Glieder passen nicht in eure neue, saubere und moderne Welt. Wir sind Kreaturen aus einer bösen Vergangenheit, an die man nicht mehr erinnert werden möchte.«

Es schien, als würden die Schüsse und Schreie näher kommen, und Furcht stieg in Ritter auf. »Geben Sie auf, Berger!«, wiederholte er und legte die Waffe an.

Der Hauptmann ließ sich davon nicht beirren. »Wissen Sie, wie das ist, zu leben wie ein Tier?« Ritter glaubte, ein leichtes Zittern in Bergers Stimme zu hören, doch er war viel zu nervös, um weiter darüber nachzudenken. »Seit Jahren haben wir nichts anderes gesehen außer Krieg, Elend, Schmutz und Tod«, sagte der Hauptmann. »Erst in Flandern, dann in Oberschlesien und nun hier. Wir haben unsere Familien aufgegeben, unser Leben. Und für was? Wir dachten, wir kämpfen für unsere Heimat, unser Land! Doch am Ende hat man uns nur verraten und verkauft.«

Seine Stimme wurde lauter, er schrie nun fast. »Wir haben unser Blut und unsere Leben umsonst geopfert, für eine Sache, die längst verloren ist!«

Eine Kugel schlug wenige Meter hinter Ritter pfeifend in die Grabenwand und ließ mehrere Erdbrocken auf ihn regnen. Viel Zeit blieb ihm nicht mehr. Er ließ die Waffe ein wenig sinken und streckte Berger beschwichtigend die Hand entgegen. »Noch ist nichts verloren«, sagte er so ruhig wie möglich, was ihm ziemlich schwerfiel, weil ihm kalter Schweiß in Strömen übers Gesicht lief und seine Lippen vor Aufregung zitterten. Dennoch versuchte er, sich die Angst und die Anspannung nicht anmerken zu lassen. »Wir können das hier gemeinsam beenden. Seien Sie vernünftig, Hauptmann, und helfen Sie mir. Retten Sie das Leben Ihrer Männer und befehlen Sie ihnen, die Waffen niederzulegen und aufzugeben.«

Doch Berger schien ihn gar nicht wahrzunehmen, sein Blick glitt in die Ferne, und er schien in seine eigene Welt versunken zu sein. Bereits einen Augenblick später war er jedoch wieder im Hier und Jetzt. Er lächelte bitter. »Sie wissen am allerbesten, dass es keinen Ausweg mehr gibt«, sagte er tonlos. »Die Lüge, die unser Weg, unser Leben war, endet nun unausweichlich.«

Ritter hörte jetzt laute Stimmen und rasch näher kommende Schritte im Graben hinter sich. Berger hob die Waffe und sah ihm direkt in die Augen. »Es ist vorbei«, sagte er leise. Ein

Schuss knallte, und der leblose Körper des Hauptmanns sank zu Boden.

Im nächsten Moment spürte Ritter eine Bewegung hinter sich und fuhr herum, die Waffe blitzschnell im Anschlag.

»Nicht schießen, wir sind es!«, rief Reinhardt und hob beschwichtigend beide Hände, während er aus dem Graben heraustrat. Mehrere Gendarmen waren direkt hinter ihm und schwärmten mit schussbereiten Gewehren in dem Unterstand aus. Doch es war niemand mehr übrig, der Widerstand leistete. Ritter ließ die Waffe sinken. Erst jetzt fiel ihm auf, dass es auf einmal totenstill war, die Schreie und Schüsse waren verstummt. Fragend sah er Reinhardt an.

Der nickte. »Es ist vorbei.« Er schob seine Luger in das Schulterholster zurück und blickte an Ritter vorbei auf den toten Hauptmann. »Ist das Berger?« Es klang mehr wie eine Feststellung denn wie eine Frage. Ritter nickte. Seine Kehle war staubtrocken, und er brachte kaum ein Wort heraus, seine Hände zitterten, als er seine Pistole wegsteckte. »E-er hat sich einfach erschossen«, sagte er. »Direkt vor meinen Augen. Ich wollte ihn noch davon abhalten, aber …« Dann versagte ihm die Stimme. Er legte den Kopf in den Nacken und blickte nach oben. Die Wipfel der Bäume rauschten im Wind, und einige kalte Regentropfen schafften es durch die Kronen und fielen auf sein Gesicht.

Max trat neben Bergers Leiche, ging in die Knie und betrachtete den toten Hauptmann einige Augenblicke lang. Dann erhob er sich wieder und gab den Gendarmen, ohne etwas zu sagen, einen Wink, woraufhin sie sich daranmachten, sämtliche Kisten und Verschläge gründlich zu durchsuchen und alles Nützliche einzupacken.

Ebertz wies einen Gendarmen an, zurückzulaufen und weitere Männer hinzuzuholen. Zum Durchsuchen und Abtransport des Materials würden sie jede verfügbare Hilfe benötigen.

Schubert trat zu ihnen. »Das war das Mutigste und gleichzeitig auch das Verrückteste, das ich je erlebt habe«, sagte er zu Ritter, dann ging er weiter.

Max sagte nichts. Mit weichen Knien lehnte er sich an die Grabenwand und atmete tief ein. Überraschenderweise hatte er seit gestern keinen seiner Anfälle mehr gehabt. Und das, obwohl ihn das Geschehen der letzten Stunden mehrere Jahre und Tausende Kilometer weit zurück an einen Ort des Grauens versetzt hatte. Gleichzeitig hatte das Schießen, Kämpfen und Töten bei ihm für ein unvergleichliches Gefühl der Vitalität gesorgt, das noch immer durch jede Faser seines Körpers floss. Er hatte eine gespenstische Freude und Wärme verspürt, ganz so, als käme er nach langer Zeit wieder nach Hause. Als würde er sich vor allem im Kampf lebendig fühlen. Genau diese Erkenntnis machte Max Angst.

Ebertz riss ihn aus seinen Gedanken, als er sich neben ihn lehnte und den Platz überblickte. Die Gendarmen durchsuchten sämtliche Löcher und Kisten, die sie in dem Unterstand fanden. Die Gefangenen wurden mit gefesselten Händen in einer langen Reihe den Graben entlang zu dem Bauernhof geführt, an dem alles begonnen hatte. Von dort würde man sie ins Dorf bringen, wo sie ein Lastwagen abholen und zuerst nach Hersbruck und anschließend ins Gefängnis nach Nürnberg brächte.

»Alles in Ordnung?«, fragte Ebertz.

Max nickte. »Mir geht es gut.«

»Schubert hat recht. Das war mutig und dumm, was wir getan haben.« Er tippte ihm auf die Brust. »Sowohl, dass du mit so wenigen Männern einem Freikorps entgegengetreten bist, als auch, dass Ritter alleine Berger hinterhergelaufen ist. Der Dümmste aber bin ich, weil ich diesen ganzen Wahnsinn zugelassen habe. Das hätte gehörig in die Hose gehen können!«

»Ich weiß. Aber wir mussten das Überraschungsmoment ausnutzen, sonst wäre das alles womöglich viel übler ausgegangen.«

Ebertz griff in seine Manteltasche, holte eine Pfeife hervor und zündete sie an. Schmatzend brachte er sie zum Glühen und sog den Rauch tief ein. Einige Augenblicke standen die beiden Männer, ohne ein Wort zu sagen, nebeneinander und beobachteten die Gendarmen.

»Die meisten Kisten waren leer«, sagte Ebertz dann leise. »In einigen fanden sich noch ein wenig Munition und ein paar Handgranaten. Auch einige Konserven haben wir gefunden. Alles in allem aber viel zu wenig, um die Männer noch länger auch nur halbwegs anständig zu versorgen. Diese armen Teufel waren im wahrsten Sinne des Wortes ausgehungert.«

Max deutete mit dem Kinn auf die Leiche des Hauptmanns, die jemand mit einer Zeltbahn zugedeckt hatte. »Er wusste es. Niemals hätte er sich uns ergeben. Für ihn hatte das Ende seit dem Angriff auf die Gendarmeriestation festgestanden.«

»Vermutest du das nur oder weißt du es?«

»Dieser Angriff am helllichten Tag mitten in der Stadt war doch eine reine Verzweiflungstat. Der Mord an den beiden Bauern geschah noch heimlich, still und leise in der Nacht, ohne Zeugen und ohne unnötige Spuren zu hinterlassen. Aber das Einzige, was bei diesem wahnsinnigen Angriff noch gefehlt hat, war doch die wehende Fahne. Zu diesem Zeitpunkt hatten sie schon nichts mehr zu verlieren.«

Er fuhr sich mit einer Hand über das Gesicht. »War da schon jemand drin?« Er deutete auf einen hölzernen Verschlag. Ebertz schüttelte den Kopf.

»Dann lass uns dort einmal umsehen.«

Sie gingen zu dem Verschlag hinüber, und Max schob die Zeltbahn, die davorhing, beiseite. Im Inneren gab es keine Lichtquelle, nur durch die schmalen Spalten zwischen den Brettern kämpften sich einige fahle Lichtstreifen ihren Weg hinein. Es dauerte einige Sekunden, bis sich ihre Augen an das Zwielicht gewöhnt hatten, dann traten sie ein.

Im Halbdunkel erkannten sie einen behelfsmäßigen Tisch in der Mitte des kleinen Raumes, auf dem Karten, Schreibmaterial und eine Petroleumlampe aufgetürmt waren. Max zündete die Lampe an, woraufhin ein flackerndes Licht den Raum erhellte.

Was vorher nur als dunkler Schatten erkennbar gewesen war, lag nun deutlich vor ihnen: An der Wand stand ein schmales Feldbett mit einer Decke darauf, und aus Teilen alter Munitionskisten waren Regale gezimmert worden. In einer kleinen Kiste unter dem Feldbett fanden sie einige persönliche Gegenstände. Wie Max vermutet hatte, war dies das Quartier des Hauptmanns gewesen. Auf einigen abgenutzten und verblichenen Fotografien erkannte er Berger mit einer Frau und einem kleinen Mädchen. Wohl seine Familie, dachte er. Berger trug darauf die Uniform eines Leutnants, und auch die Kleidung der Frau war längst aus der Mode gekommen. Sie schienen von vor dem Krieg zu stammen.

»Max, sieh dir das einmal an!«

Er trat zu Ebertz, der vor einem der kleinen Regale stand und auf etwas deutete. Vor ihnen lagen die aus Schürmanns behelfsmäßigem Labor verschwundenen Fotografien und der Gipsabguss des Stiefelabdrucks, den sie im Wald über dem Hof gefunden hatten. Im Schein der Lampe nahmen sie die Bilder noch einmal genauer in Augenschein, konnten jedoch nichts Außergewöhnliches darauf erkennen. Sie zeigten die Abdrücke im Boden, den seltsamen Altar inmitten der Feuerstelle und die Installationen aus Geflügelknochen in den Felsnischen.

Schließlich pfiff Ebertz durch die Zähne und drückte ihm ein Bild in die Hand.

Max sah ihn fragend an. Es war lediglich eine Fotografie des Platzes mit der Feuerstelle, von dort aufgenommen, wo sie aus dem ersten Graben herausgetreten waren.

»Achte auf den Hintergrund«, sagte Ebertz.

Max hielt die Fotografie möglichst nah ans Licht und begutachtete sie erneut. Zuerst fiel ihm nichts auf, doch dann schrie er überrascht auf. Zwar war das Gesicht nicht klar zu erkennen, doch im Hintergrund sah er einen Mann hinter einem Busch hervorspähen. Ohne es zu wissen, hatte Schürmann einen Angehörigen des Freikorps, der sie beobachtete, fotografiert!

»Jetzt wissen wir auch, weshalb sie die Gendarmeriestation

angegriffen haben«, sagte Ebertz, der die Sohlen eines Paares Reitstiefel, das er unter dem Feldbett gefunden und das augenscheinlich Hauptmann Berger gehört hatte, neben den Gipsabdruck hielt. Einer der Stiefel stimmte damit perfekt überein.

»Sie wussten, dass wir sie früher oder später auf dem Bild entdecken würden.«

»Deshalb haben sie aus reiner Verzweiflung den Posten angegriffen, um an die Fotos und die Platten zu gelangen.«

»Wir sollten uns mit den Gefangenen unterhalten. Da sind noch einige Fragen offen.«

Sie traten nach draußen und folgten dem Graben, den sie gekommen waren, zurück zum Eingang der Schwedenschanze. Einige der Gendarmen waren gerade dabei, Kisten, in denen Munition oder Lebensmittel waren, zu durchsuchen und aus den Hügeln heraus zum Dorfplatz zu tragen, wo sie in einen Lastwagen verladen und weggebracht werden würden. Mehrere Uniformierte durchsuchten in der Zwischenzeit die Höhlen in den Grabenwänden und kamen mit Kleidungsstücken und persönlichen Gegenständen der ehemaligen Bewohner wieder zum Vorschein. Sie würden noch einige Zeit damit beschäftigt sein.

Als Max und Ebertz den Rand der Hügel erreicht hatten, kletterten sie den steilen Abhang hinunter. Mittlerweile hatte sich eine große Anzahl Schaulustiger versammelt, die durch den Schusswechsel angelockt worden waren, und sah aus einiger Entfernung dem geschäftigen Treiben der Uniformierten zu. Noch hielten sie respektvollen Abstand, wohl weil sie nicht wussten, was genau vorgefallen war und ob nicht noch eine Gefahr bestand. Doch schon bald würden sie näher rücken und die Beamten massiv bei ihrer Arbeit stören und behindern.

Die Gefangenen standen, bewacht von einem bewaffneten Gendarmen, mit gefesselten Händen in einer Reihe vor dem Gebäude. Mit Tüchern bedeckt lagen die Toten vor dem Stall nebeneinander aufgereiht. Ebertz und Max betrachteten der Reihe nach die gefangenen Freischärler. Ihre Kleider waren schmutzig und zerrissen, und einer hatte nicht einmal mehr Schuhe, seine Füße waren mit Lumpen umwickelt. Verschämt hielten sie ihre Blicke gesenkt, nur einer sah ihnen trotzig und mit versteinerter Miene in die Augen.

Ebertz deutete auf ihn. »Folgen Sie uns bitte, wir möchten mit Ihnen sprechen.«

Als die Ermittler den Mann, der eine alte Uniformjacke mit den Rangabzeichen eines Feldwebels trug, in Richtung des Geräteschuppens abführten, spürte Max förmlich die unsicheren, ängstlichen Blicke der übrigen Freischärler im Rücken. Im Schuppen angelangt, bedeutete er dem Gefangenen, auf dem hölzernen Pflug Platz zu nehmen, und löste ihm obendrein die Fesseln. Auch er wirkte jetzt nervös, von dem Trotz in seinen Augen schien nichts mehr übrig zu sein. Während er sich die schmerzenden Handgelenke rieb, sah er hektisch zwischen ihnen hin und her.

»Wie heißen Sie?«, fragte Ebertz.

»Hauptfeldwebel Fritz Kuhn, ehemals 21. Bayerisches Infanterie-Regiment und Freikorps Ostland.«

»Sie waren im Krieg?« Max deutete auf die Auszeichnungen auf der Brust des Mannes.

Der nickte. »Vier Jahre Westfront, anschließend Teilnahme an der Niederschlagung des Polenaufstands in Oberschlesien.«

»Und während dieser Zeit haben Sie unter Hauptmann Berger gedient?«

Wieder ein Nicken. Der Feldwebel sah sie mit zusammengekniffenen Lippen an, sagte jedoch kein Wort.

Max beugte sich zu ihm hinunter. »Hören Sie, Feldwebel, es ist das Beste für Sie und Ihre Männer, wenn Sie mit uns sprechen.« Er tippte ihm auf die Brust. »Tun Sie das nämlich nicht, wandern Sie alle direkt an den Galgen. Und glauben Sie mir, weder der Richter noch der Staatsanwalt wird es angesichts des Doppelmordes sowie des Angriffs auf die Gendarmeriestation abwarten können, Sie hängen zu sehen, das wird ein sehr kurzes Verfahren mit einem eindeutigen Ausgang werden.«

Die Augen des Mannes weiteten sich. »Ich habe von Anfang an gesagt, dass das alles Wahnsinn ist«, sagte er dann mit leiser Stimme.

Das ging aber schnell, dachte Max überrascht.

»Ich habe versucht, dem Hauptmann die Sache auszureden, aber es hatte keinen Sinn.« Er seufzte tief. »Der war aber so darauf versessen, dass er für niemanden mehr zugänglich war. Überall um uns herum gab es auf einmal nur noch Feinde und Verräter.«

»Was haben Sie hier in den Hügeln gemacht, und wie lange haben Sie hier gelebt?«, fragte Ebertz. »Wenn ich mir die ganze Anlage so anschaue, scheint es ja doch etwas länger gewesen zu sein.«

Der Soldat nickte, nestelte dann an seiner Hemdtasche und zog eine fast leere Packung Zigaretten heraus. »Was dagegen?«, fragte er. Als die Polizisten synchron den Kopf schüttelten, zündete er sich eine an und redete dann weiter. »Es war fast ein ganzes Jahr. Zuerst haben wir unter Zeltbahnen übernachtet. Das war verdammt kalt, kann ich Ihnen erzählen. Dann haben wir angefangen, die Gräben auszubauen und Unterstände anzulegen.«

»Was wollten Sie hier?«

»Wir haben angefangen, uns darauf vorzubereiten, etwas gegen die Zustände in der Heimat zu tun.« Er beugte sich vor. »Jahrelang haben wir unser Leben für Deutschland hingegeben, sind in Frankreich, Belgien, Italien und Russland elendig krepiert, und auf einmal war alles zu Ende!« Er spuckte verächtlich aus. »Der verdammte Vertrag von Versailles hat nicht nur Deutschland, sondern auch uns die Ehre genommen! Die Uniform zu tragen galt auf einmal als Schande. So viele Kameraden fanden keine Arbeit mehr und landeten als Penner auf der Straße.« Seine Stimme war voller Bitterkeit. »Damit wollten wir uns nicht abfinden. Gemeinsam wollten wir weiter für unsere Heimat kämpfen, die alte Ordnung wiederherstellen.«

»Wie genau hatten Sie sich das von hier aus vorgestellt?«

»Es war geplant, hier eine Basis aufzubauen und neue Kräfte zu sammeln. Nachschub, Munition, Rekruten, Verpflegung, Geld. Dann sollte der Staatsstreich folgen, und die November-Verräter sollten zum Teufel gejagt werden.«

Max warf Ebertz einen Blick zu.

»Aber dann kam es anders.«

Kuhn nickte bitter. »Am Anfang lief alles gut, wir wurden mit ausreichend Verpflegung und Munition versorgt. Auch Geld gab es.« Er zuckte die Schultern. »Anfangs zumindest, auch wenn es nicht unbedingt viel war. Aber irgendwann kam gar keins mehr. Auch Rekruten gab es keine. Und irgendwann dann gab es auch keine Verpflegung mehr, keine Medikamente und keine Munition.«

»Wie sind Sie eigentlich ausgerechnet hierher gekommen?«, fragte Max. »Diese Gegend ist ja doch äußerst abgelegen, um es einmal vorsichtig auszudrücken.«

»Der Andreas Maul war ein guter Kamerad, erst in Flandern und dann in Oberschlesien«, sagte Kuhn. »Oh, was hat der die neue Regierung gehasst! Als wir mit dem Hauptmann diskutierten, von wo aus wir unseren Kampf weiterführen wollen, hat er erzählt, er würde eine Stelle in seiner Heimat kennen, ein altes Grabensystem aus dem Dreißigjährigen Krieg, in dem wir uns bequem verstecken und wieder aufstellen könnten. Er hat auch gesagt, sein Vater würde unsere Überzeugung teilen und dabei helfen, uns zu versorgen. Auch gäbe es wohlhabende Geschäftsleute, die uns Geld zur Verfügung stellen würden. Also sind wir hierher.«

»Wann war das?«

Der Feldwebel zog an seiner Zigarette. »Das war vor etwa einem Jahr, im September 1919.«

Max nickte Ebertz zu. Zur gleichen Zeit war der Jungbauer, vermeintlich von den Toten auferstanden, auf den Bauernhof seines Vaters zurückgekehrt.

»Als Sie sich in den Hügeln eingerichtet hatten, wie ging es da weiter? Wer waren diese Geschäftsleute, die Sie unterstützt haben, und wie hat diese Hilfe konkret ausgesehen?«

Sie wussten bereits, um wen es ging, doch wollten sie es von dem Feldwebel noch einmal unabhängig bestätigt kriegen. Außerdem war es ein Test, um den grundsätzlichen Wahrheitsgehalt seiner Aussagen zu überprüfen.

Kuhn schüttelte den Kopf. »Ich selbst habe nur mit dem Andreas und seinem Vater zu tun gehabt. Es gab wohl eben noch diesen einen recht wohlhabenden Mann aus dem Ort, den habe ich aber nur einmal von Weitem gesehen. Der Hauptmann hat mit ihm geredet.«

»Können Sie ihn beschreiben?«

»Er war relativ weit weg. Ich kann nur sagen, dass er ziemlich fett war. Der Andreas hat sich hin und wieder seinen Lastwagen geliehen, wenn er uns Nachschub gebracht hat. Mit dem ist der Hauptmann vorgestern dann auch nach Hersbruck gefahren, um …« Er sprach den Satz nicht zu Ende und senkte den Blick.

»Gehen wir noch einmal auf die Zeit zurück, als Sie hier ankamen«, sagte Ebertz mit gepresster Stimme. »Wie ging es dann weiter? Wie haben Sie Nachschub erhalten?«

»Meistens sind wir nachts mit unseren Sturmlaternen den Hügel zum Hof hinabgeklettert. Dort haben dann der Andreas und sein Vater mit den Kisten gewartet. Jeder von uns hatte einen Beutel, in den er so viel hineingetan hat, wie er tragen konnte, und dann sind wir wieder zurück.«

Max musste fast laut auflachen, so absurd einfach kam ihm diese Erklärung nun auf einmal vor. Somit hatten sie ein weiteres Rätsel gelöst: Die tanzenden Lichter in der Dunkelheit, von denen der Briefträger und auch der Ortsvorsteher gesprochen hatten, waren die Freikorps-Soldaten mit ihren umgehängten Sturmlaternen gewesen.

»Und wie ging es dann weiter?«

Kuhns Augen bekamen einen fiebrigen Glanz, ein Muskel in seiner Wange zuckte, und sein Mund verzog sich zu einem schmalen, freudlosen Lächeln. »Und dann kam der Teufel zu uns.«

»Der Teufel?«, fragte Max verwirrt. »Wie meinen Sie das?«

»Er trat nachts aus den Schatten und hat zu uns gesprochen.« Sein Blick ging ins Leere. »Und wir haben ihm zugehört und ihm ein Licht entzündet.«

»Ein Licht? Meinen Sie ein Feuer?«

Kuhn nickte langsam. »Ja, genau, ein Feuer. Nachts auf dem großen Platz.«

Max wusste nicht, was er dazu sagen sollte. Erst hatte der Mann vollkommen normal gesprochen, doch von einem Augenblick auf den anderen hörte er sich nun an wie ein vollkommen Geisteskranker. Auch Ebertz schienen die Worte zu fehlen.

»Weshalb kam es zum Bruch mit der Familie Maul?«, fragte Max, um das Thema zu wechseln.

Kuhn schüttelte den Kopf. »Sie wollten nicht mehr«, sagte er mit immer noch gedankenlos klingender Stimme. »Sie meinten, es hätte keinen Sinn mehr. Der Teufel war darüber gar nicht erfreut.«

Sie ignorierten den letzten Satz. »Weshalb wollten sie Sie nicht mehr unterstützen?«, fragte Max stattdessen.

»Ich habe einmal mit dem Andreas gesprochen, und er meinte doch tatsächlich, der Kampf wäre nicht mehr nötig. Deutschland würde es wieder besser gehen, und die neue Regierung habe es geschafft, die Wirtschaft zu stärken. Außerdem, meinte er, hätten sich die Zeiten geändert. Die Menschen würden jetzt anders denken, wir wären Relikte aus einer alten Zeit.« Er stieß einen verächtlichen Lacher aus.

»Und deshalb mussten die beiden sterben?« Max sah dem Feldwebel fest in die Augen.

Der blickte starr zurück und antwortete: »Sie mussten sterben, weil sie uns verraten hatten, weil sie Deutschland verraten hatten!«

Max lief ein Schauer den Rücken hinunter angesichts der

Ruhe und Kaltblütigkeit, mit der der Soldat von dem Mord erzählte. Er schluckte. »Wie sind Sie vorgegangen?«

»Wir sind eines Abends hingegangen, und der Hauptmann hat an die Tür geklopft und gesagt, er will mit den beiden sprechen, weil doch unsere Zusammenarbeit nun beendet ist. Die haben sich zuerst gefreut, weil sie dachten, wir würden tatsächlich verschwinden.« Er grinste verächtlich. »Erst als wir dann im Wohnzimmer standen, dämmerte ihnen, dass das anders gemeint war, als sie dachten.«

»Und dann?«

»Sie wissen doch, was dann geschehen ist«, sagte der Freischärler und beobachtete die Ermittler mit einem lauernden Ausdruck in den Augen.

»Sie haben die beiden Männer gefoltert und ermordet.«

»Pah!«, spie Kuhn aus. »Wir haben diese ehrlosen Schweine für ihren Verrat bestraft.«

»Wer von Ihren Leuten war dabei?«, fragte Ebertz. »Sowohl bei dem Mord als auch bei dem Überfall auf die Gendarmeriestation. Schreiben Sie uns die Namen auf!« Er hielt ihm einen Stift und einen Notizblock hin.

Freimütig griff der Feldwebel danach und schrieb dann einen Namen nach dem anderen, es wurde eine sehr lange Liste. Ebertz sah Max verwundert an. So einen gesprächigen Gefangenen, der so offen über seine Verbrechen sprach und überdies seine Komplizen mit ans Messer lieferte, hatten sie selten erlebt.

»Weshalb haben Sie die Gendarmeriestation angegriffen?« Zwar kannten sie auch hierfür die Antwort schon, wollten sie aber ebenfalls noch einmal bestätigt haben.

Kuhn lachte auf. »Als Sie das erste Mal oben in den Hügeln waren, haben wir Sie beobachtet, jedem Ihrer Schritte sind wir gefolgt. Schmitz …«, er deutete zu den Toten vor dem Stall, »… war sich sicher, dass Ihr Kollege ihn mit fotografiert hatte, als er hinter einem Busch kniete.«

»Und deshalb wollten Sie die Aufnahmen und die Stiefelabdrücke vernichten?«

Kuhn zuckte die Schultern. »Sie waren uns ohnehin auf der Spur, und wir konnten nicht riskieren, dass Sie uns auf den Fotos entdecken und Verstärkung anfordern. Deshalb haben wir alles auf eine Karte gesetzt. Mit so einer starken Gegenwehr haben wir allerdings nicht gerechnet. Ihr Mann hat fünf von uns erwischt, bevor der Hauptmann ihn erschossen hat.«

Max schluckte. Dann beugte er sich zu Kuhn hinab, legte ihm wieder Handschellen an und flüsterte: »Dafür wandert ihr alle miteinander an den Galgen. Und wenn sie euch aufhängen, werde ich zusehen.«

Kuhn wollte etwas erwidern, doch Max zerrte ihn hoch und schubste ihn zu den anderen Gefangenen zurück.

»Glaubst du wirklich, dass sie hingerichtet werden?« Ebertz' Ton klang zweifelnd.

Max schüttelte den Kopf. »Ich weiß es nicht. Es kann durchaus sein, dass irgendein einflussreicher Militär ein paar Anrufe macht und nur ein paar Jahre Zuchthaus dabei herauskommen, wenn überhaupt. Hauptmann Berger ist ja tot, und somit kann man alles auf ihn schieben. Es würde mich nicht wundern, wenn wir das eine oder andere Gesicht bald wieder in Reichswehruniform sehen. Genauso gut kann es aber auch sein, dass der Scharfrichter schon morgen alle Hände voll zu tun bekommt. Diese Entscheidung liegt nun nicht mehr bei uns.«

Schubert trat zu ihnen. »Haben Sie erfahren, was Sie wissen wollten?«

Sie nickten. »Wir erzählen Ihnen alles in Ruhe, wenn wir wieder in Hersbruck sind.«

Der Kommandant blickte in Richtung Dorf, von wo sich gerade eine Gruppe Uniformierter in feldgrauen Mänteln und Stahlhelmen den Weg über den Knüppeldamm zu dem Hof bahnte. Die Landespolizei aus Nürnberg war eingetroffen. »Ich muss mich jetzt um meine Leute kümmern«, sagte er dann leise und reichte ihnen die Hand. »Vielen Dank. Ehrlich. Ohne Sie hätten wir es nicht geschafft.« Er lächelte. »Und wenn Sie irgendwann wieder einmal hier in der Gegend sein sollten, schauen Sie ruhig auf einen Sprung bei uns herein. Die Tür steht immer offen.«

Max und Ebertz sahen ihm einen Moment nach, wie er die Neuankömmlinge in Empfang nahm und ihnen Aufgaben zuwies, dann machten sie sich daran, den Hof zu verlassen. Während sie über den Knüppeldamm in Richtung Dorf balancierten, warf Max einen letzten Blick zurück auf den Hof und das Drudenholz. Noch immer waren Gendarmen damit beschäftigt, Kisten aus den Hügeln und dem Stallgebäude vor dem Wohnhaus zu stapeln, zu sortieren und zu katalogisieren, andere kümmerten sich um die Gefangenen und die Verletzten. Der Wind strich ihm über das Gesicht und ließ seinen Mantel wehen. Er hob den Blick und sah die Wolken am Horizont hinter der dunklen Silhouette der dicht bewachsenen Schwedenschanze schnell dahinziehen. Dann atmete er tief ein. Der Regen hatte aufgehört.

# 16. KAPITEL

»Und er hat wirklich alles sofort und ohne Ihr Zutun zugegeben?« Kriminalrat Wolters saß keck auf Ebertz' Schreibtisch und hielt die Akte mit der Aussage des Feldwebels in den Händen.

Die vergangenen Tage waren für die beiden Ermittler ein einziger Spießrutenlauf aus Händeschütteln, Beglückwünschungen, Ehrerbietungen, Gratulationen und sogar der Androhung einer Beförderung gewesen. Pausenlos klingelte das Telefon, und sensationsgierige Reporter wollten jedes noch so kleine Detail aus den Mündern der beiden Beamten selbst hören, die den »Teufel aus dem Wald«, wie die Boulevardblätter titelten, zur Strecke gebracht hatten.

Die Hälfte der Details, mit denen diese Zeitungen ihre blutrünstigen Geschichten ausschmückten, stimmte nicht, und egal, welche Mühe sich die Ermittler gaben, die Fakten richtig darzustellen, es machte keinen Unterschied. So gingen sie alsbald gar nicht mehr ans Telefon und hofften, dass die Aufmerksamkeitswelle bald vorübergeschwappt sein würde.

»Erzählen Sie mir noch einmal, wie Sie es geschafft haben, diese Banditen zu überwältigen!« Wolters' Begeisterung für Max' Schilderung, wie sie die verbliebenen Freischärler überrumpelt hatten, kannte keine Grenzen.

»Ich bin ja ein großer Anhänger von guten Abenteuergeschichten, und Ihre Geschichte ist die beste, die ich seit Langem gehört habe!«

Max seufzte und wollte gerade beginnen, dem Kriminalrat die Geschichte noch einmal zu erzählen, als es an der Tür klopfte und eine Sekretärin Wolters einen Notizzettel hereinreichte. Er las ihn, steckte ihn in seine Tasche und fuhr dann ernster fort: »Meine Herren, wie Sie vielleicht wissen, steht der Gerichtsprozess gegen diese ehemaligen Soldaten an.«

»So schnell?«, fragte Max.

Wolters nickte. »Der Fall hat für großes Aufsehen in der Bevölkerung gesorgt. Die Politiker sind emsig darauf bedacht, so schnell wie möglich ein Zeichen zu setzen, allzu viele Freisprüche dürfte es in diesem Fall also nicht geben. Sosehr es uns verwundern mag, aber hin und wieder scheint unsere Justiz tatsächlich noch zu funktionieren.« Er erhob sich. »Meine Herren, ich habe noch etwas Dringendes zu erledigen.« Mit diesen Worten verließ er das Büro.

Max genoss die kurze Zeit der Ruhe und streckte die Beine aus. Dann wanderten seine Gedanken zu Schürmann, und sein Blick verfinsterte sich. Er hatte es selbst übernommen, den Eltern seines Freundes die Nachricht vom Tod ihres Sohnes mitzuteilen. Zwar war das nicht die erste derartige Botschaft, die er überbrachte, doch dies war etwas anderes. Nun war er persönlich involviert und auch betroffen, er war es gewesen, der Schürmanns Schreibtisch, Spind und Arbeitsplatz ausgeräumt und seine Habseligkeiten verpackt hatte. Ein ganzes Leben passt in eine kleine Kiste, dachte er. Und irgendwann geht es uns allen einmal so, es stellt sich nur die Frage, ob man selbst die Kiste heraussträgt, wenn man in Rente geht, oder ob es ein Kollege tut.

Max war auch einer der Sargträger auf Schürmanns Beerdigung auf dem Nürnberger Westfriedhof gewesen. Er hatte in der vordersten Reihe gestanden und war einer der Ersten gewesen, die an seinem Grab vorbeigegangen waren und ihm die letzte Ehre erwiesen hatten. Schürmanns Tod riss nicht nur eine riesige Lücke in ihre Gruppe, sondern auch in Max' Leben. Seit sie beide etwa zur gleichen Zeit bei der Kriminalpolizei angefangen hatten, waren sie befreundet gewesen.

»Das alles, was geschehen ist, macht einen nachdenklich, nicht wahr?«, riss ihn Ebertz' Stimme aus seinen Gedanken.

»Was meinst du?«

»Wie schnell es gehen kann. In einem Moment sitzt du hier, und im nächsten Moment bist du tot. Und das nur, weil ein anderer es so will. Das bringt einen schon zum Nachdenken.«

Max hörte, dass dies nicht nur dahingesagt war, und sah Ebertz irritiert an. »Was willst du mir damit sagen?«

Sein Partner holte tief Luft. »Ich höre auf.«

Die Worte trafen ihn wie ein Schlag in die Magengrube. »Bitte was? Weshalb das denn?«

»Ich habe lange darüber nachgedacht und bin der Meinung, dass es das Beste ist.« Er hob beschwichtigend die Hände. »Das ist ein Spiel für junge Leute. Ich bin jetzt seit über dreißig Jahren dabei und habe mehr Gewalt und Tod gesehen, als für ein Menschenleben gut ist. Als ich in die zerstörte Gendarmeriestation zurückgekehrt bin und wir auf dem Bauernhof angegriffen wurden, habe ich gemerkt, dass es Zeit ist, das Ruder abzugeben.« Er beugte sich vor. »Und ich möchte, dass du mein Nachfolger wirst.«

»Das kann nicht dein Ernst sein!«, sagte Max, doch Ebertz nickte beharrlich.

»Ich verbringe mehr Zeit mit Leichen als zu Hause mit meiner Frau. Außerdem …«, er lächelte, »… sind Schießereien und Verfolgungsjagden dann doch eher etwas für jüngere Semester. Die alten Knochen wollen eben nicht mehr so.«

Max schüttelte den Kopf, er war sprachlos und konnte nicht glauben, was er gerade gehört hatte. Schürmann war tot, und Ebertz wollte seinen Beruf an den Nagel hängen – dieser Fall hatte ihre ganze Gruppe gesprengt.

Sein Kollege trat neben ihn und legte ihm die Hand auf die Schulter. »Es ist Zeit für einen Neuanfang«, sagte er. »Max, du bist bereit dazu, selbst Ermittlungen zu leiten. Du wirst eine ganz neue Ermittlergruppe anführen. Mit Wolters habe ich schon darüber gesprochen.«

»Was hast du mit ihm besprochen?«

»Dass du meine Nachfolge antreten wirst.«

Max spürte, dass ihm diese Wendung zu viel wurde, immerhin hatten ihn die Ereignisse ebenfalls total erschöpft. Er fühlte sich innerlich auf eine seltsame Weise leer. »Und wann wird es so weit sein?«, fragte er tonlos.

Ebertz trat ans Fenster und blickte hinaus. »Nächsten Monat lege ich offiziell mein Amt nieder. Ich habe noch Resturlaub, den ich bis dahin nehme.« Er lächelte. »Vielleicht fahren Gisela und ich ans Meer.«

»Und wann wolltest du mir davon erzählen?«

»Spiel nicht den Beleidigten, Max. Ich sage es dir jetzt, und du hast ausreichend Zeit, dich vorzubereiten.« Ebertz trat zu ihm und reichte ihm die Hand. Max erhob sich und ergriff sie. »Herzlichen Glückwunsch, Herr Kriminalkommissar Reinhardt.«

Die Tür öffnete sich, und Wolters kam wieder herein.

»Ah, Paul, ich vermute, du hast Herrn Reinhardt über die geplanten Veränderungen in Kenntnis gesetzt?«

Der scheidende Ermittler nickte.

»Dann beglückwünsche ich Sie nun auch offiziell zu Ihrer Beförderung und Ihrer neuen Dienststellung«, sagte der Kriminalrat zu Max. »Ich habe oft und intensiv mit Paul gesprochen, und wir sind uns beide einig, dass es für den Posten keinen Besseren gibt.«

Max fühlte sich überrumpelt. Das Ganze ging etwas zu schnell für ihn. Noch immer konnte oder wollte er sich nicht mit dem Gedanken abfinden, dass von nun an alles anders werden und er die Leitung der Gruppe übernehmen würde. Aber Ebertz hatte recht, bis zu einem gewissen Punkt konnte man es ertragen, doch irgendwann musste man sich eingestehen, dass es sinnvoller war, damit aufzuhören.

»Und wenn ich ablehne?«, fragte er.

»Das würde ich ablehnen«, sagte Wolters mit fröhlicher Stimme. »Die offizielle Urkunde bekommen Sie in den kommenden Tagen.«

Max atmete tief ein und ergab sich in sein Schicksal. »Vielen Dank, Herr Kriminalrat, ich werde mein Bestes geben.«

»Davon bin ich überzeugt, mein lieber Reinhardt«, sagte Wolters jovial, als es klopfte. Er sprang zur Tür und riss sie auf. »Wo wir gerade dabei sind, darf ich Ihnen Ihren neuen Kriminaltechniker vorstellen?«

Eine junge Frau mit dunklen, hochgesteckten Haaren und einem modischen Hut trat herein.

»Das ist Fräulein Müller, die die Nachfolge unseres leider viel zu früh von uns gegangenen Herrn Schürmann antreten wird«, rief Wolters begeistert. »Sie hat eine exzellente Ausbildung hinter sich und ist eine der Besten ihrer Abschlussklasse. Und das hier ist Kriminalkommissar Reinhardt.«

Sie lächelte und reichte Max die Hand. »Ich bin Charlotte Müller, es freut mich, Sie kennenzulernen.«

Max wusste nicht, was er sagen sollte, er starrte sie einfach nur an. Eine Frau als aktives Mitglied einer Ermittlergruppe war zumindest … ungewöhnlich. Normalerweise arbeiteten Frauen nur als Sekretärinnen oder Stenotypistinnen, die Laufbahn als Kriminalbeamter war bislang eine reine Männerdomäne gewesen. Er wusste bereits jetzt, dass sie es nicht immer einfach haben würde, die Anfeindungen der etwas altmodischeren Kollegen blieben ganz sicher nicht aus. Daher musste sie sich wohl doppelt so sehr anstrengen wie andere Neuankömmlinge, damit ihre Leistungen anerkannt wurden.

Doch ein Blick in die selbstbewussten und kämpferischen Augen der jungen Frau verriet ihm, dass sie dem gewachsen war. Vermutlich mussten sich sogar eher seine Kollegen warm anziehen. Max lächelte und ergriff ihre Hand. »Na dann, Fräulein Müller, herzlich willkommen bei der Nürnberger Mordkommission.«

# 17. KAPITEL

Das knackende Feuer im Kamin erfüllte das Büro mit angenehmer Wärme. Draußen rüttelte der Wind an den Fenstern. Gustav Ritter betrachtete mit beinahe verträumtem Blick die Baumwipfel, die heftig hin und her wogten.

»Meine Herren, ich danke Ihnen für die diskrete Behandlung dieser äußerst heiklen und unangenehmen Angelegenheit«, sagte Generalmajor Schmidtke und paffte an seiner Zigarette.

»Das war in unserem ebenso wie in Ihrem Interesse«, sagte Oberst von Seltgenstein vom Militärgeheimdienst, der neben Ritter in einem gemütlichen Ledersessel vor dem Schreibtisch des Generals saß. »Wenn Berger nicht gestoppt worden wäre, hätte es durchaus heikel werden können.«

»Die Zeit der Freikorps ist endgültig vorbei«, schnarrte Schmidtke. »Spätestens seit dem Kapp-Putsch dürfte das wirklich jedem klar sein.«

Ritters Mundwinkel zuckte kurz. Vor gut neun Monaten, im März 1920, hatten General Walther von Lüttwitz und der Generallandschaftsdirektor Wolfgang Kapp mit Hilfe von regulären Armeeeinheiten und einer großen Anzahl an Freikorps versucht, die demokratische Regierung zu stürzen. Es dauerte gerade einmal hundert Stunden, bis die Putschisten geschlagen und die Anführer geflohen oder verhaftet waren. Eine der Folgen des missglückten Umsturzes war, dass die paramilitärischen Einheiten und somit auch deren enge Verflechtung zu Reichswehr und Politik aufgelöst wurden – zumindest offiziell.

Die Mitglieder dieser Formationen fanden eine neue Heimat in Wehrverbänden oder in rechtsgerichteten Parteiorganisationen wie dem Stahlhelm der Deutschnationalen Volkspartei oder der Sturmabteilung der NSDAP – oder sie wurden Teil der Schwarzen Reichswehr. Diese Schattenarmee diente einzig dem Zweck, die Mannstärke von lediglich hunderttausend Soldaten zu umgehen, die die Siegermächte Deutschland im Versailler Vertrag aufgezwungen hatten. Durch die inoffiziellen Verbände, die nicht nur von der Reichswehr geduldet, sondern sogar von ihr ausgebildet und finanziert wurden, stieg die Stärke der Armee auf ein Vielfaches des Erlaubten an. Zudem konnten diese Einheiten in Konflikten wie etwa dem Oberschlesischen Aufstand eingesetzt werden, wo der Einsatz regulärer Truppen aus politischen Gründen nicht möglich war. So konnten die Generäle und Geheimdienstoffiziere ruhigen Gewissens versichern, dass keine deutschen Truppen in Kampfhandlungen verwickelt waren.

»Hauptmann Berger war ein guter und treuer Offizier und stand unserer Sache stets loyal gegenüber«, sagte der General. »Doch er wollte nicht einsehen, dass unser Kampf vorüber ist.« Er paffte an seiner Zigarette und fügte dann hinzu: »Zumindest vorerst.«

Eine Weile saßen die drei Männer stumm da und lauschten dem Knacken des Kaminfeuers. »Das bedeutet, dass Sie bereits Pläne für die Zukunft haben?«, fragte von Seltgenstein schließlich vorsichtig.

Der General legte den Kopf in den Nacken und blies eine Rauchwolke in Richtung Zimmerdecke. »Aber natürlich, mein lieber Oberst.« Er erhob sich und begann, im Zimmer auf und ab zu laufen. Ritter und von Seltgenstein folgten ihm mit ihren Blicken.

»Unsere Freunde waren zwar etwas unangenehm überrascht, um es einmal vorsichtig auszudrücken, als sie erfuhren, was unsere Leute da angerichtet haben, doch ich konnte ihnen glaubhaft versichern, dass wir die Lage unter Kontrolle haben und nichts herauskommen wird«, sagte Schmidtke. »Sie haben in einer äußerst heiklen und verzwickten Lage stets die Ruhe bewahrt und Ihren Auftrag vorbildlich ausgeführt. Ihnen hat dabei unser aller Dank zu gebühren, Hauptmann Böhme.«

Gustav Böhme zuckte kurz zusammen, als sein Vorgesetzter

ihn mit dem Namen ansprach, der in seiner Reichswehr-Akte stand. Er hatte den unscheinbaren Beamten Gustav Ritter derart verinnerlicht, dass es ihm manchmal selbst zu Hause schwerfiel, diese Identität abzustreifen. Diesen Charakter mit all seinen Eigenschaften und Verhaltensmustern hatte er über mehrere Jahre hinweg akribisch aufgebaut, erprobt und vertieft. Wie bei seinen anderen Identitäten behielt er stets seinen richtigen Vornamen, nur Nachname und Beruf änderten sich. Dabei legte er großen Wert darauf, jeden Charakter glaubwürdig zum Leben erwecken zu können. Nichts war für einen Agenten schlimmer als eine unpassende und schlecht durchdachte falsche Identität. Um glaubwürdig zu sein, kam es vor allem auf die Details an, die kleinen Eigenheiten, die jeden Menschen besonders und authentisch machten.

Nach dieser Sache nun würde Gustav Ritter höchstwahrscheinlich für eine längere Zeit nicht auffindbar sein. Vermutlich würde er in geheimer Sache an eine unbekannte andere Stelle versetzt werden. Böhme bedauerte dies ein wenig, er hatte den Charakter gemocht. In ihn hatte er viel von seinem leider viel zu früh verstorbenen Vater, einem pflichtbewussten Finanzbuchhalter, den er sehr geliebt und verehrt hatte, einfließen lassen. Aber vielleicht würde er Gustav Ritter eines Tages wiederauferstehen lassen, wenn auch mit einem anderen Namen oder als Teil einer anderen Person.

Böhme erhob sich, zog seine Uniformjacke glatt und deutete eine Verbeugung an. »Ich danke Ihnen für Ihre Wertschätzung, Herr Generalmajor. Doch ich habe nur meine Befehle befolgt.«

»Keine falsche Bescheidenheit, Böhme«, schnarrte Schmidtke. »Das war erstklassige Arbeit. Wir können froh sein, Sie in unseren Reihen zu wissen.«

»Was gedenken unsere Freunde nun zu tun?«, fragte Oberst von Seltgenstein, der sich ebenfalls erhoben hatte und paffend eine Zigarette anzündete.

Böhme musste bei diesem Wort leise lächeln. Bei den »Freunden« handelte es sich um einen Zusammenschluss nationalistisch-völkischer Reichswehroffiziere, die sich selbst den martialischen Namen »Eiserne Faust« gegeben hatten. Ihr gemeinsames Ziel war es, die Republik, die sie alle ablehnten, durch eine »nationale Revolution« wieder abzuschaffen.

Eines der maßgeblichen Mitglieder und zudem auch Gründer dieses Bundes war Hauptmann Ernst Röhm. Wie Röhm waren auch nahezu alle anderen Mitglieder dieses Offiziers-Clubs ehemalige Freikorps-Angehörige und hatten daher ein besonders enges Verhältnis zu den schwarzen Einheiten. Um ihre Ziele zu erreichen, setzte die Eiserne Faust alle notwendigen Mittel ein. Ihre Methoden reichten dabei von Bestechung über Waffenschmuggel zur illegalen Aufrüstung der Reichswehr bis hin zur Beeinflussung und Ausschaltung politischer und gesellschaftlicher Gegner, zur Not auch mit Gewalt.

»Erst einmal halten wir die Füße still und warten, bis Gras über die Sache gewachsen ist«, tönte auf einmal eine Stimme aus dem Hintergrund. Alle Augen richteten sich auf den Mann mit dem streng zusammengekniffenen Mund und den misstrauisch dreinblickenden Augen, der neben dem Kamin stand. Generalmajor Franz Ritter von Epp, ebenfalls ein vormals berüchtigter Freikorps-Führer, war der Kommandeur der 7. Bayerischen Division.

Böhme fand es faszinierend, wie sich die eigenständige Stellung, die Bayern nach dem Großen Krieg innerhalb Deutschlands einnahm, auch auf die Armee übertrug. So war die Bayerische Reichswehr, wie der im Freistaat stationierte Teil der deutschen Streitkräfte bezeichnet wurde, in einem gewissen Maße vollkommen autonom gegenüber der Heeresführung in Berlin. In diesen Einheiten dienten außerdem ausschließlich bayerische Staatsbürger, und in Kokarden und Wappenschildern trugen sie nicht die Farben des Deutschen Reiches, sondern die des Freistaats. Dies garantierte, dass die Truppen ausschließlich der bayerischen Regierung und Armeeführung gegenüber loyal waren.

Epp ging zu Schmidtkes Schreibtisch und griff nach einer

Zeitung, die darauf lag. »Glücklicherweise ist nichts nach draußen gedrungen, und die Öffentlichkeit hat sich mit der Geschichte der marodierenden Freikorps-Bande, die auf eigene Rechnung gegen die Demokratie kämpfen wollte, zufriedengegeben.«

Böhme konnte die Vorgehensweise der »Freunde«, sich selbst aus der Affäre herauszuhalten, um nicht an Macht und Einfluss zu verlieren, logisch zwar nachvollziehen, als treuer Soldat, dem Pflichtbewusstsein, Kameradschaft und Loyalität über alles gingen, hielt er es jedoch für absolut nicht hinnehmbar. Die oberen Ränge hatten sich damit politisch ans sichere Ufer gerettet, bei ihren Gefolgsleuten hatte sie diese Taktik jedoch ein gehöriges Maß an Respekt und Vertrauen gekostet, zeigte es ihnen doch, dass jeder von ihnen entbehrlich war und ihre Anführer keine Sekunde zögern würden, sie zu opfern, wenn sie damit sich selbst schützen konnten. Zwar war das nun einmal tatsächlich der Fall und in jeder Organisation, Armee oder gesellschaftlichen oder politischen Vereinigung an der Tagesordnung und wurde permanent so praktiziert, der Kniff an der Sache war, es nicht so zu kommunizieren.

Doch das motivierte natürlich nicht gerade zu allzu großem Enthusiasmus, sich für »die Sache« zu engagieren und dafür unter Umständen im Gefängnis zu landen oder gar sein Leben aufs Spiel zu setzen.

Berger hatte mitnichten unabhängig oder gar auf eigene Initiative hin gehandelt. Was sollte diese kleine Truppe ausgezehrter Kämpfer denn von der hintersten Provinz aus auch ausrichten können? Wenn sie lediglich hätten untertauchen wollen, ohne gefunden zu werden, wäre der Großstadtdschungel einer Metropole wie Berlin oder der Ballungsräume des Ruhrgebiets deutlich leichter und bequemer gewesen. So aber hatten sie sich in einem Loch im Wald wie Geächtete verstecken müssen.

Nicht nur einmal hatte Berger, der Verzweiflung nahe, gebeten, die Stellung aufgeben und anderweitig untertauchen zu dürfen. Doch Schmidtke, der dieses »Projekt«, wie er es nannte, als seine persönliche Angelegenheit betrachtete, um sich vor Epp und seinen Kameraden zu profilieren, hatte es ihm jedes Mal aufs Neue verweigert. Er hatte in dieser abgelegenen Gegend einen geheimen Stützpunkt einrichten und dort eine schlagkräftige paramilitärische Truppe aufstellen wollen. Doch daraus war nichts geworden. Es gelang ihnen nicht, noch mehr Kämpfer zu sammeln, und die wenigen, die in dem Grabensystem ausharrten, waren bald nicht nur dem immer schlechter werdenden Wetter, sondern auch Hunger und Krankheiten ausgesetzt.

Die Ereignisse der letzten Wochen, die Morde, der Überfall auf die Gendarmeriestation und schlussendlich das letzte Gefecht, waren pure Verzweiflungstaten von Männern gewesen, die aus ihrer Lage weder ein noch aus wussten. Den General kümmerte das Elend dieser Soldaten nicht, er schwang nur große Reden von soldatischer Loyalität, Opferbereitschaft und Heldenmut. Doch im Grunde waren das alles leere Phrasen. Ihm ging es insgeheim nur darum, seine persönliche Macht zu mehren. Auch dafür verachtete Böhme ihn.

Generalmajor Schmidtke trat vor den Kamin. »Meine Herren«, sagte er zu Böhme und von Seltgenstein, die Haltung annahmen. »Ich danke Ihnen noch einmal für Ihren Einsatz und Ihre Diskretion. Seien Sie gewiss, dass man sich dessen erinnern wird, wenn es an der Zeit ist.« Er machte eine gönnerhafte Handbewegung in Richtung Tür. »Sie entschuldigen uns, Generalmajor Ritter von Epp und ich haben noch einige wichtige Dinge zu erledigen. Ich wünsche Ihnen noch einen schönen Tag.«

Damit waren sie entlassen. Böhme deutete erneut eine Verbeugung an und folgte von Seltgenstein aus dem Büro. Sie durchquerten das Vorzimmer, in dem Schmidtkes Sekretär gerade damit beschäftigt war, Akten in einen großen Schrank einzusortieren, nahmen ihre Mäntel und Mützen vom Kleiderständer neben der Tür und traten auf den langen Flur.

Die Schritte ihrer Stiefel hallten von den Marmorfliesen wider, als sie dem breiten Gang in Richtung Ausgang folgten. Einige Soldaten, die ihnen entgegenkamen, grüßten zackig und eilten dann weiter. Bis sie durch die hohe Eingangstür in den kalten Wind hinaustraten, wechselten die beiden Männer kein Wort miteinander. In den langen, verwinkelten Gängen der Nürnberger Südkaserne hallten Geräusche so laut, dass man selbst leise Gespräche oft aus großer Entfernung noch verstehen konnte. Außerdem konnte hinter jeder Ecke oder in jedem unscheinbaren Verwaltungsbeamten oder Soldaten ein möglicher Spitzel stecken.

Böhme knöpfte seinen Mantel zu und zog die Dienstmütze tief ins Gesicht. Die Temperaturen waren noch weiter gesunken, und der Regen war heftigem Schneetreiben gewichen. Weihnachten stand vor der Tür. Der Wind riss an ihren Mänteln, als die beiden durch den Schnee zu ihrem Wagen stapften. Ihr Fahrer startete den Motor, während sie auf den Rücksitz kletterten. Die Wachtposten am Tor hatten sich in ihre Mäntel eingewickelt und die Schals bis zur Nasenspitze hochgezogen. Die Gewehre über die Schulter gehängt, grüßten sie, als der Fahrer den Wagen schlingernd auf die Straße lenkte.

Sie bogen in Richtung Westen ab und folgten der schneebedeckten Fahrbahn. Auf der rechten Seite tauchten erst der große Volksfestplatz und anschließend der Dutzendteich auf, eines der beliebtesten Wochenendziele der Nürnberger. Während sich im Sommer die Ausflügler und Liebespaare romantischen Spaziergängen in den Wäldchen um den See herum hingaben, die Biergärten unter Bäumen besuchten oder Tretboot fuhren, war der See im Winter vor allem bei Schlittschuhläufern beliebt. Doch bei diesem dichten Schneetreiben konnte Böhme nur einige wenige Gestalten auf dem Eis ausmachen, die sich der Witterung entgegenstellten.

»Sie haben wirklich außerordentlich gute Arbeit geleistet«, sagte von Seltgenstein. Böhme nickte dankend. Das Lob seines direkten Vorgesetzten bedeutete ihm um einiges mehr als die Worte des Generals. Anders als Schmidtke hatte sich von Seltgenstein trotz seiner adligen Herkunft aus den Mannschaftsdienstgraden bis zu seiner jetzigen Position hochgearbeitet. Er hatte weder eine Militärakademie besucht und war bereits als Offizier zur Truppe gekommen, noch hatte er familiäre Beziehungen genutzt, um seine Stellung zu erreichen.

»Ich kannte Berger«, sagte er. »Ziemlich gut sogar. Er war ein loyaler und fähiger Offizier, der sich um seine Männer gekümmert hat. Doch nach allem, was passiert ist, hatten wir keine Wahl.« Nach kurzem Schweigen korrigierte er seine Worte: »*Sie* hatten keine Wahl.«

In Böhmes Ohren klang das wie eine Entschuldigung, mit der von Seltgenstein sein Gewissen beruhigen wollte. Wie Schmidtke hatte natürlich auch der Oberst von der verzweifelten Lage von Berger und dessen Männern gewusst. Er war nicht nur der Offizier gewesen, über den jede Kommunikation zwischen den Freikorps-Soldaten und der Führungsriege gelaufen war. Gemeinsam mit einem geheimen Stab, zu dem auch Böhme gehört hatte, hatte von Seltgenstein den Plan Schmidtkes, die Schattenarmee weiter auszubauen, Realität werden lassen.

Sie hatten zahlreiche Orte und Möglichkeiten intensiv geprüft und waren schließlich auf das dünn besiedelte Pegnitztal gestoßen. Strategisch gesehen gab es keinen idealeren Platz für ihr Vorhaben: abgelegen genug, um unerkannt operieren zu können, doch in einer Entfernung, in der die Truppe binnen weniger Stunden auch in Nürnberg eingesetzt werden konnte. Zudem war es möglich, die von Berlin nach München führende Nord-Süd-Achse rasch und leicht zu blockieren und so möglichen aus der Reichshauptstadt gesandten Verstärkungen den Weg nach Nürnberg und in das umliegende Industriezentrum abzuschneiden, das eine wichtige Rolle für die Wirtschaft im südlichen Teil Deutschlands spielte. Armee- oder Polizeieinheiten hätten sich so mühsam durch die unwirtliche Mittelgebirgslandschaft der Hersbrucker und Fränkischen Alb kämpfen müssen, was ihren Vormarsch nicht nur verlangsamt, sondern erheblich behindert hätte. Diese schnelle Verfügbarkeit der

Truppen war ein äußerst wichtiger Aspekt bei der Suche nach Standorten gewesen.

Ein weiterer Punkt, der für das Pegnitztal und die Nähe zu dem kleinen Dorf Obergubach sprach, waren die Bewohner. Seit jeher waren die ländlichen Regionen stets konservativer geprägt als urbane Gegenden, in denen gesellschaftliche oder politische Entwicklungen zuerst bemerkbar wurden. So standen auch die Einwohner von Obergubach der neuen Republik skeptisch bis ablehnend gegenüber. Obwohl sie wie viele andere Landwirte und kleine Handwerker im ganzen Reich wohl auch vom »Platz an der Sonne«, den der Kaiser seinem Volk versprochen hatte, nichts gespürt und sicher mehr mit ihren eigenen alltäglichen Problemen zu tun hatten, schien es doch, als wäre mit der Abdankung des Herrschers und der Etablierung der Demokratie die Welt aus den Fugen geraten.

Mit Vater und Sohn Maul sowie dem Sägewerksbesitzer Moltzer fanden sich sogar Bewohner, die sie aktiv bei ihrem Vorhaben unterstützten – was natürlich ein unglaublicher Glücksfall gewesen war! Auf diese Weise konnten sie Nachschub und Verpflegung unauffällig direkt durch das Dorf zu den Männern in ihrem Lager in den Hügeln schaffen. Später, wenn in den umliegenden Wäldern mehr und mehr solcher Lager entstanden sein würden, sollte zusätzlich die von Norden auf die andere Seite der Hügelkette zulaufende Straße, die eher ein breiter Feldweg war, genutzt werden. Die Versorgung war von Anfang an einer der kritischsten Punkte gewesen. Eine Truppe aufzustellen war in Zeiten hoher Arbeitslosigkeit, Tausender entlassener, obdachloser ehemaliger Frontsoldaten und einer weitverbreiteten Republikfeindlichkeit nicht allzu schwer. Allerdings mussten auch diese Männer essen, brauchten medizinische Versorgung und ein gewisses Maß an Luxusgütern.

Auch von Seltgenstein hatte letztendlich nichts unternommen, doch mit einem hatte er recht: Böhme hatte tatsächlich keine Wahl gehabt. Wie ein in die Enge getriebenes Tier war Berger zu einer ernst zu nehmenden Gefahr geworden. In seiner Verzweiflung hatte der Hauptmann seinen Glauben an Loyalität und Treue verloren und wollte tatsächlich aufgeben. Seine Verhaftung hätte über kurz oder lang das ganze Ausmaß der Verschwörung ans Tageslicht gebracht und einen riesigen Skandal nach sich gezogen. Die Presse hätte sich wie ein Haufen Aasgeier auf die Geschichte gestürzt und sie bis ins Letzte ausgeschlachtet.

Es wäre zu Verhaftungen gekommen, und nicht nur ranghohe Militärs, sondern auch mit ihnen verflochtene Größen aus Politik und Wirtschaft, die der normale Bürger als Stützen der Gesellschaft und vermeintliche Verfechter der Demokratie kannte, hätten ihre Posten verloren.

Böhme erinnerte sich an seine letzte Begegnung mit Berger, als er dem Hauptmann in dem Grabensystem alleine gegenüberstand, während wenige Meter weiter noch erbittert gekämpft wurde. Angesichts des Zustandes, in dem sich die Männer befanden, wunderte er sich noch heute, wie sie überhaupt so lange durchgehalten hatten. Dazu gehörte nicht nur ein unglaublicher Wille, sondern auch eine charismatische Führung, doch irgendwann brach jeder Mensch. Berger hatte ihm an diesem Tag seine ganze Wut und Verzweiflung ins Gesicht geschrien, hatte ihm ihre Arroganz, ihre Gleichgültigkeit und letztendlich ihren Verrat vorgehalten.

Böhme konnte ihn verstehen, er hätte in solch einer Situation wahrscheinlich auch nicht anders gehandelt. Doch er war nicht in dieser Situation, und er hatte seine Befehle, nur darauf kam es an. Und seine Befehle sagten, er solle die Gefahr ausschalten. Berger hatte gerade seinen Revolver als Zeichen der Kapitulation auf den Boden werfen wollen, als Böhme blitzschnell neben ihn getreten war und dem Hauptmann in den Kopf geschossen hatte. Und das gerade noch rechtzeitig, denn wenige Augenblicke später waren Reinhardt und einige der Gendarmen zu ihm vorgestoßen, und Böhme hatte geistesgegenwärtig die Geschichte vom unbeugsamen Hauptmann erfunden, der lieber in den Tod ging, als aufzugeben.

Er war sich sicher, dass niemand daran zweifelte, und das machte ihn, der stets ein hohes Improvisationstalent gehabt hatte, doch ein wenig stolz. Um die Geschichte perfekt zu machen, hatte er sich einige Tage später nachts in die Räume der Gerichtsmedizin im Untergeschoss des Nürnberger Polizeipräsidiums geschlichen und das Projektil, das aus dem Kopf des Hauptmanns geholt worden war und aus seiner Waffe stammte, mit einem Geschoss aus Bergers Revolver vertauscht.

Von Seltgensteins Stimme riss ihn aus seinen Gedanken. »Wir müssen sichergehen, dass uns nicht einer von Bergers Männern verrät«, sagte er. »Wir wissen ja nicht, inwieweit sie eingeweiht waren.«

Böhme schüttelte den Kopf. »Berger war ein treuer Soldat. Ich bin mir sicher, dass er seinen Befehlen, die Identität der Hintermänner im Geheimen zu halten, gehorcht hat. Die Soldaten wussten lediglich, dass ranghohe Offiziere der Reichswehr hinter ihrer Sache stehen. Aber sie haben garantiert weder Einheiten noch Dienstgrade oder gar Namen erfahren.«

Doch von Seltgenstein schien nicht überzeugt. »Eine hundertprozentige Sicherheit gibt es dennoch nicht. Wir können nicht ausschließen, dass Berger nicht doch etwas hat verlauten lassen. Vor allem, wenn man seinen Zustand in den letzten Wochen bedenkt.« Er dachte einen Augenblick nach und fuhr dann fort: »Die Gefahr ist ohnehin zu groß, falls Sie einer der Männer erkannt hat. Immerhin haben sie Sie oft genug gesehen.«

»Wäre es so gewesen, wäre das schon bei ihrer Festnahme herausgekommen.« Böhme war etwas gereizt. Obwohl er die extreme Vorsicht seines Vorgesetzten durchaus verstehen und nachvollziehen konnte, fühlte er sich dennoch in seiner Ehre als Agent gekränkt. Hatte er nicht durch zahlreiche erfolgreiche Missionen bewiesen, dass er ein Meister seines Faches war? Er war in den vergangenen Monaten etwa ein halbes Dutzend Mal in dem Grabensystem gewesen, um mit Berger das zu besprechen, was mit einem Telegrafen nur schwer möglich war. Vergeblich hatte er sich darum bemüht, die Moral der Männer aufrecht zu halten, und dem Hauptmann mehrfach zugesichert, dass er sich persönlich um eine Lösung kümmern werde.

Er wusste natürlich, dass Schmidtke längst das Interesse am Revolution-Spielen, und somit auch an den Männern in den Hügeln, verloren hatte. In diesem Punkt unterschieden sich die »Großkopferten«, wie die Reichen und Mächtigen vom einfachen Volk genannt wurden, nicht sonderlich von Kindern: Waren sie ein Spielzeug leid, warfen sie es einfach in die Ecke und wandten sich neuen Dingen zu. Dass es in diesem Fall jedoch um Menschen ging, interessierte sie dabei nicht. Sie nahmen die Männer, die ihretwegen in Dreck und Elend lebten, nicht als lebende Geschöpfe, sondern als Figuren auf ihrem Spielbrett wahr, die sich nach ihren Wünschen zu bewegen hatten.

Ein leichtes Lächeln flog über Böhmes Lippen. Stets hatte er darauf geachtet, nur in der Dämmerung oder bei Nacht in dem Grabensystem aufzutauchen. Die unzureichende Beleuchtung, die häufig nur von Taschenlampen oder Sturmlaternen herrührte, erleichterte es ihm ungemein, sein Gesicht vor den Soldaten zu verbergen. Das menschliche Auge nimmt zwar im Dunkeln Bewegungen äußerst schnell wahr, doch Gesichter erscheinen stets anders als bei Tageslicht. Den »Teufel« hatten sie ihn genannt, der nur in der Nacht erschien und genauso schnell und mysteriös wieder verschwand.

Es war ein Leichtes gewesen, die durch die Belastungen in ihrem Geiste ohnehin schon angegriffenen Männer weiter zu beeinflussen und zu manipulieren. Böhme hatte sich deshalb sogar extra aus der Bibliothek Bücher über alle möglichen Kulte und Formen der Teufelsanbetung besorgt. Esoterische Gruppen, Geheimbünde und Pseudo-Religion waren im Moment ohnehin der letzte Schrei, somit setzte Böhme damit auf ein sicheres Pferd. Denn nach den Schrecken eines in dieser Form und diesem Ausmaß noch nie dagewesenen Krieges sehnten sich die Menschen nicht nur nach weltlicher, sondern auch nach geistiger Erfüllung.

Die Folge waren zahlreiche selbst ernannte Heilsbringer,

die die Menschen mit ihren zusammengeschusterten Ideologien um sich scharten und ihnen nicht nur scheinbar den Sinn ihres Lebens offenbarten, sondern auch für den Schutz und die Erlösung ihrer unsterblichen Seele sorgten. Meistens ging es jedoch nur darum, den Leuten ihr sauer verdientes Geld aus den Taschen zu ziehen. Ein weiterer Aspekt war, dass man, ähnlich einem Sektenführer oder politischen Demagogen, Menschen in eine derart starke Abhängigkeit von sich bringen konnte, dass sie für einen buchstäblich sogar in den Tod gingen. Vor allem dieser Punkt hatte Böhme dazu bewogen, die Rolle des »Teufels« weiter auszubauen.

Zwar hatte er einige pseudo-kultische Rituale mit den Männern durchgeführt, die von seiner Darbietung mit der Beschwörung von Hühnerknochen, die er sich bei dem Metzger nicht weit von seiner Wohnung entfernt besorgt hatte, äußerst beeindruckt waren. Doch es ging ihm dabei lediglich darum, die Männer steuern zu können. Auch hatte er niemals Predigten von irgendeinem Erlöser – religiös, gesellschaftlich oder politisch – gehalten, sondern ihnen stets das gesagt, was sie tatsächlich waren: ausgestoßene Kreaturen, die die Hölle des Krieges erschaffen und ausgespuckt hatte.

Im Schein der Flammen des großen Feuers, das er auf einem Platz in den Hügeln nicht weit von dem Hof der Familie Maul entfernt entfacht hatte, hatte er in den Augen der Männer ihren tiefsten Schmerz gesehen, ihn aufgenommen und geformt. Von Mal zu Mal wandelte sich der Ausdruck auf ihren Gesichtern von Desinteresse über Skepsis bis hin zu Begeisterung und regelrechter Hingabe. Böhme gab den Männern etwas, was ihnen aus der Zivilgesellschaft kommend bislang niemand entgegengebracht hatte: Er hörte ihnen zu und verdammte sie nicht für das, was sie waren. Von nun an waren sie nicht mehr die Gefolgsleute eines opportunistischen Generals, der Putsch spielen wollte, sondern seine Geschöpfe.

Selbst Berger schien von seinen Darbietungen beeindruckt gewesen zu sein. Ein weiterer positiver Nebeneffekt war, dass die Bewohner des Dorfes ihre kultischen Aktivitäten über kurz oder lang mitbekamen und eine Legende um den Altbauern als Zauberer oder Teufelsanbeter entstand. In den strenggläubigen ländlichen Regionen hatte so etwas unweigerlich zur Folge, dass man gemieden wurde wie die Pest. Somit war auch die Gefahr gebannt, dass sich andere Dorfbewohner in die Hügel verlaufen würden.

Doch dann hatte Berger die Verräter ermordet und die Gendarmeriestation angegriffen, und alles war aus dem Ruder gelaufen. Mit größter Mühe hatte Böhme verhindern können, dass alles herausgekommen war. Aber dieser brutale Überfall war gleichzeitig auch ein Glücksfall gewesen, half er ihm doch ungemein, es so darzustellen, als wäre Berger ein Wahnsinniger, der wahllos wild um sich schlug und keine Skrupel kannte, gegen tatsächliche oder vermeintliche Feinde derart brutal vorzugehen.

»Können wir sicher davon ausgehen, dass von den Kommissaren keiner etwas ahnt?«, fragte von Seltgenstein, während sich das Auto durch den Schnee weiter vorwärtskämpfte.

Böhme nickte. »Vollkommen sicher. Es war zwar nicht einfach, es auch wirklich wasserdicht zu inszenieren, aber ich bin hundertprozentig davon überzeugt, dass niemand etwas ahnt.«

»Falls doch, müssten wir uns eine Lösung für dieses Problem einfallen lassen«, sagte von Seltgenstein beiläufig.

»Das wird nicht nötig sein. Es ist alles so arrangiert, dass niemand auch nur den geringsten Verdacht schöpft.« Böhme hielt kurz inne, dann fügte er hinzu: »Und falls doch, gibt es keinerlei Beweise.«

Das schien von Seltgenstein zu beruhigen, er nickte zufrieden.

Böhme sah wieder zum Fenster hinaus. Die dicken Schneeflocken fielen immer dichter und ließen nur wenige Meter Sicht zu. Das ist das ideale Wetter für Weihnachten, dachte er und tastete nach seiner Aktentasche, die neben ihm im Fußraum des Wagens lag. Er fühlte die Umrisse der Puppe, die er seiner

Tochter an Heiligabend schenken würde, und lächelte zufrieden, als er ihre vor Freude glänzenden Augen vor sich sah. Nach der Bescherung würde seine Frau den Tisch decken, und sie würden gemeinsam essen und den Abend anschließend gemütlich vor dem kleinen Kamin ausklingen lassen.

Böhme hatte Weihnachten immer gemocht. Er war ein Familienmensch und genoss es, die Feiertage im Kreise seiner Lieben zu verbringen. Für ihn war es eine Zeit der Ruhe und Besinnung, aber auch der Demut. In seinem Beruf sah er tagtäglich die schlimmsten Seiten der menschlichen Natur, doch an Weihnachten ging er in die Kirche und dankte Gott für das Glück, das er mit seiner Familie hatte, ein sicherer Hafen, in den er zurückkehren und wo er Kraft tanken konnte. Gustav Böhme betrachtete die vorbeiziehenden Schneeflocken und war rundum glücklich.

# EPILOG

»Möchtest du noch etwas?«, fragte Ebertz und griff nach dem Soßenlöffel.

Max hob dankend die Hände. »Ich bin total voll.«

Ebertz' Frau Gisela hatte den größten und besten Gänsebraten gezaubert, den er jemals gesehen und gekostet hatte, dazu gab es riesige Kartoffelklöße, Rotkohl und eine grandiose Soße. Nun lagen die Reste des Mahles vor ihnen, während Gisela sich daranmachte, den Tisch abzudecken und eine Kanne Kaffee aufzusetzen.

»Deine Frau ist eine wunderbare Köchin«, sagte Max und streckte satt und zufrieden die Füße von sich, als Ebertz aufstand und aus einem Sekretär zwei Gläser und eine Flasche Sherry hervorzauberte.

»Und nicht nur das«, sagte er und warf einen Blick in Richtung Küche. »Selbst nach all den Jahren liebe ich sie wie am ersten Tag.« Er füllte die Gläser und prostete Max zu.

Der nahm einen Schluck und warf einen Blick zum Fenster hinaus. Draußen war es schon dunkel, Schneeflocken tanzten im goldgelben Schein, den die Straßenlaternen warfen, hin und her.

»Wie verbringst du Weihnachten?«, fragte Ebertz. »Feierst du mit der Familie?«

Max nickte. Heiligabend würde er mit seiner Verlobten verbringen und an den Feiertagen erst seine und dann Paulines Eltern besuchen. Er freute sich darauf, endlich etwas Ruhe und Entspannung zu bekommen.

»Habt ihr schon alle Geschenke?«, fragte er leicht boshaft zurück.

Ebertz lachte laut auf. »Bei vier erwachsenen Töchtern und sieben Enkelkindern muss man schon viel früher alles beisammenhaben.« Er griff nach einer Zigarre und knipste das Ende ab. »Da muss so ein Weihnachtsfest generalstabsmäßig durchgeplant werden«, sagte er und zwinkerte schelmisch. »Nicht dass sich eines der Kinderlein benachteiligt fühlt oder – Gott bewahre – ein Spielzeug bekommt, das es schon hat. Bei so vielen Enkeln ist es ganz schön schwierig, da den Überblick zu behalten, das kann ich dir versichern.«

Lachend nahmen sie einen weiteren Schluck. Aus der Küche drang das Klappern von Geschirr, Gisela war gerade dabei, den Abwasch zu erledigen. Max wurde ernst. »Und es besteht keine Möglichkeit, dass du es dir noch einmal überlegst?«

Ebertz blies einen Rauchring in die Luft und schwieg kurz. Dann schüttelte er langsam den Kopf. »Ich habe über dreißig Jahre meines Lebens damit verbracht, Gaunern, Verbrechern und Mördern hinterherzujagen. All die Jahre waren Gewalt, Grausamkeiten, Leichen und Verstümmelungen mein Tagesgeschäft. Ich bin an einem Punkt angelangt, wo ich mich lieber den positiven Seiten des Lebens widme und Jüngeren das Feld überlasse.« Er deutete in Richtung Küche. »Wir haben endlich die Möglichkeit, mehr Zeit miteinander zu verbringen. Keine Fälle mehr, die mich nicht schlafen lassen, und keine nächtelangen Überstunden, nur Gisela und ich. Wir werden unsere Tage genießen und viel unternehmen.«

Max lächelte, doch so richtig konnte er sich Ebertz nicht als Rentner, der seine Tage mit Kreuzworträtseln verbrachte, vorstellen. Dafür war er viel zu umtriebig, sein Geist stets hungrig auf der Suche nach neuem Futter. Dennoch sagte er nichts und nippte stattdessen an seinem Glas.

»Lass uns einen Moment frische Luft schnappen«, sagte Ebertz und deutete auf die doppelflügelige Balkontür.

Eiseskälte schlug ihnen entgegen, und Schneeflocken legten sich nass auf Max' Brillengläser, als sie nach draußen traten. Er fröstelte und zog den Kopf zwischen die Schultern. Nachdem die wohltuende Wärme des Wohnzimmers und auch der Alkohol ihn etwas schläfrig gemacht hatten, war er nun wieder hellwach.

Mehrere Stockwerke unter ihnen kämpften sich einige wenige schemenhafte Gestalten durch das dichte weiße Treiben, und sogar ein paar Autos waren trotz der schneebedeckten Fahrbahn unterwegs. Zwischen den großen Wohnhäusern waren Girlanden gespannt, leuchtende Sterne an den Laternen stimmten die Passanten auf das bevorstehende Weihnachtsfest ein. Ebertz trat neben ihn und blickte in Richtung Burg. In hellem Licht beleuchtet, thronte sie majestätisch auf dem Berg über der Stadt.

»Ich habe auch ein Geschenk für dich«, sagte er zu Max.

»Ein Weihnachtsgeschenk?«, fragte der verwirrt. »Das wäre doch nicht nötig gewesen.«

»Ja, das könnte man so sagen.« Ebertz lächelte. »Sowohl ein Weihnachts- als auch ein Abschiedsgeschenk von einem alten Hasen an einen vielversprechenden jungen Kollegen.«

Max sah ihn überrascht an, als er ein in braunes Papier eingewickeltes Paket hervorzauberte.

»Was ist da drin?« Neugierig beäugte er das Päckchen. Ebertz lachte laut auf. Doch dann nahm sein Gesicht wieder einen ernsten Ausdruck an. »Mach es ruhig jetzt schon auf«, sagte er und ließ seinen Blick über Nürnbergs Dächer schweifen, während Max den Bindfaden und das Papier löste. Zwei Akten kamen zum Vorschein. Fragend sah er Ebertz an. Der deutete auf die eine.

»Das ist der Obduktionsbericht von Dr. Seißler zu Hauptmann Berger«, sagte er. »In gewissem Maße kann man sagen, dass es jedoch nur eine Version davon ist.«

»Was meinst du damit?«

Ebertz tippte auf die Akte. »Was hier in dieser Akte steht, wird so niemals offiziell irgendwo zu lesen sein. Nach Dr. Seißlers Obduktion gab es noch eine zweite Untersuchung, die von höchster Stelle aus dem Büro des Oberstaatsanwalts persönlich angeordnet wurde. *Das* ist die offizielle Version, die sich in einigen nicht unwichtigen Details von dem ersten Bericht unterscheidet.«

Ein leises Lächeln spielte um Max' Lippen. »Du meinst, dass sich Berger nicht selbst erschossen hat, sondern ermordet wurde?«

Ebertz sah ihn mit großen Augen an, er schien wie vom Donner gerührt zu sein. »Wie …?«, stammelte er. »Woher weißt du das?«

»Ich habe es von dem Moment an gewusst, als ich Bergers Leiche gesehen habe«, sagte Max und legte die Arme auf das Geländer des Balkons. »Hast du gesehen, was der Hauptmann für eine Waffe hatte?«

»Einen Armeerevolver.«

Max nickte. »Hätte er sich mit einem solch großen Kaliber erschossen, wäre sein halber Kopf weggerissen worden. Ich habe so etwas häufig im Krieg gesehen, glaub mir, das ist wirklich kein schöner Anblick.«

Er öffnete die Akte und zog ein Foto heraus, auf dem ein Einschussloch an der Schläfe des Hauptmanns zu sehen war. »Diese Verletzung stammt jedoch eindeutig von einer kleinkalibrigen Waffe. Hat Berger sich also nicht mit einer solchen erschossen und diese anschließend verschwinden lassen und durch einen großkalibrigen Revolver ersetzt, dann …«

»… wurde er erschossen«, sagte Ebertz.

»Ja«, sagte Max. »Und ich verwette ein Jahresgehalt, dass die Waffe, die den tödlichen Schuss auf den Hauptmann abgegeben hat, eine Mauser Modell 1910 im Kaliber 6,35 Millimeter war. So eine Pistole, wie sie Oberkommissar Gustav Ritter benutzt hat.«

»Ich bin tief beeindruckt.« Ebertz sah ihn voller Anerkennung an.

»Der einzige Fehler, den er sich erlaubt hat, war, anzunehmen, niemand würde den Unterschied zwischen den Verletzungen bemerken. Hätte er gesagt, dass er Berger erschossen hat, wäre er wohl tatsächlich damit durchgekommen. Erst als er erzählt hat, der Hauptmann habe Selbstmord begangen, wurde ich misstrauisch.«

»Ich sehe, du hast doch das eine oder andere von mir gelernt.« Ebertz klopfte ihm auf die Schulter. »Wer weiß, was sich da noch alles im Hintergrund abspielt und wer tatsächlich die Fäden in der Hand hält.« Er nahm einen Zug von seiner Zigarre. »Mit großer Gewissheit können wir jedoch davon ausgehen, dass Berger kein Einzelgänger war, so wie es öffentlich dargestellt wird, wenn unsere Behörden selbst seinen Tod inszenieren und alles vertuschen.«

»Polizei? Reichswehr?«, fragte Max. »Oder die Politik?«

Ebertz zuckte die Schultern. »Wer weiß das schon genau? Wahrscheinlich hängen alle irgendwie mit drin. Aber …«, er deutete auf die andere Akte, »… eine Gruppe ganz besonders.«

Max schlug den Deckel der Akte auf. Darin lagen Personalunterlagen. »Das sind natürlich nur Kopien«, sagte Ebertz. »Aber dennoch kann diese Akte dir einmal deine Karriere oder sogar dein Leben retten. Überleg also genau, wann du sie einsetzt.«

Max verschlug es die Sprache, als er durch die einzelnen Seiten blätterte.

»Wie bist du da herangekommen?«

»Nach über dreißig Jahren Polizeidienst hat man den einen oder anderen Kontakt in Behörden und Einrichtungen«, sagte Ebertz. »Ich habe ein paar vertrauliche Gespräche geführt, und ein paar Tage später lag das auf meinem Schreibtisch.« Er tippte die Akte an. »Und vertraulich solltest du auch tatsächlich damit umgehen.« Seine Stimme wurde ernst. »Wenn die falschen Leute erfahren, dass du diese Unterlagen hast, bringst du dich in sehr ernste Gefahr. Überleg also gut, wem du davon erzählst und auch, wo du sie aufbewahrst.«

Max nickte.

»Aber es wird langsam kalt«, sagte Ebertz fröhlich, rieb sich die Hände und warf einen Blick nach drinnen, wo Gisela gerade damit beschäftigt war, den Tisch neu zu decken und Kaffee aufzutragen. »Wir sollten langsam wieder hineingehen.«

»Du hast recht, gehen wir hinein«, sagte Max. Mit einem

Mal wurde ihm wieder bewusst, wie kalt es draußen auf dem Balkon war, und eine Gänsehaut legte sich auf seine Arme und seinen Rücken. Er ließ einen letzten Blick über das verschneite, weihnachtliche Nürnberg gleiten. Unter der weißen Decke und dem goldgelben Leuchten der Laternen und Girlanden wirkte es durchweg friedlich. Fast so wie im Märchen, dachte er und seufzte. Dann wickelte er die Personalakte von Hauptmann Gustav Böhme wieder in das braune Packpapier ein und folgte Ebertz nach drinnen ins Warme.